COUNT ZERO

2ª EDIÇÃO

TRADUÇÃO:
CARLOS ANGELO

WILLIAM GIBSON

ALEPH

COUNT ZERO

TÍTULO ORIGINAL:
Count Zero

COPIDESQUE:
Carlos Orsi

REVISÃO:
Carlos Orsi
Angela Maisonnette

BRIEFING DE CAPA:
Simone Vollbrecht

CAPA:
Pedro Inoue

ILUSTRAÇÃO DE CAPA:
Josan Gonzalez

MONTAGEM DE CAPA:
Pedro Henrique Barradas

PROJETO GRÁFICO:
Desenho Editorial

DIAGRAMAÇÃO:
Join Bureau

DIREÇÃO EXECUTIVA:
Betty Fromer

DIREÇÃO EDITORIAL:
Adriano Fromer Piazzi

DIREÇÃO DE CONTEÚDO:
Luciana Fracchetta

EDITORIAL:
Daniel Lameira
Tiago Lyra
Andréa Bergamaschi
Débora Dutra Vieira
Luiza Araujo
Bárbara Prince*
Renato Ritto*

FINANCEIRO:
Roberta Martins
Sandro Hannes

COMUNICAÇÃO:
Fernando Barone
Nathália Bergocce
Júlia Forbes

COMERCIAL:
Giovani das Graças
Lidiana Pessoa
Roberta Saraiva
Gustavo Mendonça

*Equipe original à época do lançamento.

DADOS INTERNACIONAIS DE CATALOGAÇÃO NA PUBLICAÇÃO (CIP)
ANGÉLICA ILACQUA CRB-8/7057

Gibson, William, 1948 –
Count Zero / William Gibson ; tradução de Carlos Angelo. -- 2. ed. -- São Paulo : Aleph, 2017. 312 p.

ISBN 978-85-7657-301-2
Título original: Count Zero

1. Literatura norte-americana 2. Ficção científica I. Título II. Angelo, Carlos

15-1272 CDD-813

Índices para catálogo sistemático:
1. Literatura norte-americana

EDITORA ALEPH

Rua Tabapuã, 81, cj. 134
04533-010 – São Paulo – SP – Brasil
Tel.: [55 11] 3743-3202
www.editoraaleph.com.br

Para minha D

Quiero hacer contigo
lo que la primavera
hace con los cerezos
– Neruda

COUNT ZERO

INTERRUPÇÃO COUNT ZERO

Ao receber uma interrupção,

decrementar o contador até zero.*

* Ao longo do livro, o autor brinca com o duplo sentido de "count", que significa tanto "conde" quanto "contagem". Dessa forma, o nick "Count Zero" pode ser entendido como "Conde Zero", e várias vezes o personagem é referido como "o Conde". [N. do T.]

1

UMA ARMA BEM AZEITADA

Colocaram um sabujo-detonador no rastro de Turner em Nova Delhi, sintonizado para seus feromônios e a cor de seu cabelo. O sabujo o alcançou em uma rua de nome Chandni Chauk e dirigiu-se, com dificuldade, para seu BMW alugado, em meio a uma selva de pernas negras desnudas e pneus de bicitáxi. No coração, tinha um quilo de hexógeno recristalizado e TNT em flocos.

Turner não percebeu a aproximação. A última coisa que viu da Índia foi a fachada de estuque rosa de um lugar chamado Hotel Khush-Oil.

Por ter um bom agente, tinha um bom contrato. Por ter um bom contrato, estava em Cingapura uma hora depois da explosão. Ou, pelo menos, a maior parte dele. O cirurgião holandês gostava de brincar sobre aquilo, sobre como uma porcentagem indefinida de Turner não conseguira sair do Palam International naquele primeiro voo e teve de passar a noite lá, em um barracão, dentro de um tanque de suporte.

Levou três meses para o Holandês e sua equipe remontarem Turner. Clonaram um metro quadrado de pele para ele, cultivado em placas de colágeno e polissacarídeos de cartilagem de tubarão. Compraram olhos e genitais no mercado aberto. Os olhos eram verdes.

Turner passou a maior parte desses três meses em um constructo simstim, gerado por ROM, de uma infância idealizada na Nova Inglaterra do século passado. As visitas do Holandês eram sonhos cinzentos ao alvorecer, pesadelos que se desvaneciam quando o céu iluminava-se do lado de fora da janela do quarto no segundo andar. Era possível sentir o cheiro dos lilases tarde da noite. Lia Conan Doyle à luz de uma lâmpada de sessenta watts de um abajur de pergaminho com ilustrações de veleiros clíper. Masturbava-se em meio ao perfume de lençóis limpos de algodão, pensando em líderes de torcida. O Holandês abria uma porta na parte de trás do cérebro e adentrava para fazer perguntas, mas, de manhã, sua mãe o chamava para comer cereais Wheaties, ovos com bacon e café com leite e açúcar.

Até que, uma manhã, acordou em uma cama estranha, com o Holandês parado ao lado de uma janela que inundava o quarto com um verde tropical e uma luz solar que feria os olhos.

– Pode ir pra casa, Turner. Já acabamos de trabalhar em você. Está novo em folha.

Estava novo em folha. E como era isso? Não sabia. Pegou as coisas que o Holandês lhe deu e partiu de Cingapura. "Casa" era o hotel Hyatt do próximo aeroporto.

E do próximo. Como sempre.

Continuou voando. Seu chip de crédito era um retângulo preto espelhado com borda dourada. As pessoas por trás dos balcões sorriam ao ver o chip e faziam que sim com a cabeça. As portas se abriam e depois se fechavam às suas costas. Rodas saíam do concreto armado, bebidas chegavam, jantares eram servidos.

Em Heathrow, um grande naco de memória soltou-se de uma abóbada vazia de céu de aeroporto e caiu sobre ele. Vomitou em uma vasilha plástica azul sem alterar o passo. Quando chegou ao balcão, no fim do corredor, trocou a passagem.

Voou para o México.

Acordou com o barulho de baldes de aço sobre ladrilhos, o assobio úmido de vassouras, um corpo quente de mulher contra o seu.

O quarto era uma caverna alta. O reboco branco exposto refletia os sons com clareza demais; de algum lugar, além do tinido das faxineiras no pátio voltado para o sol da manhã, podia-se ouvir o bater das ondas. Os lençóis, amontoados entre seus dedos, eram de cambraia rústica, amaciada por inúmeras lavagens.

Lembrou-se da luz do sol atravessando uma grande janela fumê. Um bar de aeroporto, Puerto Vallarta. Teve de caminhar vinte metros desde o avião, olhos apertados contra o sol. Lembrou-se de um morcego morto, achatado como uma folha seca no concreto da pista.

Lembrou-se de ter tomado um ônibus, de uma estrada na serra e do mau cheiro do motor a combustão, as bordas do para-brisa cobertas de cartões-postais holográficos de santos azuis e rosas. Ignorou a vista íngreme, preferindo uma esfera de lucite rosa e a dança trêmula do mercúrio em seu interior. A bola coroava a haste de aço recurva do câmbio e era um pouco maior do que uma bola de beisebol. Havia sido fundida em volta de uma aranha agachada de vidro transparente, oca e cheia até a metade com mercúrio, que pulava e escorregava quando o motorista jogava o ônibus nas curvas em ziguezague, balançava e tremia nos trechos retos. A bola era ridícula, artesanal, um desastre; estava ali para lhe dar as boas-vindas de volta ao México.

Dentre os mais de dez microsofts – microprogramas – que o Holandês lhe dera, estava um que oferecia fluência limitada em espanhol. Mas, em Vallarta, ele havia remexido atrás da orelha esquerda e inserido, no lugar, um tampão-protetor, ocultando soquete e tampão debaixo de um quadrado de material micropore da cor da pele. Um passageiro perto do fundo do ônibus tinha um rádio. Uma voz interrompia periodicamente o pop agudo para recitar um tipo de ladainha, cadeias de dez dígitos: os números vencedores do dia na loteria federal.

A mulher ao lado agitava-se no sono.

Ele se apoiou no cotovelo e ergueu-se para olhá-la. O rosto de uma estranha, mas não aquele que a vida em hotéis lhe havia ensinado a esperar. Teria esperado uma beleza de praxe, criada a partir de cirurgias eletivas baratas e do incansável darwinismo da moda, um arquétipo reunindo os rostos da grande mídia nos últimos cinco anos.

Um pouco do Meio-Oeste no osso do queixo, arcaico e norte-americano. Os lençóis azuis estavam franzidos sobre os quadris, a luz do sol entrava inclinada através de venezianas de madeira de lei para listrar suas longas coxas com diagonais douradas. Os rostos com quem ele acordava nos hotéis do mundo eram como os adornos de capô do próprio Deus. Rostos adormecidos de mulheres, idênticos e solitários, expostos, apontados diretamente para o vazio. Mas este era diferente. Já havia, de alguma forma, um significado agregado. Um significado e um nome.

Sentou-se, girando as pernas para fora da cama. As solas dos pés registraram a granulação de areia de praia sobre o piso cerâmico frio. Havia um cheiro débil, porém penetrante, de inseticida. Nu, com a cabeça doendo, ficou em pé. Mexeu as pernas. Caminhou e experimentou a primeira de duas portas, encontrando ladrilhos brancos, mais reboco branco, um chuveiro cromado em forma de bulbo, ligado a um cano de ferro salpicado de ferrugem. As torneiras da pia ofereciam goteiras idênticas de água com a temperatura do sangue. Havia um relógio de pulso antiquado ao lado de um copo plástico, um Rolex mecânico com uma pulseira de couro claro.

As venezianas fechadas do banheiro não tinham vidros, mas eram dotadas de uma tela de plástico verde. Perscrutou por entre as ripas de madeira de lei, pestanejando diante do sol forte, e viu um chafariz seco de azulejos floridos e a carcaça enferrujada de um Rabbit da VW.

Allison. Era esse o nome dela.

Ela vestiu shorts cáqui gastos e uma das camisetas brancas dele. Suas pernas eram negras. O relógio Rolex, com sua caixa inoxidável fosca, envolvia o pulso esquerdo da mulher com a correia de pele de javali. Foram caminhando, seguindo a curva da praia em direção a Barre de Navidad. Mantiveram-se na estreita faixa de areia úmida e fria acima da linha de rebentação.

Já tinham uma história juntos; ele se lembrava dela em uma barraca naquela manhã no mercado de telhado de zinco da cidadezinha, de como segurara a enorme xícara de café fervente com as duas mãos. Enquanto ele limpava, com uma tortilha, os ovos e o molho mexicano do prato branco rachado, observou moscas voando em torno de dedos de luz solar que conseguiam entrar através de uma mixórdia de folhas de palmeira e chapas de revestimento onduladas. Ela falou um pouco sobre o trabalho em algum escritório de advocacia de Los Angeles, sobre como vivia sozinha em uma das cidades flutuantes, caindo aos pedaços, atracada ao largo de Redondo. Ele lhe contou que trabalhava no departamento de pessoal. Ou tinha trabalhado, de qualquer forma.

– Talvez eu esteja procurando um novo tipo de trabalho...

Mas a conversa parecia secundária para o que havia entre os dois, e agora um pássaro-fragata pairava acima deles, manobrando contra a brisa. Então deslizou para o lado, fez uma curva e se foi. Os dois sentiram um arrepio diante daquela liberdade, do voo planado e despreocupado do bicho. Ela pressionou a mão dele.

Um vulto azul veio andando pela praia na direção deles, um policial militar a caminho da cidade, suas botas pretas brilhando de graxa, irreais em contraste com a praia radiante e suave. Enquanto o homem passava, seu rosto negro e impassível debaixo de óculos espelhados, Turner observou o laser Steiner-Optic, em formato de carabina, com miras da Fabrique Nationale. A farda estava impecável, com vincos afiados como facas.

O próprio Turner havia sido um soldado durante a maior parte da vida adulta, embora nunca tivesse usado farda. Um mercenário. Seus empregadores, grandes corporações em guerras secretas pelo controle de economias inteiras. Era um especialista na extração de altos executivos e pessoal de pesquisa. As multinacionais para as quais trabalhava nunca admitiriam que existissem homens como Turner...

– Você conseguiu beber quase uma garrafa de Herradura ontem à noite – disse ela.

Ele concordou. A mão dela, na sua, estava quente e seca. Ele prestava atenção em como os dedos dos pés dela se abriam a cada passo, as unhas pintadas com esmalte rosa lascado.

Os vagalhões iam e vinham, suas bordas transparentes como vidro esverdeado.

O borrifo enfeitava de gotas o bronzeado dela.

* * *

Depois do primeiro dia juntos, a vida recaiu em uma rotina simples. Tomavam o café da manhã no mercado, em uma barraca com um balcão de cimento tão gasto a ponto de ficar liso como mármore polido. Passavam toda a manhã nadando, até que o sol os conduzisse de volta ao frescor das venezianas do hotel, onde faziam amor debaixo das vagarosas pás de madeira do ventilador de teto e, depois, dormiam. Durante as tardes, exploravam o labirinto de ruelas atrás da Avenida ou iam caminhar nas colinas. Jantavam em restaurantes à beira da praia e bebiam nos pátios dos hotéis brancos. O luar ondulava na borda das ondas.

E, aos poucos, sem palavras, ela lhe ensinou um novo tipo de desejo. Estava acostumado a ser servido, a ser atendido anonimamente por profissionais experientes. Agora, na caverna branca, ele se ajoelhava nos ladrilhos. Baixava a cabeça, lambendo-a, o sal do Pacífico misturado à umidade da mulher, o frescor das coxas envolvendo seu rosto. Com as mãos apoiando os quadris dela, ele a segurava, erguia-a como um cálice, seus lábios pressionando com firmeza, enquanto a língua buscava o local exato, o ponto, a frequência que a faria chegar lá. Em seguida, com um grande sorriso, ele subiria nela, a penetraria, e acharia seu próprio caminho até lá.

Depois disso, algumas vezes, ele ficaria falando, longas espirais de narrativa sem foco que se soltavam para unir-se ao som do mar. Ela falava muito pouco, mas ele aprendera a valorizar esse pouco, e ela sempre o abraçava. E escutava.

Passou-se uma semana, e depois outra. Ele acordou para o último dia que passariam juntos no mesmo quarto fresco, encontrando-a a seu lado. Durante o café da manhã, imaginou ter sentido uma mudança nela, uma tensão.

Tomaram banho de sol, nadaram e, na cama familiar, ele esqueceu aquela tênue ponta de ansiedade.

À tarde, ela sugeriu que caminhassem pela praia, na direção de Barre, como tinham feito naquela primeira manhã.

Turner tirou o tampão-protetor do soquete atrás da orelha e inseriu um caso de microsoft. A estrutura do espanhol se estabeleceu dentro dele como uma torre de vidro, com portões invisíveis que giravam sobre o presente ou futuro, o condicional, o pretérito perfeito. Deixando-a no quarto, atravessou a Avenida e entrou no mercado. Comprou uma cesta de palha, latas de cerveja gelada, sanduíches e frutas. No caminho de volta, comprou um novo par de óculos escuros do camelô na Avenida.

Seu bronzeado era uniforme. A colcha de retalhos cheia de cantos, deixada pelos enxertos do Holandês, tinha desaparecido, e a mulher havia lhe ensinado a harmonia do seu corpo. Nas manhãs, quando se defrontava com os olhos verdes no espelho do banheiro, esses olhos eram realmente seus, e o Holandês não lhe assombrava mais os sonhos com piadas ruins e tosse seca. Ainda assim, algumas vezes, sonhava com fragmentos da Índia, um país que mal conhecia, com estilhaços brilhantes, com Chandni Chauk, com cheiro de terra e de pão frito...

Os muros do hotel em ruínas ficavam a um quarto do caminho pelo arco da baía. A arrebentação aqui era mais forte: cada onda, um estouro.

Agora, ela o puxava para aquela direção, com algo novo nos olhos, uma tensão. Gaivotas espalhavam-se à medida que eles, de mãos dadas, subiam a praia para contemplar as sombras além dos batentes vazios. A areia havia cedido, provocando o desmoronamento da fachada. As paredes haviam desaparecido, deixando os pisos dos três andares como enormes placas dependuradas em tendões de aço enferrujados e retorcidos, da grossura de um dedo. Cada piso revestido com uma cor e desenho de ladrilho diferente.

"HOTEL PLAYA DEL M" estava escrito em um arco de concreto com letras maiúsculas infantis feitas de conchas.

– Mar – disse ele, completando o nome em espanhol, mesmo tendo removido o microsoft.

– Está acabado – disse ela, dando um passo sob o arco e entrando nas sombras.

– O que está acabado? – Ele a seguiu, com a cesta de palha roçando seu quadril. A areia ali estava fria, seca, solta entre os dedos de seus pés.

– Acabado. Já era. Este lugar. Não há mais tempo aqui, nenhum futuro.

Ele a olhou nos olhos, depois olhou além dela para onde molas de colchão enferrujadas enroscavam-se na junção de duas paredes em pedaços.

– Tem cheiro de mijo – disse ele. – Vamos nadar.

O mar levou embora o calafrio, mas agora havia uma distância entre eles. Sentaram-se sobre um cobertor do quarto de Turner e comeram em silêncio. As sombras das ruínas se alongavam. O cabelo dela, queimado pelo sol, movia-se com o vento.

– Você me faz pensar em cavalos – disse ele, por fim.

– Bem – ela disse, como se sua voz viesse das profundezas da exaustão –, faz só trinta anos que eles foram extintos.

– Não – disse ele –, os pelos deles. Os pelos do pescoço, quando corriam.

– Crinas – disse ela, e havia lágrimas em seus olhos. – Foda-se essa merda. – Os ombros dela começaram a se agitar. Respirou fundo. Jogou a lata de Carta Blanca na praia. – Essa merda, eu, qual a diferença? – Ela o abraçou de novo. – Oh, vem, Turner. Vem.

E, à medida que ela se reclinava, puxando-o consigo, ele percebeu algo: um barco, reduzido pela distância a um traço branco onde a água se encontrava com o céu.

Quando se ergueu e sentou, colocando de volta a calça jeans cortada, viu o iate. Agora estava muito mais perto, uma linha graciosa de branco agitando-se pouco na água. Águas profundas. Aqui, a praia devia decair quase verticalmente, julgando pela força da arrebentação. Devia ser por isso que a linha de hotéis acabava onde acabava, lá atrás, ao longo da praia, e por que as ruínas não tinham sobrevivido. As ondas haviam lambido os alicerces até que sumissem.

– Me dá a cesta.

Ela estava abotoando a blusa. Ele a comprara para ela em uma das lojinhas em decadência ao longo da Avenida. Algodão azul elétrico mexicano, mal-acabado. As roupas que compravam nas lojas raramente duravam mais de um dia ou dois.

– Eu disse: me dá a cesta.

Ela entregou a cesta. Ele remexeu por entre os restos da tarde que passaram juntos, achando os binóculos por baixo de um saco plástico de fatias de abacaxi empapadas de lima e salpicadas por pimenta-de-caiena. Ele os tirou da cesta, um par compacto de binóculos de combate de 6 x 30. Soltou as tampas acopladas às objetivas e às oculares almofadadas, e procurou os ideogramas aerodinâmicos do logotipo da Hosaka. Um barco inflável amarelo contornou a popa e girou em direção à praia.

– Turner, eu...

– Levanta – disse ele, ao mesmo tempo em que enfiava o cobertor e a toalha dela embolados na cesta. Pegou uma última lata morna de Carta Blanca da cesta e colocou-a ao lado dos binóculos. Ficou de pé, puxando-a rapidamente para que se levantasse, e forçou a cesta em suas mãos. – Talvez eu esteja errado – ele disse. – Se estiver, cai fora daqui. Corre praquele segundo grupo de palmeiras. – Ele apontou. – Não volta pro hotel. Entra num ônibus, Manzanillo ou Vallarta. Vai pra casa. – Já conseguia ouvir o ronco do motor de popa.

Ele viu o começo das lágrimas, mas ela não emitiu nenhum som enquanto se virava e corria, passando pelas ruínas, agarrando-se à cesta, tropeçando em um montinho de areia. Não olhou para trás.

Então, ele se voltou e olhou na direção do iate. O barco inflável estava pulando através da arrebentação. O nome do iate era *Tsushima*, e a última vez que o vira tinha sido na baía de Hiroshima. De seu convés, ele havia avistado o portal vermelho xintoísta em Itsukushima.

Não precisava dos binóculos para saber que o passageiro do bote inflável seria Conroy, e o piloto, um dos ninjas da Hosaka. Sentou-se com as pernas cruzadas na areia refrescante e abriu a última lata de cerveja mexicana.

* * *

Olhou de volta para a linha de hotéis brancos com as mãos inertes sobre uma das balaustradas de madeira de teca do *Tsushima*. Por trás dos hotéis, brilhavam os três hologramas da cidadezinha: "Banamex", "Aeronaves" e a Virgem de seis metros da catedral.

Conroy estava parado ao lado dele.

– Trabalho de urgência – Conroy disse. – Sabe como é. – A voz de Conroy era monótona e monocórdica, como se a tivesse modelado a partir de um chip vocal barato. Seu rosto era grande e branco, um branco cadavérico. A pele em volta dos olhos era escura, e as pálpebras, pesadas, sob uma cabeleira oxigenada, penteada para trás a partir da testa larga. Usava uma camisa polo preta e calças folgadas pretas. – Lá dentro – ele disse, ao mesmo tempo em que se virava. Turner o seguiu, abaixando-se para passar na porta da cabine. Biombos brancos, pinho claro imaculado: o sóbrio chique corporativo de Tóquio.

Conroy acomodou-se em uma almofada baixa e retangular de ultracamurça cinza-ardósia. Turner ficou em pé, as mãos largadas dos lados do corpo. Conroy pegou um inalador brilhante e recartilhado da mesa esmaltada baixa que os separava.

– Vai um amplificador de acetilcolina?

– Não.

Conroy enfiou o inalador em uma narina e cheirou.

– Quer um pouco de sushi? – Colocou o inalador de volta na mesa. – Pegamos uns pargos vermelhos, faz mais ou menos uma hora.

Turner ficou parado onde estava, encarando Conroy.

– Christopher Mitchell – Conroy disse. – Maas Biolabs. O especialista-chefe deles em hibridomas. Está desertando para a Hosaka.

– Nunca ouvi falar.

– Tá bom que nunca ouviu falar. Que tal uma bebida?

Turner fez que não com a cabeça.

– O silício está saindo de cena, Turner. Mitchell é o cara que fez os biochips funcionarem, e a Maas está segurando as principais patentes. Você sabe disso. Ele é o cara para monoclonais. Ele quer sair. Eu e você, Turner, vamos fazer a mudança dele.

– Acho que estou aposentado, Conroy. Estava me divertindo, lá atrás.

– Foi isso que o pessoal da psicologia em Tóquio disse. Quero dizer, não é exatamente a sua primeira vez fora do esquema, né? Ela é uma psicóloga de campo, contratada pela Hosaka.

Um músculo na coxa de Turner começou a pular.

– Disseram que você estava pronto, Turner. Estavam um pouco preocupados, depois de Nova Delhi, por isso queriam ter certeza. Um pouco de terapia junto. Nunca faz mal, né?

2

MARLY

Ela vestira o que tinha de melhor para a entrevista, mas estava chovendo em Bruxelas, e não tinha dinheiro para o táxi. Foi andando desde a estação da Eurotrans.

A mão, no bolso da sua única jaqueta boa, uma Sally Stanley, mas que tinha quase um ano, era um nó branco em torno do fax enrugado. Não precisava mais dele, tendo decorado o endereço, mas parecia tão impossível soltá-lo quanto quebrar o transe que a mantinha aqui, agora, olhando a vitrine de uma loja cara que vendia roupas masculinas, o foco variando entre as camisas macias de flanela e o reflexo dos próprios olhos escuros.

Tinha certeza de que só os olhos bastariam para fazê-la perder o trabalho. Nem precisava do cabelo molhado, que agora lamentava não ter deixado Andrea cortar. Os olhos exibiam uma dor e uma inércia que eram visíveis para qualquer pessoa. E, quase certamente, essas coisas seriam reveladas em breve para Herr Josef Virek, o menos provável dos empregadores em potencial.

Quando o fax chegara, insistira em considerá-lo como uma brincadeira cruel, outra ligação para aborrecê-la. Já recebera o suficiente, graças à mídia. Tantas, que Andrea encomendara um programa especial para o telefone do apartamento, um que filtrava as chamadas de qualquer número que não estivesse na agenda permanente. Mas isso, Andrea insistira, devia ter sido o motivo do fax. De que outra forma alguém poderia entrar em contato?

Marly, porém, sacudira a cabeça e aconchegara-se mais profundamente no velho roupão atoalhado de Andrea. Por que Virek, um colecionador e mecenas, extremamente rico, iria querer contratar a antiga e execrada gerente de uma galeriazinha de Paris?

Aí foi a vez de Andrea sacudir a cabeça, em sua impaciência com a nova Marly Krushkhova, a *execrada*, que agora passava dias inteiros no apartamento e, algumas vezes, nem se importava em trocar de roupa. Disse que a tentativa de venda, em Paris, de uma única falsificação, não era a grande novidade que Marly imaginava. Se a imprensa não tivesse tanta vontade de mostrar o nojento do Gnass como o idiota que realmente era, prosseguiu, o negócio sequer mereceria estar no noticiário. Gnass era rico o bastante, e vulgar o bastante, para um escândalo de fim de semana. Andrea sorriu.

– Se você fosse menos atraente, teria chamado bem menos atenção.

Marly fez que não.

– E a falsificação era de Alain. Você não teve culpa. Esqueceu?

Marly entrou no banheiro, ainda aconchegada no roupão gasto, sem responder.

Sob o desejo da amiga de reconfortá-la, de ajudá-la, Marly já podia perceber a impaciência de alguém forçado a dividir um espaço muito pequeno com um hóspede amargo e não pagante.

E Andrea tivera de emprestar-lhe o dinheiro para o bilhete da Eurotrans.

Com uma força de vontade consciente e dolorosa, fugiu do círculo de seus pensamentos e fundiu-se ao fluxo cerrado, porém sereno, dos compenetrados consumidores belgas.

Uma garota com calça brilhante e a jaqueta impermeável enorme do namorado roçou nela, cheia de vida e sorridente. No cruzamento seguinte, Marly reparou em uma loja de uma marca de roupas de que gostava na época de estudante. As roupas pareciam ridiculamente juvenis.

No punho, branco e oculto, o fax.

Galerie Duperey, 14 Rue au Beurre, Bruxelas. Josef Virek.

* * *

A recepcionista na antessala fria e cinzenta da Galerie Duperey poderia muito bem ter crescido ali: uma planta adorável e provavelmente venenosa, enraizada atrás de uma laje de mármore polido incrustada com um teclado esmaltado. Levantou os olhos brilhantes à medida que Marly se aproximava. Marly imaginou os cliques e zunidos de obturadores, sua imagem encharcada sendo remetida para algum canto distante do império de Josef Virek.

– Marly Krushkhova – disse, resistindo ao impulso de apresentar o rolo amassado de fax e alisá-lo, pateticamente, no mármore frio e impecável. – Para falar com Herr Virek.

– Fräulein Krushkhova – a recepcionista respondeu –, Herr Virek não pôde vir a Bruxelas hoje.

Marly contemplou os lábios perfeitos, ciente ao mesmo tempo da dor que as palavras lhe causavam e do prazer mordaz que estava aprendendo a ter com as desilusões.

– Entendo.

– Porém, optou por realizar a entrevista através de link sensorial. Se tiver a bondade de entrar na terceira porta à esquerda...

A sala era branca e estava vazia. Em duas paredes, penduradas e sem moldura, havia o que parecia ser cartolina manchada de chuva, perfurada várias e várias vezes por uma diversidade de instrumentos. *Katatonenkunst*. Conservador. O tipo de trabalho que se vendia a curadores enviados pelas diretorias de grandes bancos holandeses.

Sentou-se em uma banqueta revestida de couro e, finalmente, permitiu-se soltar o fax. Estava sozinha, mas supunha que era observada de alguma forma.

– Fräulein Krushkhova. – Um jovem com guarda-pó verde-escuro de técnico ficou parado na porta da parede oposta àquela por onde ela havia entrado. – Por obséquio, em um momento a senhorita deverá atravessar a sala e passar por esta porta. Tenha a gentileza de segurar a maçaneta de maneira lenta, firme e que permita o máximo contato com a pele da palma. Entre com cuidado. Deverá haver um mínimo de desorientação espacial.

Ela demonstrou surpresa:

– Perdão...

– O link sensorial – ele disse e se retirou, a porta fechando-se logo atrás.

Ela se levantou e tentou, com puxões, dar alguma forma às lapelas molhadas da jaqueta. Tocou o cabelo, pensou melhor, respirou fundo e cruzou a porta. A frase da recepcionista a preparara para o único tipo de link que conhecia: um sinal de simstim roteado através da Bell Europa. Supusera que usaria um capacete com trodos, e que Virek usaria um observador passivo como uma câmera humana.

Mas a riqueza de Virek era de uma escala totalmente diferente.

À medida que seus dedos se fechavam em torno da maçaneta de bronze frio, ela parecia estremecer, deslizando, no primeiro segundo de contato, ao longo de um espectro tátil de textura e temperatura.

Então, voltou a ser de metal, ferro pintado de verde, estendendo-se para fora e para baixo, ao longo de uma linha de perspectiva, um velho corrimão que, agora, agarrava com surpresa.

O vento levou algumas gotas de chuva até seu rosto. Cheiro de chuva e terra molhada.

Uma confusão de pequenos detalhes, as próprias lembranças de um piquenique regado a álcool na escola de arte, lutando com a perfeição da ilusão de Virek.

Abaixo, estendia-se o panorama inconfundível de Barcelona, fumaça obscurecendo os estranhos pináculos da Igreja da Sagrada Família. Agarrou-se ao corrimão também com a outra mão, lutando contra a vertigem. Conhecia este lugar. Estava no Parque Guell, o reino encantado espalhafatoso de Antonio Gaudi, em sua elevação desolada por trás do centro da cidade. À esquerda, um lagarto gigante de retalhos de cerâmica estava congelado em meio à descida de uma rampa de pedra bruta. Seu sorriso-chafariz regava um canteiro de flores cansadas.

– Está desorientada. Peço-lhe desculpas.

Josef Virek estava sentado abaixo, em um dos bancos sinuosos do parque, os ombros largos curvados num sobretudo leve e macio. Para Marly, aquelas feições tinham sido vagamente familiares durante toda a vida. Agora, ela se lembrava, por alguma razão, de uma fotografia de Virek com o rei da Inglaterra. O homem sorriu para ela. A cabeça era grande e tinha belas formas debaixo dos cabelos espessos e grisalhos. As narinas eram dilatadas, como se farejassem os ventos invisíveis da arte e do comércio. Os olhos, muito grandes por trás dos óculos redondos e sem aro, sua marca registrada, eram azuis-claros e estranhamente ternos.

– Por favor – com uma mão fina, ele deu um tapinha no mosaico aleatório de caquinhos de cerâmica do banco. – Peço que perdoe a minha dependência da tecnologia. Tenho estado confinado por mais de uma década em um tanque. Em um horrível subúrbio industrial de Estocolmo. Ou, quem sabe, do inferno. Não sou um homem de boa saúde, Marly. Sente-se do meu lado.

Respirando fundo, ela desceu os degraus de pedra e cruzou o chão de pedregulhos.

– Herr Virek – ela disse –, assisti à sua palestra em Munique há dois anos. Uma crítica de Faessler e o *Autisuches Theater*. O senhor parecia bem na época...

– Faessler? – A testa bronzeada de Virek enrugou-se. – Você viu um dublê. Talvez um holograma. Muitas coisas, Marly, são cometidas em meu nome. Há aspectos da minha riqueza que se tornaram, pouco a pouco, autônomos. Às vezes, até lutam uns contra os outros. Rebelião nas extremidades fiscais. No entanto, por razões tão complexas que precisam ser mantidas inteiramente ocultas, o conhecimento de minha doença nunca se tornou público.

Ela tomou seu lugar ao lado dele e observou, atentamente, o pavimento sujo entre as pontas arranhadas de suas botas pretas de Paris. Viu uma pedrinha clara, um clipe de papel enferrujado, o pequeno cadáver empoeirado de uma abelha ou vespa.

– Os detalhes são fantásticos...

– Sim – disse ele. – Os novos biochips Maas. Você deve saber – prosseguiu – que o meu conhecimento da sua vida particular é quase tão detalhado quanto isto. Mais do que o seu, em alguns casos.

– É mesmo?

Ela descobriu que era mais fácil concentrar-se na cidade, percebendo pontos de referência dos quais se lembrava de uma meia dúzia de viagens de férias, quando era estudante. Ali, bem ali, estariam a Rambla, papagaios e flores, as tabernas que serviam cerveja preta e lula.

– Sim. Sei que foi o seu amante quem a convenceu de que havia achado um Cornell original perdido...

Marly fechou os olhos.

– Ele encomendou a falsificação: contratou dois artistas aprendizes de talento e um historiador bem estabelecido que se encontrava em certas dificuldades pessoais... Pagou-os com dinheiro que havia subtraído antes da sua galeria, como sem dúvida você já deve ter desconfiado. Está chorando...

Marly fez que sim. Um indicador frio tocou-lhe o pulso.

– Comprei Gnass. Paguei à polícia para ficar fora do caso. Não valia a pena comprar a imprensa. Raramente eles valem o preço. E agora, talvez, a sua pequena notoriedade pode lhe ser uma vantagem.

– Herr Virek, eu...

– Um momento, por favor. Paco! Venha cá, menino.

Marly abriu os olhos e viu uma criança de talvez seis anos, apertada num paletó escuro e calções, meias claras, lustrosas botas pretas abotoadas até em cima. Uma franja lisa de cabelos castanhos atravessava sua testa. Tinha algo nas mãos, uma caixa de algum tipo.

– Gaudi começou o parque em 1900 – Virek disse. – Paco usa as roupas da época. Venha aqui, menino. Mostre-nos a sua maravilha.

– *Señor* – Paco balbuciou, curvando-se e dando um passo à frente para exibir o que tinha nas mãos.

Marly ficou olhando. Uma caixa de madeira comum, com frente de vidro. Objetos.

– Cornell – ela disse, esquecendo as lágrimas. – Cornell? – Voltou-se para Virek.

– Claro que não. O objeto encravado naquele pedaço de osso é um biomonitor Braun. Este é um trabalho de um artista vivo.

– Há mais? Mais caixas?

– Encontrei sete. Em um período de três anos. A Coleção Virek, como vê, é um tipo de buraco negro. A densidade anormal de minha riqueza atrai, com força irresistível, os trabalhos mais raros do espírito humano. Um processo autônomo pelo qual, geralmente, tenho pouco interesse...

Marly, porém, estava perdida na caixa, em sua evocação de distâncias impossíveis, de perdas e anseios. Era lúgubre, suave e, de alguma forma, infantil. Continha sete objetos.

O fino osso canelado, com certeza conformado para o voo, com certeza da asa de algum grande pássaro. Três placas de circuito arcaicas, decoradas com labirintos de ouro. Uma esfera branca e lisa de argila cozida. Um fragmento de renda escurecida pelo tempo. Um pedaço comprido como um dedo do que ela supôs ser um osso de um pulso humano, de um branco-acinzentado. Nele engastado, com perfeição, o eixo de silício de um pequeno instrumento que, muito provavelmente, antes ficava no nível da pele, mas cuja superfície estava, agora, queimada e escurecida.

A caixa era um universo, um poema, congelado nas fronteiras da experiência humana.

– *Gracias*, Paco.

A caixa e o menino desapareceram.

Ela ficou pasma.

– Ah. Me perdoe, esqueci que essas transições são abruptas demais para você. Mas, agora, precisamos discutir a sua missão.

– Herr Virek – ela disse –, o que "Paco" era?

– Um subprograma.

– Entendo.

– Contratei você para encontrar o criador da caixa.

– Mas, Herr Virek, com seus recursos...

– Dos quais agora você faz parte, menina. Não quer um emprego? Quando fiquei sabendo que Gnass fora enganado com um Cornell falso, vi que você poderia ser útil neste assunto. – Ele deu de ombros. – Acredite, tenho um certo talento para obter os resultados que desejo.

– Claro que sim, Herr Virek! E, sim, quero trabalhar!

– Muito bem. Você receberá um salário. Terá acesso a certas linhas de crédito, embora, caso deseje adquirir, digamos, quantidades substanciais de bens imobiliários...

– Bens imobiliários?

– Ou uma corporação. Ou um veículo espacial. Nesse caso, você solicitará minha autorização indireta. Que, muito provavelmente, receberá. No mais, terá carta branca. Sugiro, no entanto, que trabalhe em uma escala em que se sinta confortável. Do contrário, corre o risco de perder contato com sua intuição. E a intuição, em um caso como este, é de vital importância. – O famoso sorriso brilhou para ela mais uma vez.

Ela respirou fundo.

– Herr Virek, e se eu falhar? Quanto tempo terei para achar esse artista?

– O resto de sua vida – foi a resposta.

– Me desculpe – ela se viu dizendo, para o próprio horror –, mas o senhor disse que vive em um... tanque?

– Sim, Marly. E, desse ponto de vista um tanto limitado, aconselho que se esforce para viver cada hora em sua própria carne. Não no passado, se me entende. Falo como alguém que não pode mais tolerar esse estado simples, as células do meu corpo tendo optado pela busca quixotesca de carreiras individuais. Imagino que a um homem de mais sorte, ou a um mais pobre, teria sido permitido morrer, ou seria codificado no núcleo de alguma peça de hardware. Mas pareço estar compelido por uma bizantina rede de circunstâncias que exige algo como um décimo de minha receita anual. O que faz de mim, suponho, o inválido mais caro do mundo. Fiquei emocionado, Marly, com os seus problemas sentimentais. Invejo a carne saudável da qual derivam.

E, por um instante, ela olhou diretamente para aqueles ternos olhos azuis e soube, com a certeza do instinto mamífero, que os extremamente ricos não eram mais nem de longe humanos.

Um manto de noite varreu o céu de Barcelona, como se fosse a contração de um enorme e lento obturador. Virek e Guell desapareceram, e ela encontrou-se novamente sentada na banqueta de couro, olhando para folhas rasgadas de cartolina manchada.

3

BOBBY DÁ UMA DE WILSON

Era uma coisa tão fácil, morrer. Via isso agora: simplesmente acontecia. Você se descuidava uma fração de segundo e lá estava: algo gelado e inodoro, emanando dos quatro cantos idiotas da sala, a sala de estar da sua mãe em Barrytown.

"Merda", pensou. "Two-a-Day vai morrer de rir: a primeira vez que saio e já dou uma de wilson."

O único som na sala era o ruído estridente e contínuo de seus dentes vibrando, uma convulsão supersônica à medida que a realimentação devorava-lhe o sistema nervoso. Observou a mão congelada tremendo delicadamente, a centímetros do botão de plástico vermelho que poderia quebrar a conexão que o matava.

"Merda."

Havia chegado em casa e ido direto fazer aquilo; encaixou o ICE-Breaker que alugara de Two-a-Day, o Dois-por-Dia, e conectou-se, buscando o banco de dados que escolhera como primeiro alvo real. Imaginara que esse era o jeito de fazer a coisa. "Se quer fazer, então *faça*." Tivera o pequeno deck Ono-Sendai por apenas um mês, mas já sabia que queria ser mais do que apenas um hotdogger, um jóquei novato, só mais um cowboy de segunda de Barrytown. Bobby Newmark, também conhecido como Count Zero. Mas já estava tudo acabado. Os seriados nunca terminavam dessa forma. Não bem no começo. Em um seriado, a namorada do mocinho cowboy, ou talvez o seu parceiro, entraria correndo, arrancaria os trodos, apertaria aquele botãozinho vermelho. Assim você venceria no final.

Mas Bobby estava sozinho agora. Seu sistema nervoso autônomo sobrepujado pelas defesas de um banco de dados a três mil quilômetros de Barrytown. E ele sabia disso. Havia uma química mágica naquela escuridão iminente, algo que lhe permitia vislumbrar a infinita conveniência da sala, com o tapete cor de tapete e cortinas cor de cortina, o conjunto de sofá de espuma desbotado, o suporte de cromo de linhas retas onde estavam os componentes de um módulo de entretenimento Hitachi de seis anos.

Fechara com cuidado as cortinas em preparação para o teste. Mas agora, de alguma forma, parecia ver lá fora, a despeito disso, onde os prédios de apartamentos de Barrytown encapelavam-se em uma onda de concreto que se arrebentava contra as torres mais escuras dos Projetos. A onda de prédios tinha uma fina pelagem arrepiada de inseto, formada por antenas e parabólicas de tela de arame, entrelaçadas com varais de roupa. Sua mãe gostava de reclamar daquilo: tinha secadora. Lembrou-se dos nós dos dedos esbranquiçados sobre o falso bronze do parapeito da sacada, rugas secas onde os pulsos se curvavam. Lembrou-se de um menino morto, retirado do Grande Playground em uma padiola de metal, embrulhado em um plástico da mesma cor dos carros de polícia. Caiu e bateu a cabeça. Caiu. Cabeça. Wilson.

O coração parou. Parecia que caíra de lado, chutado como um animal em um desenho animado.

O décimo sexto segundo da morte de Bobby Newmark. Sua morte de hotdogger.

E alguma coisa *se introduziu*, uma vastidão indizível, para além do limiar mais distante de qualquer coisa que conhecesse ou imaginasse. E o tocou.

::: O QUE ESTÁ FAZENDO? POR QUE ESTÃO FAZENDO ISSO COM VOCÊ?

Voz-de-garota, cabelo-castanho, olhos-escuros...

: ME MATANDO ME MATANDO DESLIGUE DESLIGUE

Olhos-escuros, estrela-do-deserto, blusa-marrom, cabelo-de-garota

::: MAS É UM TRUQUE, VÊ? VOCÊ SÓ ACHA QUE ESTÁ PRESO. OLHE. AGORA EU ENTRO AQUI, E VOCÊ NÃO ESTÁ MAIS NO LOOP.

E o coração, deitado, virou-se para a direita e chutou o almoço para cima com pernas vermelhas de desenho animado, um espasmo galvânico de coxas de rã arremessando-o da cadeira e arrancando os trodos da testa. A bexiga soltou-se quando a cabeça bateu no canto do Hitachi, e alguém estava dizendo "merda merda merda" no meio do pó do tapete. Voz-de-garota se fora, nada de estrela-do-deserto, impressão repentina de vento frio e pedras gastas de água...

Aí, sua cabeça explodiu, o que viu muito claramente de algum lugar bem distante. Como uma granada de fósforo.

Branco.

Luz.

4

BATENDO CARTÃO

O Honda preto pairou vinte metros acima do convés octogonal da plataforma de petróleo abandonada. O sol já estava quase nascendo, e Turner podia distinguir o contorno desbotado de um símbolo de risco biológico, indicando o heliponto.

– Tem algum risco biológico lá embaixo, Conroy?

– Nenhum que não seja rotina pra você – foi a resposta.

Um vulto de macacão vermelho fez sinais enérgicos com os braços para o piloto do Honda. O vento das hélices lançou restos de embalagens ao mar enquanto pousava. Conroy deu um tapa no fecho do cinto de segurança e inclinou-se sobre Turner para abrir a escotilha. O rugido dos motores os golpeou quando ela se abriu. Conroy começou a cutucar o ombro de Turner, ao mesmo tempo em que gesticulava, insistente, com a palma voltada para cima. Apontou para o piloto.

Turner arrastou-se para fora e pulou, as hélices como um trovão indefinido. Logo em seguida, Conroy agachava-se a seu lado. Afastaram-se do símbolo desvanecido com os passos rápidos, de pernas curvadas, comuns em helipontos, o vento do Honda amarrando as bocas das calças em volta dos tornozelos. Turner carregava uma maleta cinza, comum, moldada em ABS balístico, sua única bagagem.

Alguém a preparara, no hotel, e ela já o esperava no *Tsushima*. Uma súbita mudança no som das hélices o informou de que o Honda estava subindo. Seguiu gemendo em direção à costa, com as luzes apagadas. À medida que o som enfraquecia, Turner ouviu os gritos de gaivotas e o ir e vir do Pacífico.

– Alguém tentou montar um paraíso informático aqui, uma época – Conroy disse. – Águas internacionais. Naquela época, ninguém vivia em órbita, então fez sentido por uns anos... – Dirigiu-se à floresta enferrujada de vigas que sustentava a superestrutura da plataforma. – Em um cenário que a Hosaka me mostrou, trazemos Mitchell pra cá, limpamos o homem, enfiamos ele no *Tsushima* e vamos a todo vapor para o velho Japão. Eu disse pra esquecerem essa merda. A Maas fica sabendo e caem em cima da gente com tudo o que quiserem. Disse pra eles: aquele complexo que têm no DF, é isso o que queremos, certo? Tem muita merda que a Maas não faria ali, não no maldito centro da Cidade do México...

Um vulto saiu das sombras, a cabeça distorcida pelos óculos bulbosos de um amplificador de imagem. Com os canos apinhados e curtos de uma pistola de dardos Lansing, fez sinal para seguirem em frente.

– Risco biológico – Conroy disse, enquanto passavam por ele. – Baixe a cabeça aqui. E fique de olho, as escadas escorregam.

A plataforma cheirava a ferrugem, desuso e maresia. Não havia janelas. As paredes creme, desbotadas, estavam cobertas de crostas de ferrugem que se alastravam. De tantos em tantos metros, havia lanternas fluorescentes a bateria, penduradas nas vigas do alto, projetando uma luz esverdeada medonha, ao mesmo tempo intensa e teimosamente irregular. Pelo menos uma dúzia de pessoas trabalhava na sala central. Moviam-se com a precisão descontraída de bons técnicos. Profissionais, Turner pensou: seus olhares raramente se encontravam, e falavam pouco. Estava frio, muito frio. Conroy havia lhe dado um enorme casaco forrado de pele e coberto de abas e zíperes.

Um homem de barba, com jaqueta de aviador de couro de carneiro, prendia, com fita-prata, um trecho de cabo de fibra óptica a uma antepara amassada. Conroy estava envolvido em uma discussão sussurrada com uma mulher negra que usava um casaco como o de Turner. O técnico barbudo olhou por cima do que estava fazendo e viu Turner.

– Me-érda – disse ele, ainda ajoelhado –, sabia que ia ser das grandes, mas parece que vai ser barra-pesada também. – Levantou-se, limpando as mãos, distraidamente, nos jeans. Como os demais técnicos, usava luvas cirúrgicas com micropores. – É o Turner. – Arreganhou os dentes, olhou rapidamente na direção de Conroy e tirou um cantil plástico preto de um bolso da jaqueta. – Pra tirar um pouco do frio. Lembra de mim? Fizemos aquele serviço em Marrakesh. O garoto da IBM que foi pra Mitsu-G. Preparei as cargas do ônibus que você e o francês enfiaram no saguão do hotel.

Turner pegou o cantil, abriu a tampa, e o virou. Bourbon. Ardia, forte e azedo, seu calor emanando da região do esterno.

– Obrigado. – Devolveu o cantil, e o homem o enfiou no bolso.

– Oakey – o homem disse. – O nome é Oakey? Lembra?

– Claro – Turner mentiu. – Marrakesh.

– Bourbon Wild Turkey – Oakey falou. – Fiz escala no Schipol e passei no freeshop. O seu parceiro ali – deu uma outra olhada para Conroy –, não parece lá muito tranquilo, né? Quero dizer, não é como Marrakesh, certo?

Turner concordou.

– Se precisar de qualquer coisa – Oakey ofereceu –, é só falar comigo.

– Como o quê?

– Outra bebida, ou eu tenho um pouco de pó peruano, do tipo bem amarelinho. – Oakey voltou a arreganhar os dentes.

– Obrigado – Turner disse, vendo Conroy afastar-se da mulher. Oakey também viu, abaixando-se rapidamente e cortando, com a mão, um novo pedaço de fita-prata.

– Quem era? – Conroy perguntou, após conduzir Turner por uma porta estreita, com a vedação preta em ruínas nas bordas. Conroy girou a roda que trancava a porta. Alguém a lubrificara recentemente.

– O nome é Oakey – afirmou Turner enquanto assimilava o novo recinto. Menor. Duas das lanternas, mesas dobráveis, cadeiras, tudo novo. Nas mesas, instrumentos de algum tipo, debaixo de capas plásticas pretas.

– Amigo seu?

– Não – Turner respondeu. – Trabalhou pra mim uma vez. – Foi até a mesa mais próxima e levantou uma capa. – O que é? – O console tinha a aparência vazia e semiacabada de um protótipo de fábrica.

– Deck de ciberespaço da Maas-Neotek.

Turner ergueu as sobrancelhas.

– Seu?

– Conseguimos dois. Um está no teatro de operações. É da Hosaka. Claro que é a coisa mais rápida na matrix, e a Hosaka não consegue nem fazer engenharia reversa dos chips pra copiar. Tecnologia totalmente nova.

– Foi Mitchell que deu pra eles?

– Não querem dizer. Só o fato de terem liberado pra dar uma vantagem aos nossos jóqueis já é um sinal do quanto precisam do homem.

– Quem está no console, Conroy?

– Jaylene Slide. Estava falando com ela agora mesmo. – Fez sinal com a cabeça em direção à porta. – O cara no teatro de operações é de Los Angeles. Um garoto chamado Ramirez.

– São bons? – Turner recolocou a capa.

– Melhor serem, pelo que cobram. Jaylene conseguiu uma reputação muito boa nos últimos dois anos. E Ramirez é o aprendiz dela.

Conroy deu de ombros e prosseguiu:

– Merda. Você conhece esses cowboys. Bando de malucos...

– Onde você acha esses caras? Onde achou Oakey, por falar nisso?

Conroy sorriu.

– Com o *seu* agente, Turner.

Turner encarou Conroy e então fez que sim. Virando-se, ergueu a borda da capa seguinte. Estojos, de plástico e espuma, perfeitamente empilhados no metal frio da mesa. Tocou um retângulo plástico azul estampado com um monograma prata: S & W.

– Do seu agente – Conroy disse, enquanto Turner abria o estojo. Lá estava a arma, em seu leito moldado na espuma azul-clara, um revólver pesado, com uma carcaça feia que se destacava por baixo do cano curto.

– S & W Tático, calibre 408 com projetor de xenônio – Conroy prosseguiu. – O que ele disse que você iria querer.

Turner pegou a arma na mão e apertou o botão de teste de bateria para o projetor. Um LED vermelho, na coronha de nogueira, piscou duas vezes. Sacou o tambor.

– Munição?

– Na mesa. De recarga manual, pontas explosivas.

Turner encontrou um cubo transparente de plástico amarelo. Abriu-o com a mão esquerda e extraiu um cartucho.

– Por que me escolheram pra isto, Conroy? – Examinou o cartucho e, em seguida, o inseriu, com cuidado, em uma das seis câmaras do tambor.

– Não sei – Conroy respondeu. – Parecia que já tinham pensado em você desde o começo, desde que Mitchell falou com eles...

Turner girou o tambor rapidamente e o encaixou de volta na arma.

– Eu perguntei: por que me escolheram pra isto, Conroy? – Levantou a arma com as duas mãos e esticou os braços, apontando-a diretamente para o rosto de Conroy. – Numa arma destas, algumas vezes, se a luz estiver certa, dá pra ver até o fim do cano, ver se tem uma bala ali.

Conroy fez que não com a cabeça, muito de leve.

– Ou talvez você possa ver a bala em uma das outras câmaras...

– Não – Conroy disse, muito suavemente. – Não mesmo.

– Quem sabe os psicólogos fizeram merda, Conroy. O que acha?

– Não – Conroy respondeu, o rosto sem expressão. – Não fizeram, e nem você vai fazer.

Turner puxou o gatilho. O cão acertou uma câmara vazia. Conroy piscou uma vez, abriu a boca, fechou-a e observou enquanto Turner baixava o Smith & Wesson. Uma única gota de suor desceu pela testa de Conroy e perdeu-se em uma sobrancelha.

– Então? – Turner perguntou, com a arma ao lado.

Conroy deu de ombros e disse:

– Não faça essas merdas.

– Precisam tanto de mim?

Conroy assentiu.

– O show é seu, Turner.

– Onde Mitchell está? – Voltou a abrir o tambor e começou a carregar as cinco câmaras restantes.

– Arizona. A uns cinquenta quilômetros da fronteira de Sonora, em uma arcologia de pesquisa, numa chapada. Maas Biolabs da América do Norte. São os donos de tudo por ali, até a fronteira. E a chapada está no centro da cobertura de quatro satélites de reconhecimento. Muito fechado.

– E como é que vamos entrar?

– Não vamos. Mitchell está saindo por conta própria. Esperamos o homem, o apanhamos e o levamos pra Hosaka, intacto. – Conroy enfiou um dedo por trás da gola aberta da camisa preta e puxou um pedaço de cordão de nylon preto e, em seguida, um pequeno envelope de nylon preto com fecho de velcro. Abriu-o com cuidado e retirou um objeto, que ofereceu a Turner na palma da mão aberta. – Olha aqui. Foi isto que ele mandou.

Turner descansou a arma na mesa mais próxima e pegou o objeto. Era como um microsoft cinza, inchado: em uma ponta, um neuroconector comum; na outra, uma estrutura estranha e arredondada, diferente de qualquer coisa que já vira.

– O que é?

– Um biosoft. Jaylene se plugou e disse que parecia feito por uma IA. É um tipo de dossiê sobre Mitchell, com uma mensagem para a Hosaka presa no final. É melhor você mesmo se plugar. Vai querer ficar por dentro rápido...

Turner levantou os olhos do objeto cinza.

– O que ele fez com Jaylene?

– Ela disse que é melhor ficar deitado antes de se plugar. Não pareceu gostar muito.

Os sonhos de computador continham uma vertigem especial. Turner se deitou em uma placa virgem de espuma verde, no dormitório improvisado, e conectou o dossiê de Mitchell. Começou devagar: teve tempo de fechar os olhos.

Dez segundos depois, os olhos estavam abertos. Agarrou a espuma verde e lutou contra a náusea. Fechou os olhos de novo... Mais uma vez, começou aos poucos, um fluxo bruxuleante e não linear de fatos e dados sensoriais, um tipo de narrativa transmitida em planos interrompidos e justaposições surreais. Era um pouco como andar em uma montanha-russa que aleatoriamente entrasse e saísse da existência, em intervalos impossivelmente rápidos, mudando de altitude, ângulo e direção a cada pulso de inexistência. Exceto que os deslocamentos não tinham nada a ver com qualquer orientação física, mas sim com alternâncias instantâneas no sistema de símbolos e paradigmas. Aqueles dados nunca se destinaram a acesso humano.

Com os olhos abertos, tirou o objeto do soquete e segurou-o na mão, lisa de suor. Era como acordar de um pesadelo. Não um de horror, no qual os temores internos assumiam formas simples e terríveis, mas o tipo de sonho, infinitamente mais perturbador, em que tudo é perfeita e terrivelmente normal... e em que tudo está completamente *errado*.

A *intimidade* da coisa era repulsiva. Lutou contra as ondas de transferência bruta, usando toda a sua vontade para aplacar um sentimento que se aproximava do amor: a ternura obsessiva que um observador vem a sentir pelo objeto de uma longa vigilância. Sabia que, dias ou horas depois, os mais ínfimos detalhes do histórico acadêmico de Mitchell poderiam surgir na sua mente. Ou o nome de uma amante, o perfume do cabelo ruivo e espesso na luz do sol através da...

Sentou-se rapidamente, as solas plásticas dos sapatos batendo no convés enferrujado. Ainda usava o casaco, e o Smith & Wesson, em um bolso lateral, bateu-lhe dolorosamente no quadril.

Ia passar. O odor psíquico de Mitchell desapareceria, tão certamente quanto a gramática espanhola no lexikon evaporava-se após cada uso. O que experimentara era um dossiê de segurança da Maas redigido por um computador senciente, só isso. Colocou o biosoft de volta na pequena carteira preta de Conroy, alisou o fecho de velcro com o polegar e pôs o cordão em torno do pescoço.

Percebeu o som de ondas, batendo nas laterais da plataforma.

– Ei, chefe – alguém disse, de trás do cobertor militar marrom que fechava a porta da área do dormitório. – Conroy falou que é hora de você inspecionar as tropas, e aí vocês vão um pra cada lado. – O rosto barbado de Oakey apareceu, vindo detrás do cobertor. – Senão, não iria te acordar, certo?

– Não estava dormindo – Turner disse e ficou em pé, os dedos instintivamente massageando a pele em volta do soquete implantado.

– Que pena – Oakey lamentou. – Tenho uns dermas que botam você num sono ferrado, por uma hora certinha, aí soltam algum tipo de estimulante dos bons, que te deixa pronto pra tudo, sério...

Turner fez que não.

– Onde está o Conroy?

5

O EMPREGO

Marly registrou-se em um pequeno hotel com plantas verdes em pesados vasos de latão, os corredores ladrilhados como tabuleiros de xadrez de mármore gasto. O elevador era uma gaiola cheia de volutas douradas com painéis de pau-rosa, cheirando a óleo de limão e cigarrilhas.

O quarto ficava no quinto andar. Uma única janela alta dava para a Avenida, o tipo de janela que você realmente podia abrir. Quando o carregador sorridente foi embora, ela se jogou em uma poltrona cujo tecido felpudo contrastava confortavelmente com o suave tapete belga. Abriu os zíperes das velhas botas de Paris pela última vez, chutou-as dos pés e olhou para a dúzia de sacolas luxuosas de compras que o carregador havia disposto na cama. Amanhã, pensou, compraria malas. E uma escova de dentes.

– Estou em estado de choque – disse para as sacolas no colchão. – Preciso tomar cuidado. Nada parece real agora.

Olhou para baixo e viu que as duas meias estavam desfiando na ponta. Fez sinal de reprovação com a cabeça. A nova bolsa estava na mesa de mármore branco ao lado da cama: era preta, de couro curtido grosso, e macia como manteiga flamenga. Tinha lhe custado mais do que sua parte do aluguel do apartamento que deveria a Andrea, mas isso também era verdade quanto à estadia de uma noite neste hotel. A bolsa continha o passaporte e o chip de crédito que recebera na Galerie Duperey, vinculado a uma conta em seu nome em uma agência orbital do banco Nederlands Algemeen.

Entrou no banheiro e manejou as suaves alavancas de latão da grande banheira branca. A água quente e aerada silvou através de um dispositivo de filtragem japonês. O hotel fornecia sachês de sais de banho, tubos de cremes e óleos aromáticos. Esvaziou um tubo de óleo dentro da banheira que se enchia e começou a tirar as roupas, sentindo uma pontada de perda quando atirou a Sally Stanley para trás. Até uma hora atrás, a jaqueta de um ano fora sua vestimenta favorita e, talvez, o item mais caro que já possuíra. Agora, era algo para a lavanderia levar embora. Talvez fosse parar em um dos mercados de pulgas da cidade, o tipo de lugar onde ela procurava pechinchas na época em que era estudante de arte.

À medida que o banheiro se enchia com o vapor aromático, os espelhos ficaram embaçados e começaram a gotejar, manchando o reflexo de sua nudez. As coisas eram mesmo tão fáceis? O delgado chip de crédito dourado de Virek a tirara da miséria e colocara neste hotel, onde as toalhas eram brancas, grossas e faziam cócegas? Estava ciente de certa vertigem espiritual, como se estivesse tremendo à beira de um precipício. Perguntava-se o quanto o dinheiro poderia ser realmente poderoso, se alguém o tivesse em quantidade suficiente, de fato suficiente. Presumia que apenas os Vireks do mundo poderiam saber isso de verdade. E, quase com certeza, eles eram estruturalmente incapazes de *saber*: perguntar a Virek seria como interrogar um peixe a fim de saber mais sobre a água. "Sim, minha querida, é molhada. Sim, minha menina, com certeza é quente, perfumada e igual a uma toalha que faz cócegas." Ela entrou na banheira e assentou-se.

Amanhã cortaria o cabelo. Em Paris.

O telefone de Andrea tocou dezesseis vezes antes que Marly se lembrasse do programa especial. Ainda estava ativo, e este hotel pequeno e caro de Bruxelas não estaria na lista. Inclinou-se para recolocar o aparelho na mesa com tampo de mármore, e ele tocou uma vez, suavemente.

– Um mensageiro entregou um pacote da Galerie Duperey.

Quando o carregador do hotel, um rapaz mais jovem desta vez, talvez espanhol, saiu, ela levou o pacote para a janela e virou-o nas mãos. Estava embrulhado em uma única folha de papel artesanal, cinza-escuro, dobrada e pregueada daquela misteriosa maneira japonesa que não exigia nem cola nem barbante, mas que ela sabia que, depois de aberta, nunca conseguiria fechar de novo. O nome e o endereço da galeria estavam gravados em um canto, e o nome dela e do hotel, escritos à mão no centro, com letras itálicas perfeitas.

Desdobrou o papel e descobriu-se segurando um novo holoprojetor Braun e um envelope de plástico transparente. O envelope continha sete etiquetas de holoficha numeradas. Por trás da minúscula sacada de ferro, o sol se punha, pintando de ouro a Cidade Velha. Ouvia buzinas de automóveis e o choro de crianças. Fechou a janela e se encaminhou para a escrivaninha. O Braun era um retângulo preto liso alimentado por baterias solares. Ela verificou a carga e, em seguida, pegou a primeira holoficha do envelope e a inseriu.

A caixa que vira na simulação de Virek no Parque Guell brotou acima do Braun, brilhando com a resolução cristalina dos melhores hologramas destinados a museus. Osso e circuito de ouro, renda descorada e uma bolinha branca e fosca moldada de argila. Marly fez que não com a cabeça. Como alguém conseguira dispor esses pedacinhos, esse lixo, de tal forma que capturasse o coração, agarrasse a alma como em um anzol? Mas então fez que sim. Sabia que podia ser feito. Fora feito, muitos anos atrás, por um homem chamado Cornell, que também fazia caixas.

Então, olhou para a esquerda, onde o elegante papel cinza repousava sobre a escrivaninha. Escolhera este hotel por acaso, ao se cansar de fazer compras. Não havia contado a ninguém que estava aqui. E, com certeza, a ninguém da Galerie Duperey.

6

BARRYTOWN

Ficou desacordado por algo como oito horas, pelo relógio no Hitachi da mãe. Voltou a si encarando o painel empoeirado, com alguma coisa dura presa debaixo da coxa. O Ono-Sendai. Rolou para o lado. Cheiro de vômito estagnado.

Em seguida, estava no chuveiro, sem muita certeza de como chegara lá, girando as torneiras sem ter tirado a roupa. Arranhou, cutucou e puxou o rosto. Parecia uma máscara de borracha.

– Aconteceu alguma coisa. – Alguma coisa ruim, grande. Mas não tinha certeza do quê.

As roupas molhadas, aos poucos, foram se acumulando no piso de cerâmica do chuveiro. Finalmente, deu um passo para fora, foi até a pia e sacudiu os cabelos molhados, tirando-os dos olhos, olhando para o rosto no espelho. Bobby Newmark, sem problemas.

– Não, Bobby, problema. Tem um problema...

Com a toalha nos ombros, pingando água, seguiu pelo corredor estreito até o quarto, um espaço diminuto em forma de cunha, bem no fundo do apartamento. A unidade holopornô ativou-se quando entrou: meia dúzia de garotas sorrindo, olhando para ele com evidente prazer. Pareciam estar além das paredes do quarto, em perspectivas enevoadas de espaço azul-bebê, sorrisos brancos, corpos jovens e firmes brilhando como neon. Duas delas vieram para a frente e começaram a se acariciar.

– Parem – disse ele.

A unidade de projeção se desligou ao seu comando. As garotas dos sonhos desapareceram. O aparelho pertencera, antes, ao irmão mais velho de Ling Warren: o cabelo e as roupas das garotas estavam fora de moda e eram um tanto ridículos. Você podia falar com elas e mandar que fizessem coisas consigo mesmas e umas com as outras. Bobby se lembrava de quando tinha treze anos e estava apaixonado por Brandi, aquela com as calças de borracha azul. Agora, ele gostava das projeções mais pela ilusão de espaço que proporcionavam no quarto improvisado.

– Deu merda – disse, enquanto enfiava um jeans preto e uma camisa quase limpa. Sacudiu a cabeça. – Mas o quê? Que merda que deu? – Um pico de energia na linha? Uma ação maluca lá no Departamento de Fissão? Quem sabe o banco de dados que tentara invadir tivesse sofrido um defeito esquisito ou sido atacado por outra pessoa... Mas ficou com a sensação de ter encontrado alguém, alguém que... Sem perceber, havia estendido a mão direita, com os dedos abertos, suplicante.

– Merda. – Os dedos se fecharam em um punho. Então voltou: primeiro, a sensação da coisa grande, da coisa grande de verdade, *buscando por ele* através do ciberespaço. E, então, a impressão de uma garota. Negra, magra, agachada em algum lugar em uma estranha escuridão brilhante, cheia de estrelas e vento. Mas a impressão fugia-lhe da mente quando tentava fixá-la.

Com fome, enfiou as sandálias e voltou, na direção da cozinha, esfregando o cabelo com uma toalha úmida. Ao passar pela sala de estar, viu o indicador de ligado no Ono-Sendai brilhando para ele do tapete.

– Ah, merda! – Ficou ali, chupando ar por entre os dentes. Ainda estava conectado. Será que ainda estava ligado ao banco de dados que tentara invadir? Será que sabiam que não estava morto? Não fazia ideia. Mas uma coisa que sabia com certeza era que já tinham o seu número e tudo mais. Não se incomodara com atalhos e outras frescuras que os impediriam de fazer um rastreamento.

Tinham o seu endereço.

A fome esquecida, girou de volta para o banheiro e remexeu nas roupas encharcadas até achar o chip de crédito.

Tinha duzentos e dez neoienes escondidos no cabo de plástico oco de uma chave de fenda de várias pontas. Com a chave de fenda e o chip de crédito seguros em seu jeans, calçou o par mais velho e pesado de botas e, em seguida, puxou as roupas sujas de debaixo da cama. Pegou uma jaqueta de lona preta com pelo menos uma dúzia de bolsos, um deles sendo uma bolsa enorme na parte de baixo das costas, um tipo de mochila embutida. Havia um canivete japonês com cabo laranja debaixo do travesseiro. Esse entrou em um bolso estreito, na manga esquerda da jaqueta, perto do punho.

As garotas de sonho ativaram-se no momento em que saía:

– Bobby, Bobby-y, vem brincar...

Na sala de estar, arrancou o conector do Ono-Sendai do painel do Hitachi, enrolando o cabo de fibra óptica e metendo-o em um bolso. Fez o mesmo com o conjunto de trodos. Depois, colocou o Ono-Sendai no bolso-mochila da jaqueta.

As cortinas ainda estavam puxadas. Sentiu uma onda de euforia nova. Estava partindo. *Tinha* que partir. Já se esquecera da patética ternura que o encontro com a morte havia gerado. Separou as cortinas com cuidado, um vão da largura de um dedo, e espiou.

Era fim de tarde. Em algumas horas, as primeiras luzes começariam a brilhar nos volumes escuros dos Projetos. O Grande Playground estendia-se na distância, como um mar de concreto. Os Projetos erguiam-se na outra costa, vastas estruturas retilíneas suavizadas pela sobreposição aleatória de sacadas com estufas improvisadas, aquários de bagres, sistemas de aquecimento solar e as sempre presentes parabólicas de tela de arame.

Two-a-Day estaria lá agora, dormindo, em um mundo que Bobby jamais vira, um mundo de arcologia de programas de renda mínima. Two-a-Day descia para fazer negócios, geralmente com os hotdoggers de Barrytown, e logo voltava a subir. Sempre parecera bom para Bobby, lá em cima, com tanta coisa acontecendo nas sacadas à noite, entre as manchas vermelhas do carvão, crianças pequenas seminuas atropelando-se como macacos, tão pequenas que você mal as via. Às vezes, o vento mudava, e o cheiro da comida instalava-se no Grande Playground. Às vezes, dava pra ver um ultraleve saindo de algum canto secreto nos telhados tão lá em cima. E sempre o ritmo mesclado de um milhão de vozes, ondas de música que pulsavam e ganhavam ou perdiam nitidez com o vento.

Two-a-Day nunca falava sobre a vida, sobre onde vivia. Two-a-Day falava de negócios, ou, para ser mais sociável, de mulheres. As coisas que Two-a-Day falava sobre mulheres faziam Bobby, mais do que nunca, querer cair fora de Barrytown, e Bobby sabia que os negócios seriam a sua única passagem. Agora, porém, precisava do traficante de outra maneira, pois a situação não estava mais dando pé.

Quem sabe, Two-a-Day pudesse lhe dizer o que estava acontecendo. Não deveria haver nada letal em torno daquele banco de dados. Two-a-Day o escolhera para ele e alugara o software de que precisava para entrar. E Two-a-Day estava pronto para receptar qualquer coisa que conseguisse tirar de lá. Então, Two-a-Day tinha que saber. Saber *alguma coisa*, pelo menos.

– Nem tenho o seu número, cara – falou para os Projetos, deixando as cortinas se fecharem. Deveria deixar algo para sua mãe? Um bilhete? – O caralho! – disse para a sala às suas costas. – *Fora* daqui – e logo tinha saído pela porta e ia pelo corredor em direção às escadas. – Para sempre – acrescentou, abrindo a porta da rua com um pontapé.

O Grande Playground parecia seguro o bastante, exceto por um solitário cheirador de pó sem camisa, profundamente envolvido em uma furiosa conversa com Deus. Bobby desviou-se dele, fazendo um arco amplo. O cheirador estava gritando, pulando e dando golpes de caratê no ar. Tinha sangue seco nos pés descalços e os restos do que parecia ter sido um corte de cabelo lobe.

O Grande Playground era território neutro, pelo menos em teoria, e os lobes eram vagamente aliados dos gothicks. Bobby tinha relações bastante boas com os gothicks, mas conservava o status de independente. Barrytown era um lugar perigoso e incerto para ser independente. "Pelo menos", pensou enquanto a gritaria furiosa do cheirador se desvanecia às suas costas, "as gangues te davam alguma estrutura." Se você era um gothick, e os kasuals te cortassem, fazia sentido. Talvez as razões fundamentais por trás disso fossem absurdas, mas havia regras. Os independentes, porém, eram cortados por cheiradores que só tinham o tronco cerebral funcionando, por lunáticos perigosos que percorriam o país, vindos de lugares tão distantes quanto Nova York, como aquele Colecionador de Pênis do último verão, que guardava os itens em um saco plástico no bolso...

Bobby tentara achar um jeito de sair deste cenário desde o dia em que nascera, ou ao menos pensava assim. Agora, enquanto caminhava, o deck de ciberespaço no bolso-mochila ficava batendo em sua coluna. Como se ele também estivesse apressado para cair fora.

– Vamos lá, Two-a-Day – disse aos Projetos que se aproximavam –, tire a bunda daí de cima e esteja no Leon's quando eu chegar lá, tá bem?

Two-a-Day não estava no Leon's.

Ninguém estava, a não ser que você contasse o Leon, que sondava os mistérios íntimos de um conversor de parede-tela com um clipe de papel torto.

– Por que não pega um martelo e bate nessa bosta até fazer funcionar? – Bobby perguntou. – Vai dar na mesma.

Leon desviou os olhos do conversor e olhou para cima. Parecia um quarentão, mas era difícil dizer. Não parecia pertencer a nenhuma raça em especial ou, de acordo com certas opiniões, parecia pertencer a alguma raça a que ninguém mais pertencia. Um monte de ossos faciais hipertrofiados e uma juba de cabelos escuros, crespos e sem brilho. Seu clube-pirata no porão fora parte integral da vida de Bobby nos últimos dois anos.

Leon dirigiu o olhar entediado para Bobby, com seus olhos enervantes, pupilas de um cinza-nácar misturado com um pingo de verde-oliva translúcido. Os olhos de Leon faziam Bobby pensar em ostras e esmalte de unhas, duas coisas que ele particularmente não gostava de pensar, não em conexão com olhos. A cor era como algo que se usaria no estofamento de banquetas de bar.

– Só estou dizendo que não dá pra consertar uma merda dessas cutucando – Bobby acrescentou, desconfortável. Leon discordou lentamente com a cabeça e voltou à exploração. As pessoas pagavam para entrar no lugar porque Leon pirateava kino e simstim das redes de cabo, e tinha um monte de coisas que o pessoal de Barrytown não teria dinheiro para acessar de outra forma. Havia tráfico nos fundos, e você podia fazer "doações" em troca de bebidas, na maior parte álcool honesto de Ohio misturado com algum refresco sintético de laranja que Leon conseguia em quantidades industriais.

– Eh, Leon. – Bobby recomeçou – Tem visto o Two-a-Day por aqui?

Os olhos medonhos voltaram a se levantar e observaram Bobby por um tempo longo demais.

– Não.

– Nem ontem à noite?

– Não.

– Antes de ontem?

– Não.

– Ah. Certo. Valeu. – Não havia sentido em pressionar Leon. Na verdade, havia muitas razões para não fazer isso. Bobby olhou ao redor, para a ampla sala mal iluminada, para as unidades de simstim e as telas de kino apagadas. O clube era formado por uma série de salas quase idênticas, no porão de uma ruína semirresidencial destinada a solteiros, com uma pitada de indústria leve. Bom revestimento acústico: quase nunca se ouvia a música, não do lado de fora. Foram tantas as noites em que Bobby saíra do Leon's com a cabeça cheia de barulho e pílulas, emergindo para o que parecia um vácuo mágico de silêncio, os ouvidos zumbindo durante todo o caminho para casa através do Grande Playground.

Pelo jeito, agora ele tinha uma hora antes que os primeiros gothicks começassem a chegar. Os traficantes, na maior parte negros dos Projetos ou brancos da cidade ou de algum outro subúrbio, não apareceriam até que houvesse um grupo de gothicks do qual se ocupar. Nada pior para a imagem de um traficante do que se limitar a ficar ali sentado, esperando. Afinal, isso queria dizer que nada estava rolando para você, e nunca um traficante da pesada pra valer ia ficar fazendo hora no Leon's só por diversão. No Leon's, era tudo merda de hotdoggers, aventureiros de fim de semana com decks baratos que assistiam kinos japoneses de ICE-Breaker.

"Mas Two-a-Day não era desses", ele disse a si mesmo enquanto subia as escadas de concreto. Two-a-Day estava no bom caminho. Pra fora dos Projetos, pra fora de Barrytown, pra fora do Leon's. No bom caminho para a cidade. Para Paris, quem sabe, ou Chiba." O Ono-Sendai bateu em sua coluna. Lembrou-se de que o cassete do ICE-Breaker de Two-a-Day ainda estava lá. Não queria ter que explicar aquilo para ninguém. Passou por uma banca de revistas. Um fax amarelo da edição de Nova York do *Asahi Shimbun* passava por uma janela plástica no revestimento espelhado, algum governo caindo na África, coisas russas de Marte...

Era aquele momento do dia em que você podia ver as coisas com muita clareza, ver cada detalhezinho longe nas ruas: o verde que acabara de brotar dos galhos pretos das árvores em seus buracos no concreto e o brilho do aço na bota de uma garota a um quarteirão de distância. Era como se estivesse olhando através de um tipo especial de água que tornasse a visão mais fácil mesmo que estivesse quase escuro. Voltou-se e olhou para cima, para os Projetos. Andares inteiros estavam sempre apagados: em ruínas ou com janelas escurecidas. O que faziam lá? Podia perguntar a Two-a-Day qualquer hora...

Olhou a hora no relógio da Coca-Cola na banca. Sua mãe já deveria estar de volta de Boston a esta altura. Tinha de estar, ou ia perder uma de suas novelas favoritas. Um buraco novo na cabeça. De qualquer forma, ela era maluca. Nada de errado com o soquete que ela tinha desde antes dele nascer, mas ela reclamara por anos de estática, resolução e borrões sensoriais. Assim, ela finalmente pegou o crédito para ir até Boston e trocar por um substituto barato. O tipo de lugar onde você nem marca hora pra cirurgia. É só entrar, e eles já tacam o soquete na cabeça... Ele a conhecia bem. Sim. Como ela entraria em casa com uma garrafa embrulhada debaixo do braço, nem mesmo tiraria o casaco, apenas iria direto se conectar no Hitachi, enchendo a cabeça de novela por seis horas seguidas. Seus olhos sairiam de foco e, algumas vezes, se fosse um capítulo bom mesmo, daria umas babadinhas. A cada cerca de vinte minutos, conseguiria se lembrar de tomar um golinho, digno de uma dama, da garrafa.

Sempre fora assim, desde que ele podia se lembrar, enterrando-se aos poucos na sua meia dúzia de enrolações sintéticas, fantasias de simstim sequenciais sobre as quais Bobby teve que ouvir quase toda a vida. Ele ainda tinha impressões assustadoras de que alguns dos personagens de quem ela falava eram parentes, tias e tios ricos e lindos que poderiam aparecer algum dia, se ele não fosse tão merdinha. Talvez, pensou agora, isso fosse verdade, de certa forma: pelo que lhe contara, ela tinha se conectado naquela merda direto durante a gravidez; então ele, o feto Newmark, encolhido lá dentro, fora exposto a cerca de mil horas de *People of Importance* e *Atlanta*. Mas não gostava de pensar em ficar encolhido na barriga de Marsha Newmark. Fazia com que se sentisse suado e meio doente.

Mamãe Marsha. Foi somente no ano passado, mais ou menos, que Bobby veio a entender suficientemente bem o mundo, como entendia agora, para se perguntar como, exatamente, ela ainda conseguia se virar nele, mesmo que de maneira marginal, com sua garrafa e os fantasmas do soquete para lhe fazer companhia. Algumas vezes, quando estava em certo astral e havia tomado o número certo de goles, ela ainda tentava contar histórias sobre o pai. Bobby soubera, desde os quatro anos, que era conversa mole, pois os detalhes mudavam a cada vez. Mesmo assim, durante anos, se permitiu certo prazer nelas.

Encontrou um recesso de carga e descarga alguns blocos a oeste do Leon's, protegido da rua por uma caçamba de lixo recém-pintada de azul, a tinta nova brilhando sobre o ferro amassado e cheio de crostas. Havia uma única lâmpada halógena suspensa sobre o recesso. Encontrou uma borda confortável de concreto e sentou-se ali, com cuidado para não bater o Ono-Sendai. Às vezes, o único jeito era esperar. Essa era uma das coisas que Two-a-Day lhe ensinara.

A caçamba estava transbordando com uma confusão bem variada de sucata industrial. Barrytown tinha sua parcela de fábricas mais ou menos legais, parte da economia invisível, como o pessoal dos noticiários gostava de falar, mas Bobby nunca prestava muita atenção a eles. Negócios. Tudo se reduzia a negócios.

A luz fazia as mariposas piscarem em órbitas sinuosas em torno da lâmpada halógena. Bobby assistiu, parado, enquanto três crianças, a mais velha de uns dez anos, escalavam uma lateral azul da caçamba com um pedaço de corda de nylon branca, encardida, e um gancho improvisado que parecia ter pertencido a um porta-chapéus. Quando a última chegou ao topo, dentro do caos de sucata plástica, a corda foi rapidamente puxada para cima. A sucata começou a ranger e farfalhar.

"Igualzinho a mim", Bobby pensou. "Eu sempre fazia essa merda, enchia o meu quarto com o lixo esquisito que achava. Uma vez, a irmã de Ling Warren tinha achado um braço quase inteiro de alguém, todo embrulhado em plástico verde e fechado com tiras de borracha."

Mamãe Marsha às vezes tinha esses ataques de duas horas de religiosidade, entrava no quarto de Bobby, jogava fora seus melhores lixos e grudava algum holograma adesivo horroroso em cima da cama. Talvez Jesus, talvez Hubbard, talvez a Virgem Maria, não importava muito para ela, quando ficava naquele estado. Aquilo costumava injuriar Bobby, até o dia em que havia crescido o bastante para entrar na sala de estar com um martelo e erguê-lo sobre o Hitachi: "Você mexe nas minhas coisas de novo, e eu mato seus amigos, mãe, todos eles." Ela nunca mais tentou. Mas os hologramas adesivos acabaram tendo algum efeito em Bobby, pois a religião agora era algo que ele parecia já ter examinado e posto de lado. Em suma, pelo que entendia, simplesmente havia algumas pessoas por aí que precisavam daquela merda, e imaginava que sempre houvera, mas ele não era uma delas e, então, não precisava.

Nesse momento, uma das crianças da caçamba se ergueu do lixo e fez uma varredura da área imediata com os olhos semicerrados e, em seguida, voltou a mergulhar para fora de vista. Houve um som de objetos batendo e raspando. Mãozinhas brancas ergueram uma vasilha metálica amassada por cima da borda, baixando-a com a corda de nylon. "Um bom achado", Bobby pensou. "Você podia levar aquela coisa a um ferro-velho e conseguir um troco." Baixaram o objeto até a calçada, a cerca de um metro das botas de Bobby. No momento em que tocou o chão, por acaso girou, exibindo o símbolo de seis chifres que representava risco biológico.

– Ah, merda – disse, levantando os pés por reflexo.

Uma das crianças desceu pela corda e endireitou a vasilha. As outras duas vieram em seguida. Notou que eram mais jovens do que havia pensado.

– Ei – Bobby falou. – Sabem que isso pode ser uma coisa muito ruim? Dar câncer e essas coisas...

– Vai lamber o cu de um cachorro até sair sangue – a primeira criança a descer pela corda respondeu, enquanto davam uma pancada na corda para soltar o gancho, enrolavam-na e arrastavam a vasilha para além do canto da caçamba, para fora de vista.

Ficou esperando durante uma hora e meia. Era tempo suficiente: o Leon's estava começando a ferver.

Pelo menos vinte gothicks estavam fazendo pose na sala principal, como uma manada de bebês-dinossauros, suas cristas de cabelo com laquê balançando e tremendo. A maioria se aproximava do ideal gothick: alto, magro, musculoso, mas com um toque de inquietude esquelética, jovens atletas nos primeiros estágios da tuberculose. A palidez cadavérica era obrigatória, e o cabelo gothick era preto por definição. Bobby sabia que era melhor evitar os poucos que não conseguiam deformar o corpo para entrar no padrão da subcultura: um gothick baixinho era encrenca; um gothick gordo, homicida.

Agora os observava, curvando-se e brilhando no Leon's, como se fossem uma criatura composta, um mofo viscoso com uma superfície recortada de couro preto e cravos inoxidáveis. A maior parte tinha rostos quase idênticos, feições retrabalhadas para corresponder a arquétipos antigos escolhidos de bancos de kino. Escolheu um Dean especialmente bem feito, cujo cabelo balançava como a crista de acasalamento de um lagarto noturno.

– Irmão – Bobby começou, incerto de se já o conhecia.

– Cara – o Dean respondeu languidamente, a bochecha esquerda distendida pelo bolo de resina que mascava. – O Count, gata – como um aparte para sua garota. – Interrupção Count Zero. – Uma mão comprida e pálida, com uma cicatriz recente no dorso, apalpava a bunda da garota pela saia de couro. – Count, esta é a gata que eu tô pegando. – A garota gothick olhou para Bobby com interesse indulgente, mas sem demonstrar qualquer reconhecimento humano, como se estivesse vendo a propaganda de um produto do qual ouvira falar, mas que não pretendia comprar.

Bobby esquadrinhou a multidão. Alguns rostos vazios, mas nenhum que conhecesse. Nem sinal de Two-a-Day.

– Ei – ele segredou –, você que está por dentro de tudo, estou procurando um amigão meu, um amigo de negócios – diante disso, o gothick balançou a crista em sinal de entendimento. – Se chama Two-a-Day... – fez uma pausa. O gothick parecia inexpressivo, mascando sua resina. A garota parecia entediada, impaciente. – O cara do software – Bobby acrescentou, erguendo as sobrancelhas. – O cara negro do software.

– Two-a-Day – o gothick disse. – Claro. Two-a-Day. Certo, gata? – A garota jogou a cabeça para trás e olhou para o outro lado.

– Conhece ele?

– Claro.

– Tá aqui hoje?

– Não – o gothick respondeu e sorriu, sem motivo.

Bobby abriu a boca, fechou-a e se forçou a concordar com a cabeça.

– Valeu, irmão.

– Qualquer coisa pra ti, cara – o gothick disse.

Outra hora e mais do mesmo. Branco por todo lado, branco gothick como giz. Os olhos brilhantes e vazios das garotas, os saltos das botas como agulhas de ébano. Tentou se manter fora da sala de simstim, onde Leon estava passando algum tipo de fita esquisita das selvas que ficava colocando você dentro de diferentes tipos de animais, cheia de ação maluca nas árvores, o que Bobby achava um tanto desorientador. Estava com fome suficiente, agora, para se sentir um pouco zonzo, ou talvez fosse consequência do que acontecera mais cedo, mas estava começando a ficar bem difícil de se concentrar, e os pensamentos vagavam em direções estranhas. Como, por exemplo, quem havia subido naquelas árvores cheias de cobras e conectado um par daqueles bichos parecidos com ratos para gravar o simstim?

Quem quer que fosse, os gothicks estavam adorando. Contorciam-se e batiam os pés no chão e, em geral, estavam numa identificação danada com os ratos das árvores. O novo sucesso do Leon's, Bobby decidiu.

Logo à esquerda, mas fora do alcance do stim, estavam duas garotas do Projeto, seu jeito de vestir barroco em agudo contraste com o preto e branco dos gothicks. Longas sobrecasacas pretas abertas sobre coletes vermelhos apertados, com brocados de seda, as caudas de enormes blusas brancas caindo bem abaixo dos joelhos. As feições negras ficavam escondidas debaixo das bordas de chapéus presos e pendurados com fragmentos de ouro velho: alfinetes de gravata, berloques, dentes, relógios mecânicos. Bobby as observava discretamente: as roupas diziam que tinham dinheiro, mas que alguém faria você pagar se fosse atrás dele. Uma vez, Two-a-Day havia descido dos Projetos com uma roupa de veludo liso azul-gelo com fechos de diamante nos joelhos, como se não tivesse tido tempo de se trocar, mas Bobby agira como se o traficante estivesse vestido com as roupas de couro habituais, porque supunha que uma atitude cosmopolita era essencial nos negócios.

Tentou imaginar-se chegando até elas calmamente, dizendo apenas: "Oi, as damas devem conhecer o meu amigão, o sr. Two-a-Day?" Mas elas eram mais velhas, mais altas e agiam com uma dignidade que ele achava intimidante. O mais provável era que apenas dessem risada, mas, por algum motivo, ele não queria, de modo algum, que isso acontecesse.

O que queria mesmo, agora, e queria muito, era comida. Apalpou o chip de crédito através do denim do jeans. Pensou em atravessar a rua e comprar um sanduíche... Então se lembrou do motivo pelo qual estava ali, e subitamente não pareceu muito inteligente usar o chip. Se tivesse sido rastreado, após a tentativa de incursão, a esta altura eles teriam o número de seu chip. Usá-lo chamaria a atenção de qualquer um que estivesse procurando no ciberespaço. Ficaria tão visível na grade de Barrytown quanto um rojão em um estádio de futebol às escuras. Tinha dinheiro vivo, mas não dava pra comprar comida com aquilo. Na verdade, não era ilegal ter dinheiro, só que ninguém nunca fazia nada de honesto com ele. Teria que achar um gothick com um chip, comprar um neoiene de crédito, provavelmente com um tremendo ágio, e depois fazer o gothick pagar pela comida. E como, diabos, iria receber o troco?

"Talvez você esteja apenas assustado", disse para si mesmo. Não tinha certeza se estava sendo seguido, e o banco de dados que tentara invadir estava dentro da lei, ou, pelo menos, parecia. Foi por isso que Two-a-Day lhe disse que não tinha que se preocupar com Black ICE, gelo preto. Quem colocaria programas de feedback letais em um lugar que alugava kinos de pornografia soft? O plano era sugar algumas horas de kino digitalizado, material novo que ainda não tivesse chegado ao mercado clandestino. Não era o tipo de coisa pela qual alguém estaria disposto a matar...

Mas alguém tentara. E algo mais havia acontecido. Algo totalmente diferente. Arrastou-se, subindo as escadas de novo, para fora do Leon's. Sabia que havia muita coisa que desconhecia sobre a matrix, mas nunca ouvira falar de nada tão esquisito... Havia histórias de fantasmas, claro, e hotdoggers que juravam ter visto coisas no ciberespaço, mas imaginava que eles fossem wilsons que se conectavam com pó na cabeça: você podia ter alucinações na matrix tão fácil quanto em qualquer outro lugar...

"Talvez tenha sido isso que aconteceu", pensou. A voz era apenas parte da morte, de estar sem sinais, alguma besteira maluca que o cérebro vomitava pra você se sentir melhor. E tinha acontecido algo no lado da fonte, talvez uma falta de energia por lá, e por isso o ICE tinha perdido o controle sobre seu sistema nervoso.

Talvez. Mas não sabia. Não conhecia o terreno. Sua ignorância havia começado a corroê-lo por dentro nos últimos tempos, pois o impedia de fazer as jogadas de que precisava. Nunca havia pensado muito sobre isso antes, mas a verdade é que não sabia muito sobre nada em especial. De fato, até ter tido vontade de entrar no mundo dos cowboys de console, achava que sabia tudo que precisava saber. E era assim que os gothicks eram, e era por isso que ficariam aqui e se consumiriam com pó, ou seriam fatiados pelos kasuals, e o processo de desgaste geraria a porcentagem deles que, de alguma forma, viria a ser a próxima onda de compradores de apartamentos e fazedores de filhos de Barrytown, e a coisa toda poderia recomeçar.

Ele era como uma criança que tivesse crescido ao lado do oceano, estivesse tão acostumada com ele quanto com o céu, mas não soubesse nada de correntes, rotas marítimas ou particularidades do tempo. Usara decks na escola, brinquedos que o conduziam pelas distâncias infinitas do espaço que não era espaço, a inconcebivelmente complexa alucinação coletiva da humanidade: a matrix, o ciberespaço, onde os grandes núcleos quentes corporativos ardiam como supernovas de neon, dados tão densos que você teria sobrecarga sensorial se tentasse absorver mais do que o mais leve dos esboços.

Mas desde que começara a entrar no mundo dos cowboys, tinha alguma ideia do pouquíssimo que sabia sobre como qualquer coisa funcionava, e não apenas na matrix. Isso crescera dentro dele, de alguma forma, e ele começara a imaginar. Imaginar e pensar. Como Barrytown funcionava, o que mantinha sua mãe seguindo adiante, por que os gothicks e os kasuals investiam toda aquela energia tentando matar uns aos outros. Ou por que Two-a-Day era negro e vivia nos Projetos, e que diferença havia nisso.

À medida que caminhava, seguia procurando o traficante. Rostos brancos, mais rostos brancos. O estômago começara a fazer um pouco de ruído. Pensou no pacote novo de bifes de trigo no refrigerador em casa, em fritá-los com um pouco de soja e abrir um pacote de biscoitos de krill...

Passando de novo pela banca, olhou para o relógio da Coca-Cola. Com certeza, Marsha já estaria em casa, afundada nas complexidades labirínticas de *People of Importance*, novela que tinha uma protagonista cuja vida Marsha compartilhava, via soquete, há quase vinte anos.

O fax do *Asahi Shimbun* ainda rolava por trás de sua janelinha, e Bobby se aproximou a tempo de ver o primeiro informe do ataque a bomba do bloco A, nível 3, Covina Concourse Courts, Barrytown, Nova Jersey.

Logo em seguida, tinha desaparecido, passado, e havia uma reportagem sobre o funeral formal do chefe da Yakuza em Cleveland. Estritamente tradicional. Todos eles com guarda-chuvas pretos.

Vivera toda a vida no 503 do bloco A.

Aquela coisa enorme, se aproximando, para esmagar totalmente Marsha Newmark e seu Hitachi. E é claro que se destinava a ele.

– Aí está alguém que não perde tempo – ele se ouviu dizer.

– Ei! Cara! Count! Tá com pó na cabeça, irmão? Ei! Aonde vai?

Os olhos de dois Deans se reviraram para segui-lo, no curso de seu pânico desesperado.

7

O SHOPPING

Conroy manobrou o Fokker azul para fora da faixa desgastada de rodovia de antes da guerra e desacelerou. O longo rabo de galo de pó claro que os seguira desde Needles começou a assentar. O hovercraft afundou-se em sua saia-balão inflada à medida que parava.

– Este é o lugar, Turner.

– Que bomba caiu aqui? – Uma vastidão retangular de concreto se espalhava até paredes irregulares de blocos de cimento desgastados pelo tempo.

– A economia – Conroy disse. – Antes da guerra. Nunca acabaram a construção. A dez quilômetros daqui há bairros inteiros só de ruas, sem casas, sem nada.

– Quantos na equipe do teatro de operações?

Nove, sem contar você. E os médicos.

– Que médicos?

– Da Hosaka. A Maas trabalha com biológicos, certo? Não dá pra dizer o que podem ter colocado no nosso garoto. Então, a Hosaka montou uma pequena unidade de neurocirurgia e pôs três fodões nela. Dois são da empresa. O terceiro é da Coreia e sabe tudo de medicina ilegal. A unidade médica é aquela comprida ali – ele apontou. – Pega uma parte do teto.

– Como a puseram no local?

– Trouxemos de Tucson dentro de um caminhão-tanque. Fingimos uma quebra. Tiramos e colocamos no lugar. Precisou todo mundo. Levou uns três minutos.

– E a Maas? – Turner perguntou.

– Claro – Conroy desligou os motores. – Precisamos arriscar – disse ele, no silêncio abrupto. – Talvez não tenham notado. O nosso cara no caminhão ficou lá resmungando no rádio com o despachante de cargas em Tucson. Falou tudo sobre o maldito trocador de calor e quanto tempo ia demorar pra consertar. Suponho que captaram. Consegue pensar num jeito melhor?

– Não. Já que o cliente quer essa coisa no local. Mas estamos aqui sentados, agora, no meio da área de cobertura deles...

– Benzinho – e Conroy resfolegou –, quem sabe paramos só pra uma trepadinha. Uma paradinha na viagem pra Tucson, certo? O lugar é perfeito pra isso. As pessoas param aqui pra mijar, sabia? – Olhou para seu relógio Porsche preto. – Tenho que estar lá em uma hora, pegar um helicóptero de volta pra costa.

– Pra plataforma?

– Não. Seu maldito jato. Pensei em cuidar disso eu mesmo.

– Ótimo.

– Eu sou mais um avião de efeito solo da Dornier System. Deixaria esperando na estrada até que víssemos Mitchell chegar. Conseguiria chegar aqui quando os médicos tivessem acabado com a limpeza. Enfiamos o homem dentro e decolamos pra fronteira de Sonora...

– Em velocidade subsônica? – Turner perguntou. – Nem fodendo. Pode ir pra Califórnia me comprar aquele jato de decolagem vertical, o Jump Jet. Nosso garoto vai sair daqui em uma aeronave de guerra polivalente que ainda nem ficou obsoleta direito.

– Tem um piloto em mente?

– Eu – Turner disse, e apontou o soquete por trás da orelha. – É um sistema interativo totalmente integrado. Vão te vender o software de interface e eu vou me conectar direto.

– Não sabia que você pilotava.

– Não piloto. Não precisa experiência só pra levar alguém pra Cidade do México.

– Ainda o adolescente rebelde, Turner? Sabe que há boatos de que alguém explodiu o seu pinto lá em Nova Delhi? – Conroy virou-se para encará-lo, seu sorriso frio e limpo.

Turner apanhou o casaco de detrás do banco e tirou a arma e a caixa de munição. Estava colocando o casaco de volta no lugar quando Conroy disse:

– Fique com ele. De noite, faz frio pra cacete aqui.

Turner estendeu a mão para o trinco da capota e Conroy aumentou a rotação dos motores. O hovercraft subiu alguns centímetros, oscilando um pouco enquanto Turner abria a capota e saía da cabine. Sol branco ofuscante e ar como veludo quente. Pegou os óculos escuros mexicanos do bolso da camisa de trabalho azul e os colocou. Usava um par de sapatos brancos, com sola de borracha, e calças militares tropicais. A caixa de balas explosivas entrou em um dos bolsos da frente das calças. Manteve a arma na mão direita, o casaco enrolado debaixo do braço esquerdo.

– Vá na direção do prédio comprido – Conroy disse, por cima do barulho do motor. – Estão esperando você.

Saltou no brilho de fornalha do meio-dia do deserto, ao mesmo tempo em que Conroy voltava a aumentar a rotação do Fokker e o levava de volta para a rodovia. Ficou observando enquanto o aparelho acelerava rumo ao leste, a imagem desaparecendo aos poucos, distorcida pelas ondulações do calor ascendente.

Quando desapareceu, não havia som algum, movimento algum. Ele se virou, de frente para as ruínas. Alguma coisa pequena, cinza como uma pedra, correu entre duas rochas.

A uns oitenta metros da rodovia começavam as paredes recortadas. O trecho entre elas e a estrada havia sido, outrora, um estacionamento.

Cinco passos em frente e parou. Ouviu o mar, as ondas batendo, explosões suaves à medida que a arrebentação caía. A arma estava em sua mão, grande demais, real demais, o metal aquecendo ao sol.

"Não há mar, não há mar", disse a si mesmo, "não ouço nada." Continuou caminhando, os sapatos com sola de borracha escorregando em montes de antigos vidros de janela, salpicados de cacos de garrafa marrons e verdes. Havia discos enferrujados que tinham sido, um dia, tampas de garrafa, retângulos achatados que tinham sido latas de alumínio. Insetos zumbiam em moitas baixas de arbustos secos.

Acabado. Já era. Este lugar. Não há mais tempo.

Parou de novo, inclinando-se para a frente, como se procurasse algo que o ajudaria a dar nome à coisa que se erguia por dentro dele. Algo oco.

O shopping estava duas vezes morto. O hotel de praia no México estivera vivo uma vez, pelo menos por uma temporada.

Depois do estacionamento, os blocos de cimento iluminados pelo sol, baratos e sem alma, esperavam.

Encontrou-os agachados na estreita faixa de sombra fornecida por um trecho de parede cinza. Três deles. Sentiu o cheiro do café antes de vê-los. O bule esmaltado e escurecido pelo fogo balançava-se precariamente no minúsculo fogareiro Primus. Era para ele sentir mesmo o cheiro. Esperavam-no. Do contrário, teria encontrado as ruínas vazias e, então, de alguma forma, muito silenciosa e quase natural, teria morrido.

Dois homens, uma mulher. Botas rachadas e empoeiradas do Texas, denim tão brilhante com gordura que devia ser à prova de água. Os homens tinham barba, os cabelos, compridos e descoloridos pelo sol, amarrados para cima com tiras de couro cru. O cabelo da mulher, repartido no meio e puxado para trás bem esticado, a partir de um rosto enrugado e maltratado pelo vento. Uma antiga motocicleta BMW apoiava-se na parede, o cromo manchado e a pintura gasta disfarçados com bolhas aerografadas de camuflagem marrom e cinza do deserto.

Soltou a coronha do Smith & Wesson, deixando que ele girasse em torno do indicador, de modo que o cano apontasse para cima e para trás.

– Turner – um dos homens disse, levantando-se, metal barato brilhando nos dentes. – Sutcliffe. – Um pouco de sotaque, provavelmente australiano.

– Equipe de ponta? – Olhou para os outros dois.

– De ponta – Sutcliffe disse, e enfiou o polegar e o indicador bronzeados na boca, tirando uma prótese amarelada e coberta de aço. Seus dentes permanentes eram brancos e perfeitamente uniformes. – Você tirou Chauvet da IBM para a Mitsu – prosseguiu –, e dizem que tirou Semenov de Tomsk.

– É uma pergunta?

– Eu estava na segurança da IBM em Marrakesh quando você explodiu o hotel.

Turner olhou o homem nos olhos. Eram azuis, calmos, muito brilhantes.

– Tem algum problema com isso?

– Não se preocupe – Sutcliffe disse. – Só queria que soubesse que já vi o seu trabalho. – Encaixou a prótese de volta no lugar. – Lynch – indicando com a cabeça o outro homem. – E Webber – indicando a mulher.

– Resuma tudo pra mim – Turner disse, agachando-se também no retalho de sombra. Ficou de cócoras, ainda segurando a arma.

– Chegamos há três dias – Webber disse –, em duas motos. Preparamos uma delas pra que quebrasse o eixo de manivela, no caso de precisarmos de uma desculpa pra acampar aqui. Há uma pequena população flutuante, motoqueiros-ciganos e praticantes de cultos. Lynch andou seis quilômetros com um rolo de fibra óptica para o leste e puxou a linha de um telefone...

– Particular?

– Um telefone público – Lynch disse.

– Enviamos um sinal de teste – a mulher continuou. – Se não tivesse funcionado, você saberia.

Turner concordou.

– Tráfego de entrada?

– Nada. É estritamente para o grande show, o que quer que seja. – Ela ergueu as sobrancelhas.

– É uma deserção.

– Isso tá meio na cara – Sutcliffe disse, acomodando-se ao lado de Webber, de costas para a parede. – Se bem que, pelo jeito das coisas até agora, parece que nós, simples mercenários, não temos muita chance de saber quem estamos extraindo. Certo, sr. Turner? Ou será que vamos ler a respeito no fax?

Turner o ignorou.

– Continue, Webber.

– Depois que nossa linha estava instalada, o resto da equipe foi se infiltrando, um ou dois de cada vez. O último nos preparou pro tanque cheio de japas.

– Aquilo foi amador – Sutcliffe disse. – Um tanto perto demais.

– Acha que nos descobriram? – Turner perguntou.

Sutcliffe deu de ombros.

– Pode ser que sim, pode ser que não. Agimos bem rápido. Uma tremenda sorte que tínhamos o teto pra cobrir aquela coisa.

– E os passageiros?

– Só saem à noite – Webber disse. – E sabem que os matamos se tentarem ir a mais de cinco metros da coisa.

Turner voltou os olhos para Sutcliffe.

– Ordens de Conroy – o homem disse.

– As ordens de Conroy não contam mais – Turner disse. – Mas essa continua valendo. Como é essa gente?

– Médicos – Lynch disse. – Médicos corruptos.

– Acertou – Turner disse. – E sobre o resto da equipe?

– Montamos um toldo com lona mimética. Dormem em turnos. Temos pouca água e não podemos nos arriscar muito pra cozinhar. – Sutcliffe pegou o bule. – Temos sentinelas em posição e testamos a integridade da linha de tempos em tempos. – Derramou café preto em uma caneca plástica que parecia ter sido roída por um cachorro. – Então, quando começamos nossa dança, sr. Turner?

– Quero ver o seu tanque de médicos de estimação. Quero ver um posto de comando. Não falaram nada de um posto de comando.

– Tudo preparado – Lynch disse.

– Ótimo. Pegue. – Turner passou o revólver a Webber. – Veja se consegue encontrar um tipo de suporte pra ele. Agora quero que Lynch me mostre esses médicos.

– Ele adivinhou que seria você – Lynch disse, subindo sem esforço uma rampa baixa de pedregulhos. Turner o seguiu. – Você tem uma grande reputação. – O homem mais jovem se virou para encará-lo por trás de uma franja de cabelo imundo e manchado de sol.

– Grande demais – Turner disse. – Qualquer uma é grande demais. Já trabalhou com ele antes? Marrakesh? – Lynch mergulhou de lado, através de um vão nos blocos de cimento. Turner foi logo atrás. As plantas do deserto cheiravam a alcatrão; espetavam e agarravam quem esbarrasse nelas. Por meio de uma abertura retangular, feita para uma janela, Turner viu de relance topos de montanha rosados. Em seguida, Lynch estava descendo rapidamente um declive de cascalho.

– Claro, trabalhei pra ele antes – Lynch disse, detendo-se na base da rampa. Um cinturão baixo de couro, de aparência antiquada, contornava seus quadris, a fivela pesada com um crânio de prata sujo, com uma crista dorsal de pontas gastas piramidais. – Marrakesh... isso foi antes do meu tempo.

– Connie também, Lynch?

– Como assim?

– Conroy. Já trabalhou pra ele antes? Mais exatamente, está trabalhando pra ele agora? – Turner foi descendo o cascalho devagar, deliberadamente, enquanto falava; o material fazia barulho e deslizava por baixo de seus sapatos, o andar incômodo. Podia ver a pistola de dardos, pequena e delicada, enfiada por baixo da jaqueta de denim de Lynch.

Lynch lambeu os lábios secos, e se manteve no lugar.

– Era um contato de Sut. Não o conhecia.

– Conroy tem esse problema, Lynch. Não consegue delegar responsabilidade. Gosta de ter o próprio homem desde o começo, alguém pra vigiar os vigias. Sempre. É você, Lynch?

Lynch negou com a cabeça, o mínimo absoluto de movimento necessário para expressar a discordância. Turner estava próximo o bastante para sentir o cheiro do suor por cima do odor alcatroado das plantas do deserto.

– Já vi Conroy estragar duas extrações desse jeito – Turner disse. – Lagartos e vidro quebrado, Lynch? Gostaria de morrer aqui? – Turner ergueu o punho diante do rosto de Lynch e, lentamente, esticou o dedo indicador, apontando direto para cima. – Estamos na área de cobertura deles. Se um agente de Conroy emitir um pulso sequer daqui, eles virão pra cima de nós.

– Se já não estiverem vindo.

– Isso mesmo.

– Sut é o cara – Lynch disse. – Não eu, e não consigo imaginar que seja Webber. – Unhas quebradas e sujas se levantaram para coçar distraidamente a barba. – Agora, você me trouxe aqui atrás só pra essa conversinha, ou ainda quer ver a lata de japas?

– Vamos lá ver.

Lynch. Lynch era o cara.

Uma vez, no México, anos atrás, Turner alugara um módulo de férias portátil, movido a energia solar e feito na França. A carroceria de sete metros era como uma mosca sem asas, esculpida em metal polido; os olhos, hemisférios gêmeos de plástico fotocromático. Ficou sentado por trás deles enquanto um velho cargueiro bimotor russo se arrastava pela costa com o módulo na boca, quase roçando a copa das palmeiras mais altas. Depositado em uma praia afastada de areia monazítica, Turner passou três dias de confortável solidão na cabine estreita e revestida de teca, esquentando comida do freezer no micro-ondas e tomando banho, parca mas regularmente, com água doce e fresca. Os bancos de células fotovoltaicas retangulares do módulo giravam, acompanhando o sol, e ele aprendera a ver as horas pela posição desses coletores.

A unidade de neurocirurgia portátil da Hosaka lembrava uma versão sem olhos daquele módulo francês, talvez dois metros mais longa, e pintada de um marrom fosco. Seções de cantoneiras de ferro perfuradas tinham sido recém-soldadas em intervalos, ao longo da metade inferior da carroceria, e sustentavam suspensões de mola simples para dez pneus de bicicleta, gordos e protuberantes, de borracha vermelha.

– Estão dormindo – Lynch disse. – Ele balança quando andam, então dá pra gente saber. Vamos tirar as rodas quando chegar a hora, mas, por enquanto, gostamos de saber o que estão fazendo.

Turner andou lentamente em torno da cápsula marrom, notando o lustroso tubo de esgoto preto que ia até um tanque pequeno e retangular próximo.

– Tive que esvaziar aquilo ontem à noite. Meu Deus. – Lynch chacoalhou a cabeça. – Eles têm comida e um pouco de água.

Turner encostou o ouvido na carroceria.

– É à prova de som – Lynch disse.

Turner voltou os olhos para cima, para o teto de aço acima deles. A unidade cirúrgica estava escondida dos satélites por mais de dez metros de telhado enferrujado. Chapas de aço, a esta altura, quentes o bastante para fritar ovo. Aprovou com a cabeça. Aquele retângulo quente seria um fator permanente na varredura em infravermelho da Maas.

– Morcegos – Webber disse, passando a ele o Smith & Wesson em um coldre preto de ombro. O crepúsculo estava cheio de sons que pareciam vir de dentro, rangidos metálicos e os barulhos dos insetos, gritos de pássaros invisíveis. Turner enfiou a arma e o coldre em um bolso do casaco. – Se quiser mijar, vá naquela moita. Mas fique de olho nos espinhos.

– De onde você é?

– Novo México – respondeu a mulher, o rosto como madeira talhada na luz que minguava. Ela se virou e se afastou, dirigindo-se para o canto das paredes que abrigavam as lonas. Ele podia distinguir Sutcliffe e um rapaz negro lá. Estavam comendo de sacos de papel-alumínio fosco. Ramirez, o cowboy de console no local, o parceiro de Jaylene Slide. De Los Angeles.

Turner olhou para cima, para a concha do céu, sem limites, um mapa de estrelas. "Estranho como é maior assim", ele pensou, "e visto de órbita é apenas um abismo sem forma em uma escala que perde todo significado." E esta noite não dormiria, ele sabia, e a Ursa Maior faria seu giro para ele e mergulharia no horizonte.

Uma onda de náusea e desarticulação o atingiu à medida que imagens do dossiê do biosoft emergiam, por conta própria, em sua mente.

8

PARIS

Andrea morava no Quartier des Tiernes, onde seu prédio antigo, como os demais na rua, aguardava o jato de areia dos incansáveis restauradores da prefeitura. Depois da entrada escura, uma das faixas biofluorescentes da Fuji Electric brilhava de leve sobre uma parede deteriorada de pequenos escaninhos de madeira, alguns com as portas vazadas ainda intactas. Marly sabia que, antigamente, os carteiros faziam entregas diárias de correspondência por meio dos vãos nas portinhas. Havia algo de romântico na ideia, embora os escaninhos, com os cartões de visita amarelados anunciando as ocupações de moradores há muito desaparecidos, sempre a deprimissem. As paredes do corredor estavam cobertas por pedaços salientes de cabos e fibras ópticas, cada fio um pesadelo em potencial para algum infeliz eletricista. Ao final, para além de uma porta de quadrados empoeirados de vidro rugoso, encontrava-se um pátio pouco usado, as pedras do chão brilhando com a umidade.

O zelador estava sentado no pátio quando Marly entrou no prédio, em um engradado de plástico branco que, outrora, abrigara garrafas de água Evian. Estava, pacientemente, lubrificando cada um dos elos de uma antiga corrente preta de bicicleta. Ele olhou para cima quando ela começou a subir o primeiro lance de degraus, mas não demonstrou grande interesse.

As escadas eram feitas de mármore, gasto até ficar opaco e côncavo por gerações de moradores. O apartamento de Andrea ficava no quarto andar. Dois quartos, cozinha e banheiro. Marly viera para cá ao fechar a galeria pela última vez, quando não pudera mais dormir no quarto improvisado que dividira com Alain, a pequena sala atrás do depósito. Agora, o prédio fazia a depressão aproximar-se outra vez, mas a sensação das roupas novas e o som agradável do salto das botas no mármore mantinham o sentimento a distância. Usava um casaco de couro enorme, alguns tons mais claro que a bolsa, uma saia de lã e uma blusa de seda da Isetan de Paris. Cortara o cabelo naquela manhã na Faubourg St. Honoré, com uma garota birmanesa que usava uma caneta laser da Alemanha Ocidental. Um corte caro, sutil, mas sem ser conservador demais.

Tocou a placa redonda, parafusada no centro da porta de Andrea. Ouviu-a piar uma vez, suavemente, enquanto lia as voltas e sulcos das pontas de seus dedos.

– Sou eu, Andrea – ela disse para o minúsculo microfone. Uma série de tinidos e tiques metálicos, enquanto a amiga tirava o ferrolho da porta.

Andrea ficou ali, pingando água, no velho roupão atoalhado. Assimilou a nova aparência de Marly e logo sorriu.

– Conseguiu o emprego, ou assaltou um banco?

Marly deu um passo para dentro, beijando o rosto molhado da amiga.

– Acho que um pouco dos dois – ela disse e riu.

– Café – disse Andrea. – Faz um café pra gente. *Grandes crémes.* Preciso enxaguar o cabelo. E o seu está lindo... – Entrou no banheiro e Marly ouviu o borrifo da água na porcelana.

– Comprei um presente pra você – Marly disse, mas Andrea não podia ouvi-la. Foi para a cozinha e encheu a chaleira, acendeu o fogão com o antiquado acendedor de faísca e começou a procurar o café nas prateleiras lotadas.

* * *

– Sim – Andrea dizia. – Estou vendo. – Ela observava o holograma da caixa que Marly vira pela primeira vez no constructo de Virek do parque de Gaudí. – É o seu tipo de coisa. – Tocou um botão e a ilusão do Braun desapareceu em um piscar de olhos.

Fora da única janela da sala, o céu estava pontilhado com alguns tufos de cirros.

– Austero demais para mim. Sério demais. Como as coisas que você tinha na galeria. Mas isso só pode querer dizer que Herr Virek escolheu bem. Você vai resolver o mistério pra ele. E, se fosse você, com um salário desses, eu demoraria bastante. – Andrea estava vestindo o presente de Marly, uma camisa masculina cara e lindamente detalhada, de flanela cinza de Flandres. Era o tipo de coisa de que ela mais gostava, e a sua alegria com o presente era cristalina. Ressaltava o cabelo claro, e era muito próxima da cor de seus olhos.

– Ele é pavoroso. Virek. Eu acho... – Marly hesitou.

– Deve ser mesmo – Andrea disse, tomando outro golinho de café. – Ou você esperava que alguém rico desse jeito fosse do tipo bonzinho e normal?

– Teve uma hora em que senti que ele não era completamente humano. Uma sensação muito forte.

– Mas não era mesmo, Marly. Você estava falando com uma projeção, um efeito especial...

– Mesmo assim... – Fez um gesto de desamparo, o que no ato a deixou irritada consigo mesma.

– Mesmo assim ele é muito, muito rico, e está pagando uma cacetada de dinheiro pra você fazer uma coisa que talvez só você possa. – Andrea sorriu e voltou a ajustar um punho cinza-escuro lindamente dobrado. – Você não tem muita escolha, né?

– Eu sei. Acho que é por isso que fico desconfortável.

– Bem – Andrea disse –, achei que podia deixar pra contar um pouco mais tarde, mas tem outra coisa que pode te deixar desconfortável. Se "desconfortável" for a palavra.

– O quê?

– Pensei em não contar nada, mas tenho certeza de que ele chegaria até você, de algum jeito. Ele deve farejar dinheiro.

Marly colocou a xícara vazia, com cuidado, na mesinha de vime cheia de coisas.

– Ele tem muita sensibilidade para essas coisas – Andrea disse.

– Quando?

– Ontem. Começou, acho, cerca de uma hora depois de você ter tido a entrevista com Virek. Me ligou no trabalho. Deixou um recado aqui, com o zelador. Se eu tirasse o programa de filtro – ela apontou o telefone –, aposto que tocaria em menos de meia hora.

Marly se lembrou dos olhos do zelador, do ruído da corrente de bicicleta.

– Falou que quer conversar – Andrea disse. – Só conversar. Quer falar com ele, Marly?

– Não – disse ela, e sua voz era a de uma menininha, aguda e ridícula. E em seguida: – Ele deixou um número?

Andrea suspirou, balançou a cabeça devagar, em sinal de desgosto, e então disse:

– Sim, claro que deixou.

9

NOS PROJETOS

A escuridão estava repleta de estampas de favos de mel com a cor do sangue. Tudo era quente. E macio, também, principalmente macio.

– Que zona! – um dos anjos disse, a voz feminina distante, mas baixa, profunda e muito clara.

– Devíamos ter arrancado ele do Leon's – o outro anjo replicou. – Não vão gostar disso lá em cima.

– Devia ter alguma coisa neste bolso grande aqui, está vendo? Cortaram dele, e arrancaram.

– Não foi tudo que cortaram, irmã. Meu Deus. Olhe.

As estampas balançavam e deslizavam à medida que algo fazia sua cabeça se mover. Uma mão fria em seu rosto.

– Não deixa cair na sua blusa – o primeiro anjo disse.

– Two-a-Day não vai gostar disso. Por que será que ele surtou daquele jeito e saiu correndo?

Ficou puto, pois queria dormir. *Estava* dormindo, com certeza, mas de algum modo os sonhos de conector de Marsha infiltravam-se em sua cabeça, fazendo-o saltar aos trambolhões em meio a sequências desconexas de *People of Importance*. A novela passava continuamente desde antes dele nascer; o enredo era uma tênia narrativa de muitas cabeças que se enrolava para devorar-se a si mesma de poucos em poucos meses, e depois brotavam novas cabeças, famintas por tensão e impulso. Ele conseguia vê-la se contorcendo inteira, de uma maneira que Marsha jamais poderia ver, uma espiral alongada de DNA da Sense/Net, ectoplasma barato e quebradiço, tecido para incontáveis sonhadores famintos. Marsha, agora, tinha o ponto de vista de Michele Morgan Magnum, a protagonista feminina, chefe hereditária da corporação Magnum AG. Mas o capítulo de hoje se desviava, de modo insólito, das ligações amorosas freneticamente complexas de Michele, coisa que Bobby nunca havia, de qualquer forma, se preocupado em acompanhar, e se atirava em descrições socioarquitetônicas detalhadas de arcologias de renda mínima do estilo Soleri. Alguns detalhes, mesmo para Bobby, pareciam suspeitos: duvidava, por exemplo, que realmente houvesse andares inteiros dedicados à venda de roupas de passeio de veludo liso azul-gelo com fechos de diamante nos joelhos, ou que houvesse outros andares, perpetuamente apagados, habitados exclusivamente por bebês famintos. Isso, parecia se lembrar, era uma profissão de fé para Marsha, que encarava os Projetos com horror supersticioso, como se fossem um inferno vertical gigantesco ao qual ela poderia, algum dia, ser forçada a ascender. Outros segmentos do sonho de conector lembravam o Canal do Conhecimento que a Sense/Net fornecia, de graça, com todas as assinaturas de stim: havia complexos diagramas animados da estrutura interior dos Projetos, e aulas de dar sono, com o narrador em off, sobre os estilos de vida dos vários tipos de residentes. Esses, quando era capaz de se concentrar neles, pareciam ainda menos convincentes do que as imagens do veludo azul-gelo e dos bebês-feras engatinhando silenciosamente no escuro. Observava uma mãe jovem e feliz cortar pizza com uma enorme hidrofaca industrial no canto da cozinha de uma quitinete imaculada. A parede se abria para uma sacada estreita e um retângulo de céu azul de desenho animado. A mulher era negra sem ser negra, pareceu a Bobby, como uma versão maternalmente jovem de uma das bonecas pornôs na unidade em seu quarto. E tinha, ao que parecia, os mesmos seios pequenos, mas perfeitos como os dos desenhos animados. (Neste ponto, para piorar a confusão de seus sentidos embotados, uma voz espantosamente alta e muito atípica para a Net disse: – *Isso* é que eu chamo de um sinal de vida inconfundível, Jackie. Se o prognóstico ainda não está apontando pra cima, pelo menos algo está.) Então voltou, girando, ao universo esplendoroso de Michele Morgan Magnum, que lutava desesperadamente para impedir que a Magnum AG fosse tomada pelo sinistro clã industrial Nakamura, com sede em Shikoku e representado, neste caso, pelo (complicação do enredo) principal aconchego de Michele para a temporada, o rico (mas, por alguma razão, precisando desesperadamente de uns bilhões a mais) garoto-político neo-soviético Vasily Suslov, que parecia e se vestia, notavelmente, como os gothicks no Leon's.

O capítulo parecia estar chegando a uma espécie de clímax: um BMW antigo convertido para célula de combustível acabara de ser metralhado por helicópteros-miniatura de controle remoto da Alemanha Ocidental na rua abaixo de Covina Concourse Courts, Michele Morgan Magnum espancava, com uma pistola Nambu niquelada, sua traiçoeira secretária particular, enquanto Suslov, com quem Bobby se identificava cada vez mais, preparava-se, tranquilamente, para dar o fora da cidade com uma tremenda de uma gata guarda-costas que era japonesa, mas lembrava muito outra das garotas dos sonhos da unidade holopornô... quando alguém gritou.

Bobby nunca ouvira alguém gritar daquela forma, e havia algo horrivelmente familiar na voz. Mas antes que pudesse começar a se preocupar com isso, os favos de mel, vermelhos como sangue, vieram girando de novo e o fizeram perder o final de *People of Importance*. Mesmo assim – parte dele pensou, enquanto o vermelho se tornava escuro – sempre daria para perguntar a Marsha como as coisas tinham se resolvido.

– Abre os olhos, cara. Isso mesmo. A luz tá muito forte?

Estava, e continuou. Branco, branco. Lembrou-se de sua cabeça explodindo há anos, uma granada de puro branco na escuridão de vento frio do deserto. Os olhos estavam abertos, mas não podia ver. Só branco.

– Bem, normalmente eu deixaria você dopado, um garoto nas suas condições, mas as pessoas que estão me pagando querem ganhar tempo, então estou te acordando antes de ter terminado. Está pensando por que não consegue ver merda nenhuma, certo? Só luz. É só o que consegue ver. É assim mesmo. O que fizemos aqui é um interruptor neural. Agora, só entre nós, esta coisa veio de uma sex-shop, mas não tem por que não usar ela na medicina, se a gente quiser. E queremos mesmo, porque você ainda está machucado pra caramba e, de todo modo, ela deixa você quieto enquanto continuo. – A voz era calma e metódica. – Bem, o seu grande problema eram as costas, mas já dei um jeito nisso com um grampeador e um bom metro de garra. Não é nenhuma cirurgia plástica, sabe, mas as gatas vão achar essas cicatrizes bem interessantes. O que estou fazendo agora é limpar esta no seu peito, aí vou prender com uma garrinha e terminamos, só que é melhor você não se mexer muito por uns dias ou vai arrancar um grampo. Botei um par de dermas em você, e vou colocar mais uns. Agora, antes disso, vou colocar o seu sensorium em áudio e visual total, assim pode ir se acostumando. Não se preocupe com o sangue. Ele é todo seu, mas já parou de sair.

O branco se coagulou em uma nuvem cinza, objetos tomando forma com a lentidão deliberada de uma alucinação de pó. Estava grudado em um teto acolchoado, olhando diretamente para baixo, para um boneco branco manchado de sangue que não tinha cabeça nenhuma, apenas uma lâmpada cirúrgica azul-esverdeada que parecia brotar dos ombros. Um homem negro com um guarda-pó verde, manchado, borrifava uma coisa amarela em um corte superficial que corria diagonalmente de um pouco acima do osso pélvico do boneco até logo abaixo do mamilo esquerdo. Sabia que o homem era negro porque a cabeça estava descoberta, descoberta e raspada, lustrosa de suor: as mãos estavam cobertas com luvas verdes apertadas, e tudo o que Bobby podia ver dele era o alto brilhante da cabeça. Havia dermadiscos rosados e azuis, presos na pele dos dois lados do pescoço do boneco. As bordas do ferimento pareciam ter sido pintadas com alguma coisa que lembrava calda de chocolate, e o borrifo amarelo sibilava à medida que saía do tubinho prateado.

Então Bobby compreendeu, e o universo se inverteu de modo chocante. A lâmpada estava pendurada no teto. O teto era espelhado. E ele era o boneco. Sentiu como se tivesse sido puxado de repente para trás por um longo cabo elástico, puxado para trás através dos favos de mel vermelhos, para a sala de sonhos onde a garota negra fatiava a pizza para os filhos. A hidrofaca não fazia nenhum ruído, os grãos microscópicos suspensos em um fluxo de água em alta velocidade da grossura de uma agulha. Bobby sabia que a ferramenta era para cortar vidros e metais, não fatiar pizza de micro-ondas, e queria gritar, pois temia que ela cortasse fora o polegar sem sequer perceber.

Mas não podia gritar, não podia se mover ou fazer qualquer som. Ela cortou a última fatia com carinho, pisou no pedal que desligava a faca, transferiu a pizza cortada para uma travessa de louça comum e, em seguida, se voltou em direção ao retângulo de azul além da sacada, onde estavam os filhos... "Não", Bobby disse, lá no fundo de si mesmo, "não pode ser." Porque as coisas que a rodeavam e mergulhavam na direção dela não eram crianças em asas-delta, mas bebês, os monstruosos bebês do sonho de Marsha, e as asas esfarrapadas eram uma confusão de osso rosado, metal e membranas tesas remendadas de sucata plástica... E ele viu os dentes...

– Calma aí! – disse o homem negro. – Perdi você por um segundo. Não muito tempo, entende, talvez apenas um minuto de Nova York... – A mão dele, nos espelhos acima, retirou um rolo plano, de plástico transparente azul, do tecido ensanguentado ao lado das costelas de Bobby. Delicadamente, com o polegar e o indicador, puxou um pedaço de um tipo de cordão plástico marrom e cheio de contas. Minúsculos pontos de luz brilhavam ao longo das bordas e pareciam tremer e se mexer. – Garra – disse ele, e com a outra mão manejou um tipo de cortador incorporado no rolo azul lacrado. Agora o pedaço de material com bolhas ficou livre e começou a se contorcer. – Coisa boa – ele disse, levando o objeto ao campo visual de Bobby. – Novo. É o que usam em Chiba agora. – Era marrom, sem cabeça, cada conta um segmento de corpo, cada segmento ladeado com pernas claras brilhantes. Então, com um gesto de mágico dos punhos enluvados em verde, assentou o centípede ao longo da ferida aberta, e puxou delicadamente o segmento final, o mais próximo do rosto de Bobby. Quando o segmento saiu, trouxe junto um fio preto, brilhante, que servira como sistema nervoso da coisa e, à medida que saía, cada conjunto de garras ia se travando, fechando o corte tão bem quanto o zíper de uma jaqueta de couro nova.

– Bem, viu só? – disse o negro, limpando o resto de calda marrom com um chumaço branco úmido. – Não foi tão mau, né?

Sua entrada no apartamento de Two-a-Day foi muito diferente do que havia, tantas vezes, imaginado. Para começar, nunca se vira sendo levado para dentro em uma cadeira de rodas que alguém havia confiscado da Maternidade St. Mary, o nome e o número de série nitidamente gravados a laser no cromo fosco do braço esquerdo. A mulher que empurrava a cadeira teria se encaixado muito bem em uma de suas fantasias. O nome dela era Jackie, uma das duas garotas do Projeto que ele vira no Leon's. E, como viria a entender, um de seus dois anjos. A cadeira de rodas era silenciosa ao deslizar pelo carpete cinza rugoso do corredor estreito da entrada do apartamento, mas os braceletes de ouro no chapéu de Jackie tilintavam alegremente enquanto ela o empurrava.

E ele nunca imaginara que a casa de Two-a-Day seria assim tão grande. Ou que fosse cheia de árvores.

Pye, o médico, que tivera o cuidado de explicar que *não era* um médico, apenas alguém que "ajudava às vezes", havia se recostado em uma banqueta rasgada em sua sala de cirurgia improvisada, arrancado as luvas verdes ensanguentadas, acendido um cigarro de menta e, cerimoniosamente, aconselhado Bobby a não fazer nenhum esforço por uma semana, mais ou menos. Minutos depois, Jackie e Rhea, o outro anjo, lutaram para colocá-lo dentro de um pijama preto amarrotado que parecia algo saído de um kino muito barato de ninjas. Depositaram-no na cadeira de rodas e partiram para o eixo central de elevadores no núcleo da arcologia. Graças aos três dermas adicionais da farmácia particular de Pye, um deles carregado com uns bons dois mil microgramas de análogo de endorfina, Bobby estava alerta e sem dor.

– Onde estão minhas coisas? – protestou, enquanto o levavam para um corredor que ficara perigosamente estreito, após décadas de dutos e encanamentos não planejados. – Onde estão as minhas roupas, o meu deck e todo o resto?

– As suas roupas, meu bem, no estado em que estavam, estão fechadas em um saco plástico esperando que Pye se livre delas. Ele teve que cortá-las de você na mesa e, pra começar, não passavam de trapos ensanguentados. Se o deck estava na jaqueta, na parte de baixo das costas, acho que os garotos que te cortaram ficaram com ele. Por pouco não te levaram junto. E você *arruinou* a minha blusa Sally Stanley, seu merdinha. – O anjo Rhea não parecia muito amistoso.

– Ah – Bobby disse, enquanto dobravam uma esquina –, certo. Bem, por acaso acharam uma chave de fenda lá? Ou um chip de crédito?

– Nenhum chip, benzinho. Mas se a chave de fenda era aquela com os duzentos e dez neoienes enfiados no cabo, esse é o preço da minha blusa nova...

Two-a-Day não parecia exatamente feliz em ver Bobby. De fato, era quase como se não o visse. Olhou diretamente através dele para Jackie e Rhea, mostrando os dentes em um sorriso que era todo nervosismo e insônia. Empurraram a cadeira de rodas de Bobby perto o bastante para que visse como os globos oculares de Two-a-Day pareciam amarelos, quase alaranjados no brilho róseo-roxo dos tubos de luz de estufa que pareciam pender, ao acaso, do teto.

– Por que as vadias demoraram? – o traficante perguntou, mas não havia raiva em sua voz, apenas cansaço extremo e algo mais, algo que Bobby não pôde identificar de imediato.

– Pye – Jackie disse, contornando a cadeira de rodas com um passo gingado para pegar um maço de cigarros chineses da enorme placa de madeira que Two-a-Day usava como mesa de centro. – O velho Pye é um perfeccionista.

– Aprendeu na faculdade de veterinária – Rhea acrescentou, para Bobby ouvir. – Só que na maior parte do tempo está tão chapado que ninguém ia deixar ele cuidar de um cachorro...

– Então – Two-a-Day disse, finalmente pondo os olhos em Bobby –, você vai sobreviver. – E eram olhos tão frios, tão cansados e calculistas, tão distantes da farsa do pilantra gente boa sempre atrás de uma grana fácil que Bobby aceitara como a personalidade do homem, que Bobby pôde apenas baixar seus próprios olhos, o rosto ardendo, e fixar o olhar na mesa.

Com quase três metros de comprimento e um pouco mais de um metro de largura, a mesa era feita de vigas amarradas, mais grossas do que a coxa de Bobby. Devia ter ficado dentro de água por algum tempo, ele pensou. Algumas partes ainda conservavam o descolorido brilhante da madeira curtida na água, como o tronco ao lado do qual se lembrava de ter brincado, há muitos anos, em Atlantic City. Mas a mesa não via água há muito tempo, e o tampo era um denso mosaico de pingos de cera de vela, manchas de vinho, contornos bizarros de spray preto fosco, e as queimaduras escuras deixadas por centenas de cigarros. Estava tão abarrotada de comida, lixo e aparelhos que parecia que um camelô havia se preparado para descarregar a mercadoria e, então, resolvido jantar. Havia pizzas comidas pela metade, de almôndega de krill em molho vermelho, e o estômago de Bobby começou a se agitar, ao lado de pilhas tortas de software, copos sujos com cigarros amassados na borra de vinho tinto, uma bandeja de estireno rosa com filas bem arranjadas de canapés de aparência deteriorada, latas de cerveja abertas e fechadas, uma antiga adaga de combate Gerber desembainhada em um bloco plano de mármore polido, pelo menos três pistolas e talvez duas dúzias de peças de equipamento de console de aparência misteriosa, o tipo de material de cowboy que normalmente faria Bobby babar.

Agora ele salivava por uma fatia de pizza fria de krill, mas a fome não era nada diante da abrupta humilhação de ver que Two-a-Day simplesmente não estava nem aí. Não que Bobby o considerasse exatamente um amigo, mas com certeza havia investido algo na ideia de que Two-a-Day o encarava como *alguém importante*, alguém com talento e iniciativa e uma chance de cair fora de Barrytown. Mas os olhos de Two-a-Day lhe diziam que ele não era ninguém em especial, e um wilson ainda por cima...

– Olha pra cá, cara – alguém disse, não Two-a-Day, e Bobby levantou o olhar. Dois outros homens estavam ao lado de Two-a-Day no sofá largo de couro e cromo, ambos negros. O que havia falado usava uma espécie de túnica cinza e óculos de armação de plástico, estilo antiguidade. As armações eram quadradas, enormes e pareciam não ter lentes. Os ombros do outro homem tinham o dobro da largura dos de Two--a-Day, mas usava o tipo de terno preto simples que se via em executivos japoneses nos kinos. Os punhos franceses, imaculados, fechavam-se com retângulos brilhantes de microcircuito de ouro.

– É uma pena não podermos te dar uma folga pra sarar – o primeiro homem disse. – Mas temos um problema grave aqui. – Fez uma pausa, removeu os óculos, massageou a ponte do nariz. – Precisamos da sua ajuda.

– Merda – Two-a-Day disse. Ele se inclinou para a frente, pegou um cigarro chinês do maço na mesa, acendeu-o com um crânio de peltre fosco do tamanho de um limão grande e, em seguida, pegou um copo de vinho. O homem com os óculos estendeu um fino dedo indicador marrom e tocou o pulso dele. Two-a-Day largou o copo e se recostou no sofá, o rosto calculadamente inexpressivo. O homem sorriu para Bobby.

– Count Zero – ele disse. – Me disseram que é o seu nick.

– Isso mesmo – Bobby conseguiu dizer, embora a voz saísse como uma espécie de grasnido.

– Precisamos saber da Virgem, Count. – O homem aguardou.

Bobby piscou.

– *Vyéj Mirak* – e os óculos voltaram ao lugar. – Nossa Senhora, a Virgem dos Milagres. Conhecemos ela – e fez um sinal com a mão esquerda – como Ezili Freda.

Bobby conscientizou-se de que estava com a boca aberta e, portanto, a fechou. Os três rostos aguardavam. Jackie e Rhea tinham ido embora, mas ele não as vira sair. Então uma espécie de pânico se apoderou dele. Olhou freneticamente ao redor, para a estranha floresta de árvores raquíticas que os cercavam. Os tubos de luz se inclinavam em todos os ângulos possíveis, em qualquer direção, varinhas rosa-arroxeadas suspensas em um espaço verde de folhas.

Não havia paredes. Não dava para ver nenhuma parede. O sofá e a mesa maltratada estavam em uma espécie de clareira, com um chão de concreto bruto.

– Sabemos que ela foi até você – o homem grande disse, cruzando as pernas com cuidado. Ele ajustou um vinco perfeito na calça, e uma abotoadura de ouro piscou para Bobby. – Sabemos, entende?

– Two-a-Day me disse que foi a sua primeira incursão – o outro homem disse. – Verdade?

Bobby fez que sim.

– Então você é escolhido de Legba – disse o homem, voltando a remover a armação vazia –, para ter se encontrado com *Vyéj Mirak*. – Ele sorriu.

A boca de Bobby estava aberta de novo.

– Legba – o homem disse –, senhor das estradas e caminhos, o loa da comunicação...

Two-a-Day esmagou o cigarro na madeira cheia de marcas, e Bobby viu que sua mão tremia.

10

ALAIN

Concordaram em se encontrar no restaurante do quinto subsolo do complexo Napoleon Court, sob a pirâmide de vidro do Louvre. Era um lugar que os dois conheciam e que, ao mesmo tempo, não tinha nenhum significado especial para ambos. A sugestão fora de Alain, e ela desconfiava que ele escolhera com cuidado. Era terreno emocionalmente neutro: um cenário familiar, mas livre de recordações. Estava decorado em um estilo que datava da virada do século: balcões de granito, vigamento preto do piso ao teto, espelhos de parede a parede e o tipo de mobília de restaurante italiano, em aço escuro soldado, que poderia ser de qualquer década dos últimos cem anos. As mesas estavam cobertas de linho cinza com uma faixa preta delgada, um padrão escolhido e repetido na capa dos menus, nas cartelas de fósforos e no avental dos garçons.

Ela usava o casaco de couro que comprara em Bruxelas, uma blusa de linho vermelho e um jeans novo de algodão preto. Andrea fingira nao perceber o extremo cuidado com que ela se vestira para o encontro. Depois lhe emprestara um colar simples de pérolas, que destacava perfeitamente a blusa vermelha.

Ele chegara cedo, como ela viu ao entrar, e a mesa já estava entulhada com suas coisas. Usava seu lenço favorito, o que tinham encontrado juntos num brechó no ano passado, e parecia, como de costume, desalinhado, mas plenamente confortável. A pasta esfarrapada de couro regurgitara seu conteúdo por todo o pequeno quadrado de granito polido: cadernos espirais, um exemplar, não lido, do romance polêmico do mês, Gauloises sem filtro, uma caixa de fósforos de madeira, a agenda encadernada em couro que ela lhe comprara na Browns.

– Achei que não viria – disse ele, sorrindo para ela.

– Por que acharia isso? – ela perguntou, uma resposta aleatória. Patética, pensou. Disfarçava o terror que agora sentia, que se permitia por fim sentir, que era o medo da perda de parte de si mesma, da vontade e do objetivo, medo do amor que ainda sentia. Ela pegou a outra cadeira e sentou-se, enquanto um jovem garçom chegava, um rapaz espanhol em um avental listrado, para anotar seu pedido. Ela pediu água de Vichy.

– Nada mais? – Alain perguntou. O garçom aguardou.

– Não, obrigada.

– Passei semanas tentando entrar em contato com você – ele disse, e ela sabia que era mentira. Mesmo assim, como fizera tantas vezes antes, ficou imaginando se ele tinha plena consciência do fato de que estava mentindo. Andrea insistia que homens como Alain mentiam com tal constância, com tal veemência, que um tipo de distinção fundamental se perdia. Eram um tipo próprio de artista, Andrea dizia, concentrados em reestruturar a realidade, e a Nova Jerusalém era de fato um lugar perfeito, livre de saques a descoberto, de senhorios descontentes e da necessidade de achar alguém que pagasse a conta da noite.

– Não vi você tentando entrar em contato quando Gnass veio com a polícia – ela disse, com esperança de que ele ao menos piscasse, mas o rosto de menino estava calmo como sempre, debaixo do cabelo castanho limpo que, normalmente, penteava para trás com os dedos.

– Sinto muito – ele disse, esmagando o Gauloise no cinzeiro. Como ela viera a associar o cheiro do tabaco escuro francês com ele, Paris parecia cheia de seu perfume, seu fantasma, seu rastro. – Eu tinha certeza de que ele nunca perceberia a... a natureza da obra. Você precisa entender: assim que admiti para mim mesmo o quanto precisávamos de dinheiro, soube que precisava agir. Você, eu sabia que era idealista demais. A galeria teria fechado de qualquer forma. Se as coisas com Gnass tivessem saído como planejei, estaríamos lá agora, e você estaria feliz. Feliz – ele repetiu, tirando outro cigarro do maço.

Ela podia apenas encará-lo e sentir uma espécie de assombro, bem como um enjoo, uma repulsa, pelo seu próprio desejo de acreditar.

– Sabe – disse ele, tirando um fósforo da caixa vermelha e amarela –, já tive problemas com a polícia antes. Quando era estudante. Política, claro. – Riscou o fósforo, largou a caixa e acendeu o cigarro.

– Política – ela disse, e de repente teve vontade de rir. – Não sabia que havia um partido pra gente como você. Não consigo imaginar o nome dele.

– Marly – ele disse, baixando a voz, como sempre fazia quando desejava transmitir intensidade de sentimentos –, você sabe, você tem que saber, que eu fiz aquilo por você. Por nós, se preferir. Mas com certeza você sabe, você consegue *sentir*, Marly, que nunca magoaria você de propósito, nem a colocaria em perigo. – Não havia espaço na mesinha lotada para a bolsa dela, por isso a manteve no colo. Agora, percebia as unhas enterradas, fundo, no couro espesso e macio.

– Nunca me magoaria... – A voz era dela, perdida e atônita, a voz de uma criança. E subitamente ela estava livre, livre de necessidade, de desejo, livre do medo, e tudo o que sentia pelo rosto atraente do outro lado da mesa era pura repugnância, e só o que podia fazer era encará-lo, esse estranho que dormira a seu lado por um ano, em um quartinho minúsculo por trás de uma pequenina galeria na Rue Mauconseil.

O garçom colocou o copo de Vichy à sua frente.

Ele deve ter tomado o silêncio dela como o começo da aceitação, o vazio completo de sua expressão como receptividade.

– O que você não entende – esta, ela se lembrava, era uma das frases de abertura favoritas dele – é que homens como Gnass existem, de certa forma, para sustentar as artes. Para nos sustentar, Marly. – Então ele sorriu, como se estivesse rindo de si mesmo, um sorriso garboso de conspirador, que agora a fazia sentir calafrios. – Mas parece que eu devia ter dado ao homem o crédito de ter, pelo menos, o senso necessário para contratar seu próprio especialista em Cornell, embora o meu especialista em Cornell, lhe garanto, fosse muito mais erudito que o dele...

Como ela faria para se safar? "Levante-se", disse a si mesma. "Vire-se. Caminhe calmamente rumo à entrada. Atravesse a porta. Para fora, na luz suave da Napoleon Court, onde mármore polido revestia a Rue du Champ Fleuri, uma rua do século quatorze que diziam ter sido reservada, basicamente, para prostituição. Qualquer coisa, qualquer coisa, apenas vá, apenas saia, agora, e vá para longe, para longe dele, caminhando às cegas, para se perder na Paris dos guias de viagem que havia conhecido ao chegar aqui pela primeira vez."

– Mas, agora – ele estava dizendo –, você pode ver que as coisas foram melhor assim. Essas coisas vivem acontecendo, não é? – De novo, o sorriso, mas desta vez era um sorriso infantil, um pouco tristonho e, de alguma forma, terrivelmente mais íntimo. – Perdemos a galeria, mas você conseguiu um emprego, Marly. Você tem um trabalho a fazer. Um trabalho interessante. E eu tenho as conexões de que precisa, Marly. Conheço as pessoas com quem precisa falar para poder encontrar seu artista.

– Meu artista? – perguntou, enquanto ocultava sua enorme confusão com um gole de Vichy.

Ele abriu a pasta toda arranhada e tirou de lá algo plano, um simples holograma de reflexo. Ela o pegou, grata por ter algo para fazer com as mãos, e viu que era uma foto improvisada da caixa que vira no constructo de Barcelona de Virek.

Alguém segurava o objeto para a foto. As mãos de um homem, não de Alain, e em uma delas havia um anel de sinete de algum metal escuro. O fundo era indistinto. Apenas a caixa, e as mãos.

– Alain – ela disse –, onde conseguiu isto? – Levantou a vista para encontrar, nos olhos castanhos dele, um abominável senso infantil de triunfo.

– Alguém vai ter que pagar um bom dinheiro para descobrir – amassou o cigarro no cinzeiro e se levantou. – Se me dá licença – ele caminhou na direção dos banheiros. Quando desapareceu, por trás de espelhos e vigas de aço preto, ela largou o holograma, inclinou-se sobre a mesa e levantou a aba da pasta. Não havia nada lá, apenas uma tira de elástico azul e pedacinhos de tabaco.

– Posso servir algo mais? Mais Vichy, talvez? – O garçom estava postado ao lado dela.

Ela levantou os olhos para ele, chocada subitamente por uma sensação de familiaridade. O rosto negro e magro.

– Ele está usando um transmissor – o garçom disse. – E também está armado. – Era o carregador do hotel de Bruxelas. – Dê-lhe tudo o que ele quiser. Lembre-se de que dinheiro não significa nada para você. – Pegou o copo dela e o colocou, com cuidado, na bandeja. – E o mais provável é que o dinheiro o destrua.

Quando Alain voltou, estava sorrindo.

– Agora, querida – disse, enquanto pegava os cigarros –, podemos falar de negócios.

Marly sorriu de volta, e concordou.

11

NO TEATRO DE OPERAÇÕES

Ele finalmente se permitiu três horas de sono na casamata sem janelas onde a equipe de ponta estabelecera o posto de comando. Conhecera o resto da equipe do local. Ramirez era esnobe, nervoso e bitolado em sua própria habilidade como jóquei de console. Estavam contando com ele, juntamente com Jaylene Slide na plataforma em alto-mar, para monitorar o ciberespaço em torno do setor que continha os bancos de dados, cheios de ICE, da Maas Biolabs. Se a Maas os notasse, no último momento, havia a chance de ele conseguir avisar antes. Também estava encarregado de retransmitir os dados médicos da unidade de cirurgia para a plataforma em alto-mar, um procedimento complexo, se quisessem escondê-lo da Maas. A linha para fora ia até uma cabine telefônica no meio do nada. Depois da cabine, ele e Jaylene estavam por conta própria na matrix. Se fizessem merda, a Maas poderia rastreá-los e identificar exatamente o local. E também havia Nathan, o técnico, cujo trabalho real consistia em tomar conta do equipamento na casamata. Se alguma parte do sistema parasse de funcionar, havia pelo menos uma chance de que pudesse consertá-la. Nathan era da espécie que havia produzido Oakey e mais mil outros com quem Turner trabalhara ao longo dos anos: técnicos rebeldes que gostavam de ganhar dinheiro perigoso e haviam demonstrado que podiam ficar de boca fechada. Os outros, Compton, Teddy, Costa e Davis, eram apenas força bruta cara: mercenários, o tipo de homem que se contrata para um trabalho destes. Para que ouvissem, tomou cuidado especial em perguntar a Sutcliffe sobre as providências de evacuação. Ele explicou de onde viriam os helicópteros, a ordem de retirada e exatamente como e quando seriam pagos.

Então lhes disse para deixá-lo sozinho na casamata e ordenou a Webber que o acordasse em três horas.

O lugar fora uma casa de máquinas ou um tipo de ponto central para a fiação elétrica. Os tocos de tubulação plástica que saíam das paredes podiam ter sido conduítes elétricos ou tubos de esgoto. A sala não dava sinais de que nenhum deles tivesse sido conectado a qualquer coisa. O teto, uma laje inteiriça de concreto, era baixo demais para permitir que ficasse em pé, e havia um cheiro seco, empoeirado, não de todo desagradável. A equipe varrera o lugar antes de trazer as mesas e os equipamentos, mas ainda havia flocos amarelos de papel-jornal no chão, que viravam pó quando ele os tocava. Podia distinguir letras. Algumas vezes, uma palavra inteira.

Cada uma das mesas metálicas dobráveis de camping fora instalada ao longo de uma parede, formando um L, cada braço da letra comportando um conjunto de equipamentos de comunicação extraordinariamente sofisticados. O melhor, pensou, que a Hosaka conseguira obter.

Passou, curvado e cuidadoso, junto a cada uma das mesas, tocando de leve cada console, cada caixa preta. Havia um transceptor militar de banda lateral extremamente modificado, preparado para transmissão de rajadas de sinais. Este seria o seu link no caso de Ramirez e Jaylene estragarem a transferência de dados. As rajadas eram complexas ficções técnicas pré-gravadas, codificadas pelos criptógrafos da Hosaka. O teor de uma determinada rajada não fazia sentido, mas a sequência na qual eram difundidas comunicaria mensagens simples. A sequência B/C/A informaria a Hosaka da chegada de Mitchell; F/D indicaria sua partida do local, enquanto F/G sinalizaria sua morte e o simultâneo encerramento da operação. Turner voltou a tocar o equipamento de banda lateral, franzindo o rosto. Não estava satisfeito com as preparações de Sutcliffe nesse aspecto. Se a extração transpirasse, era improvável que conseguissem sair, muito menos sair limpos, e Webber o informara discretamente que, no caso de problemas, ela tinha ordens de usar um foguete antitanque portátil nos médicos, dentro de sua unidade miniatura de cirurgia. – Eles sabem – ela disse. – Pode apostar que também estão ganhando pra isso. – Os demais ficavam na dependência dos helicópteros, com base perto de Tucson. Turner acreditava que a Maas, se alertada, se livraria deles facilmente à medida que chegassem. Quando fez essa objeção a Sutcliffe, o australiano apenas deu de ombros: – Não é como eu faria as coisas nas melhores circunstâncias, colega, mas fomos todos avisados pra vir pra cá meio em cima da hora, né?

Ao lado do transceptor estava um complexo biomonitor Sony, ligado diretamente à unidade cirúrgica e carregado com o histórico médico registrado no dossiê do biosoft de Mitchell. Os médicos, quando chegasse a hora, acessariam o histórico do desertor. Ao mesmo tempo, os procedimentos que eles levassem a cabo na unidade seriam enviados de volta para o Sony e compilados, prontos para que Ramirez aplicasse ICE e os passasse para o ciberespaço, onde Jaylene Slide estaria operando em paralelo, em seu assento na plataforma petrolífera. Se tudo desse certo, a atualização médica estaria esperando no complexo da Hosaka na Cidade do México quando Turner chegasse lá com ele, no jato. Turner nunca vira nada exatamente como o Sony, mas imaginava que o Holandês teria algo muito parecido em sua clínica de Cingapura. O pensamento fez com que levasse a mão ao peito nu, onde, sem perceber, traçou a linha desaparecida de uma cicatriz de enxerto.

A segunda mesa continha o equipamento de ciberespaço. O deck era idêntico ao que vira na plataforma petrolífera, um protótipo da Maas-Neotek. A configuração do deck era padrão, mas Conroy lhe dissera que fora construído a partir dos novos biochips. Havia uma massa, do tamanho de um punho, de explosivo plástico rosa-claro grudada em cima do console. Alguém, talvez Ramirez, desenhara com os dedos um par de depressões para os olhos e uma curva malfeita para um sorriso idiota. Dois fios, um azul, outro amarelo, saíam da testa rosada da figura para um dos tubos pretos escancarados que se projetavam da parede por trás do console. Outra das tarefas de Webber, caso parecesse haver perigo de o local ser tomado. Turner olhou para os fios, fechando a cara. Uma carga daquele tamanho em um espaço fechado e tão pequeno. Morte certa para todos que estivessem na casamata.

Com os ombros doendo e a nuca raspando no concreto áspero do teto, prosseguiu com a inspeção. O resto da mesa estava ocupado com os periféricos do deck, uma série de caixas pretas posicionadas com precisão obsessiva. Suspeitava que cada unidade estivesse a certa distância específica da vizinha, e que estivessem perfeitamente alinhadas. O próprio Ramirez as teria instalado, e Turner tinha certeza de que, se tocasse alguma, deslocando-a uma fração de centímetro, o jóquei perceberia. Vira aquele mesmo toque neurótico antes, em outros caras de console, e não lhe dizia nada sobre Ramirez. Havia observado outros jóqueis que invertiam esse traço, emaranhando de propósito os equipamentos em um ninho de ratos de fios e cabos, que tinham horror a arrumação e enchiam os consoles de decalques de dados de seis faces e caveiras gritando. Não havia como saber, pensou. Ou Ramirez era bom, ou todos poderiam estar mortos em breve.

Na outra ponta da mesa havia cinco transceptores de ouvido Telefunken com microfones adesivos de garganta, ainda lacrados em sacos-bolha individuais. Durante a fase decisiva da deserção, que Turner calculava ser vinte minutos antes e vinte depois da chegada de Mitchell, ele, Ramirez, Sutcliffe, Webber e Lynch estariam interligados, embora o uso dos transceptores devesse ser mantido em um mínimo absoluto.

Por trás dos Telefunkens estava uma caixa plástica sem identificação, que continha vinte aquecedores de mão catalíticos, suecos, retângulos planos e lisos de aço inoxidável, cada um em seu próprio saquinho de flanela de algodão vermelho cor de Natal.

– É um filho da puta muito vivo – disse para a caixa. – Eu mesmo podia ter pensado nisso...

Dormiu em um colchonete de espuma corrugada no chão do posto de comando, usando o casaco como cobertor. Conroy estivera certo sobre a noite do deserto, mas o concreto parecia reter o calor do dia. Não tirou as calças ou os sapatos. Webber o aconselhara a chacoalhar os sapatos e as roupas sempre que se vestisse. – Escorpiões – ela dissera. – Gostam de suor, de qualquer tipo de umidade. – Removeu o Smith & Wesson do coldre de nylon antes de se deitar, colocando-o cuidadosamente ao lado do colchonete. Deixou as duas lanternas a bateria acesas, fechou os olhos.

E deslizou rumo a um mar raso de sonhos, com imagens passando como se arremessadas, fragmentos do dossiê de Mitchell fundindo-se a pedaços de sua própria vida. Ele e Mitchell dirigindo o ônibus através de uma cascata de vidro, para dentro do saguão de um hotel em Marrakesh. O cientista gritava freneticamente enquanto ele apertava o botão que detonava as duas dúzias de tubos de CN colados com fita ao longo das laterais do veículo. Oakey também estava lá, oferecendo uma garrafa de uísque, e cocaína amarela peruana em um espelho redondo com borda plástica que Turner vira, pela última vez, na bolsa de Allison. Pensou ter visto Allison em algum lugar, pelas janelas do ônibus, sufocando nas nuvens de gás, e tentou dizer a Oakey, tentou mostrá-la, mas o vidro estava coberto de adesivos de hologramas mexicanos de santos, cartões-postais da Virgem, e Oakey segurava uma coisa lisa e redonda, um globo de cristal rosa, e Turner viu uma aranha agachada no centro daquilo, uma aranha feita de mercúrio, mas Mitchell ria, os dentes cheios de sangue, e estendeu a mão aberta para oferecer o biosoft cinza para Turner. Ele viu que o dossiê era um cérebro, rosa-acinzentado e vivo debaixo de uma membrana transparente e úmida, pulsando suavemente na mão de Mitchell. Então tropeçou em uma saliência submarina do sonho e se acomodou, suavemente, em uma noite sem estrelas.

* * *

Webber o acordou, as feições duras emolduradas pela entrada quadrada da casamata, os ombros envoltos pelo pesado cobertor militar que servia de porta.

– Já deram as três horas. Os médicos estão acordados, se quiser falar com eles. – Ela se retirou, as botas moendo cascalho.

Os médicos da Hosaka estavam aguardando ao lado da unidade autônoma de neurocirurgia. Sob a alvorada do deserto, pareciam ter simplesmente saído de algum tipo de transmissor de matéria, em suas roupas informais Ginza amarrotadas conforme a moda. Um dos homens estava embrulhado em um enorme casaco de lã mexicano, tricotado à mão, o tipo de cardigã com cinto que Turner vira os turistas usando na Cidade do México. Os outros dois vestiam jaquetas isolantes de esqui, de aparência cara, contra o frio do deserto. Os homens eram uma cabeça mais baixos do que a coreana, uma mulher esbelta com feições fortes e arcaicas, com um topete de cabelos tingidos de vermelho que fez Turner pensar em aves de rapina. Conroy lhe dissera que os dois eram homens da empresa, e Turner podia ver isso facilmente: apenas a mulher possuía a atitude, a postura que fazia parte do mundo de Turner: era uma fora da lei, uma médica ilegal. Estaria bem em casa com o Holandês, ele pensou.

– Sou Turner – ele disse. – Estou no comando aqui.

– Não precisa de nossos nomes – a mulher disse, enquanto os dois homens da Hosaka se curvavam, automaticamente, em reverência. Eles trocaram olhares, olharam para Turner e, em seguida, olharam de volta para a coreana.

– Não – Turner disse. – Não é preciso.

– Por que ainda não temos acesso aos dados médicos do paciente? – a coreana perguntou.

– Segurança – Turner disse, a resposta quase um reflexo inconsciente. De fato, não podia ver nenhum motivo para evitar que estudassem os registros de Mitchell.

A mulher deu de ombros, deu meia-volta, o rosto oculto pelo colarinho da jaqueta isolante, virado para cima.

– Gostaria de inspecionar a unidade de cirurgia? – o homem no casaco pesado perguntou, o rosto educado e alerta, uma perfeita máscara corporativa.

– Não – Turner disse. – Vamos transferir vocês para a área vinte minutos antes da chegada dele. Vamos tirar as rodas, e nivelar com macacos. O cano de esgoto será desplugado. Quero vocês totalmente operacionais cinco minutos depois de instalados.

– Isso não será problema – o outro homem disse, sorrindo.

– Agora quero que me digam o que vão fazer ali, o que vão fazer com ele, e como isso pode afetá-lo.

– Já não *sabe*? – a mulher perguntou, bruscamente, voltando-se novamente para encará-lo.

– Eu disse que queria que vocês me dissessem – Turner disse.

– Vamos fazer uma varredura imediata procurando implantes letais – o homem no casaco disse.

– Cargas no córtex, esse tipo de coisa?

– Duvido – disse o outro homem – que encontremos algo tão grosseiro. Mas, sim, vamos fazer uma varredura para toda a gama de dispositivos letais. Ao mesmo tempo, vamos fazer um exame de sangue completo. Nos disseram que os contratantes atuais dele lidam com sistemas bioquímicos extremamente sofisticados. Há a possibilidade de que o maior perigo seja nesse sentido...

– Hoje em dia está muito na moda equipar altos funcionários com bombas de insulina subcutâneas modificadas – seu colega interrompeu. – O sistema do indivíduo pode ser levado a uma dependência artificial de certos análogos de enzimas sintéticas. A não ser que o implante seja recarregado em intervalos regulares, o afastamento da fonte, o contratante, pode resultar em trauma.

– Estamos preparados para lidar com isso também – disse o outro.

– Nenhum de vocês está, nem de longe, preparado para lidar com o que eu desconfio que vamos encontrar – a médica ilegal disse, sua voz tão fria quanto o vento que soprava agora do leste. Turner ouvia a areia sibilando contra o aço enferrujado acima deles.

– Você – Turner disse a ela –, vem comigo. – Então se virou, sem olhar para trás, e afastou-se. Era possível que ela não obedecesse à ordem, caso em que ele passaria vergonha com os outros dois, mas parecia o lance correto. Quando estava a dez metros da unidade de cirurgia, parou. Ouviu os pés dela no cascalho.

– O que é que você sabe? – perguntou, sem se virar.

– Talvez o mesmo que você – ela disse. – Talvez mais.

– Mais do que seus colegas, isso está claro.

– São homens muito competentes. Também são... serviçais.

– E você não é.

– Nem você, mercenário. Fui contratada pra este serviço na melhor clínica clandestina de Chiba. Recebi bastante material para estudar, para me preparar para o encontro com o distinto paciente. As clínicas clandestinas de Chiba são o que há de mais avançado na medicina: nem sequer a Hosaka poderia saber que minha posição na medicina ilegal me permitiria adivinhar o que é que o nosso desertor leva na cabeça. As ruas tentam encontrar seus próprios usos para as coisas, sr. Turner. Já fui, várias vezes, contratada para tentar remover esses novos implantes. Certa quantidade de biocircuitos Maas avançados já foi parar no mercado. Essas tentativas de implante são um passo lógico. Desconfio que a Maas deixa essas coisas vazarem de propósito.

– Então, explique.

– Não acho que possa – ela disse, e havia um estranho traço de resignação na voz. – Eu lhe disse que já vi isso. Não disse que entendi. – Pontas de dedos tocaram, de repente, a pele ao lado do conector craniano de Turner. – Isto, em comparação com os implantes de biochips, é como uma bengala de madeira ao lado de uma perna mioelétrica.

– Mas haverá risco de vida, neste caso?

– Ah, não – ela disse, retirando a mão. – Não para *ele*... – Então, ele a ouviu caminhando, com dificuldade, de volta para a unidade cirúrgica.

Conroy enviou um mensageiro com o pacote de software que permitiria a Turner pilotar o jato e transportar Mitchell para o complexo da Hosaka na Cidade do México. O mensageiro era um homem de olhar desvairado, pele queimada pelo sol, que Lynch chamou de

Harry, uma assombração cheia de tendões que veio pedalando da direção de Tucson em uma bicicleta polida pela areia, com pneus para lama carecas e couro cru amarelo-osso amarrado nos guidões. Lynch conduziu Harry pelo estacionamento. Harry cantava para si mesmo, um som estranho na quietude obrigatória do local. Sua canção, se é que podia ser chamada assim, era como alguém tentando sintonizar ao acaso um rádio quebrado, subindo e descendo os quilômetros da meia-noite do sintonizador, captando gritos do evangelho e fragmentos de vinte anos de pop internacional. Harry vinha com a bicicleta pendurada em um ombro queimado e ossudo.

– Harry trouxe algo pra você de Tucson – Lynch disse.

– Vocês se conhecem? – Turner perguntou, olhando para Lynch. – Quem sabe têm um amigo em comum?

– O que quer dizer com isso? – Lynch perguntou.

Turner manteve o olhar.

– Você sabe o nome dele.

– Ele me disse a porra do nome, Turner.

– Me chamo Harry – o homem queimado disse. Jogou a bicicleta em cima de um amontoado de arbustos. Sorriu inexpressivamente, expondo dentes gastos e mal espaçados. O peito nu tinha uma película de suor e poeira, e exibia, pendurados, em correntes finas de aço, couro cru, pedaços de chifre e pelo de animais, cartuchos de bala de latão, moedas de cobre desgastadas até ficarem lisas e ilegíveis, e uma pequena bolsa feita de couro marrom macio.

Turner olhou para a variedade de coisas penduradas no peito ossudo e estendeu a mão, sacudindo um pedaço curvo de cartilagem torta, suspenso de um cordão trançado.

– Que diabos é isto, Harry?

– Pinto de guaxinim – Harry disse. – Guaxinins têm um osso com junta no pinto. Pouca gente sabe disso.

– Já conhecia o meu amigo Lynch antes, Harry?

Harry pestanejou.

– Ele tinha as senhas – Lynch disse. – A gente tem uma escala de urgências. Ele sabia a mais alta. Me disse o nome dele. Precisa de mim aqui, ou posso voltar pro trabalho?

– Vai – Turner disse.

Quando Lynch estava fora do alcance da voz, Harry começou a mexer nas tiras que fechavam a bolsa de couro.

– Não devia ser duro com o garoto – ele disse. – Ele é muito bom. A verdade é que não vi o cara até ele estar com a pistola no meu pescoço. – Abriu a bolsa e procurou dentro com os dedos, delicadamente.

– Diga a Conroy que já marquei o cara.

– Como? – Harry perguntou, tirando da bolsa uma folha dobrada de papel de caderno amarelo. – Já marcou quem? – Passou a folha para Turner; havia algo dentro.

– Lynch. É o pau-mandado de Conroy aqui. Diga a ele. – Desdobrou o papel e removeu o grosso microsoft militar.

Havia um bilhete em maiúsculas azuis: MERDA PRA VOCÊ, CUZÃO. TE VEJO NO DF.

– Quer mesmo que eu diga isso pra ele?

– Diga a ele.

– Você é o chefe.

– Bom que sabe disso – Turner disse, amassando o papel e enfiando-o na axila esquerda de Harry. Harry sorriu, de forma doce e inexpressiva, e a inteligência que havia emergido nele baixou de novo, como um animal aquático mergulhando, sem esforço, em um mar suave de insipidez ensolarada. Turner olhou-o nos olhos, opalas amarelas rachadas, e não viu nada além do sol e da estrada arruinada. Uma mão, faltando algumas juntas, subiu para coçar distraidamente a barba de uma semana. – Agora – Turner disse. Harry fez meia-volta, puxou a bicicleta do emaranhado de arbustos, colocou-a no ombro com um grunhido e começou a partir, cruzando o estacionamento em ruínas. Os shorts cáqui, esfarrapados e grandes demais para Harry, se agitavam à medida que caminhava, e a coleção de correntes fazia um ruído suave de chocalho.

Sutcliffe assobiou de uma elevação a vinte metros, erguendo um rolo de fita de agrimensor laranja. Era hora de começar a traçar a pista de aterrissagem de Mitchell. Teriam que trabalhar rápido, antes que o sol ficasse alto demais, e, mesmo assim, ainda estaria quente.

* * *

– Então – Webber disse –, ele vem voando. – Ela cuspiu suco marrom em um cacto amarelado. A bochecha estava cheia de tabaco de Copenhague.

– Acertou – Turner disse. Sentou-se ao lado dela em uma borda de xisto amarelo. Estavam observando Lynch e Nathan limparem a pista que ele e Sutcliffe haviam traçado com a fita laranja. A fita marcava um retângulo de quatro metros de largura e vinte de comprimento. Lynch carregava um pedaço de viga duplo-T enferrujada até a fita e a levantava. Algo correu pelos arbustos enquanto a viga rangia contra o concreto.

– Se quiserem, eles podem ver a fita. – Webber disse, enxugando os lábios com o dorso da mão. – Se quiserem, podem ler até as manchetes no seu fax da manhã.

– Eu sei – Turner disse –, mas se ainda não sabem que estamos aqui, não acho que vão fazer isso. E não dá pra ver da estrada. – Ajustou um boné de nylon preto que Ramirez havia lhe dado, puxando a longa aba para baixo até tocar os óculos de sol. – De qualquer forma, estamos só tirando as coisas pesadas, as que podiam arrancar uma perna. Não vai parecer nada de especial, não de órbita.

– Não – Webber concordou, o rosto marcado impassível sob os óculos de sol. Podia sentir o cheiro de suor dela de onde estava, forte e animal.

– Que diabos você faz, Webber, quando não tá fazendo isto? – Olhou para ela.

– Acho que muito mais do que você – ela disse. – Parte do tempo eu crio cachorros. – Ela tirou uma faca da bota e começou a afiá-la pacientemente na sola, girando-a suavemente a cada passada, como um barbeiro mexicano afiando uma navalha. – E pesco. Trutas.

– Tem família no Novo México?

– Acho que mais do que você – ela disse, na lata. – Imagino que gente como você e Sutcliffe não seja de lugar nenhum. Você mora aqui, não é, Turner? No teatro de operações, hoje, no dia em que o seu garoto sai. Certo? – Ela testou a lâmina contra a almofada do polegar e, em seguida, colocou-a de volta na bainha.

– Mas tem família? Tem um homem te esperando?

– Uma mulher, se quer saber – ela disse. – Sabe alguma coisa sobre criar cachorros?

– Não – ele disse.

– Imaginei. – Ela o olhou de soslaio. – Também temos uma filha. Nossa. Ela deu à luz.

– Combinação de DNAs?

Ela fez que sim.

– Isso é caro – ele disse.

– Nem me diga. Não estaria aqui se não tivesse que pagar. Mas ela é linda.

– Sua mulher?

– Nossa filha.

12

CAFÉ BLANC

Enquanto caminhava para fora do Louvre, ela parecia sentir que uma espécie de estrutura articulada movia-se para acomodar seu percurso pela cidade. O garçom não seria mais que uma parte da coisa, um braço, uma sonda ou palpo delicado. O conjunto seria maior, muito maior. Como pôde ter imaginado que seria possível viver, mover-se, no campo antinatural da riqueza de Virek sem sofrer nenhuma distorção? Virek a recolhera, no meio de sua infelicidade, e a girara através das forças monstruosas e invisíveis de seu dinheiro. E ela fora transformada. "É claro", pensou, "é claro: move-se constantemente ao meu redor, atento e invisível, o mecanismo vasto e sutil de vigilância de Herr Virek."

Acabou se encontrando na calçada embaixo do terraço do Blanc. Parecia um lugar tão bom como qualquer outro. Um mês antes, ela o teria evitado: passara noites demais ali em companhia de Alain. Agora, sentindo que havia se libertado, decidiu começar o processo de redescobrir a sua própria Paris, escolhendo uma mesa no Blanc. Pegou uma próxima a um biombo lateral. Pediu ao garçom um conhaque. Arrepiou-se ao observar o tráfego de Paris passar, o rio perpétuo de aço e vidro, enquanto por todos os lados ao redor, em todas as demais mesas, estranhos comiam e sorriam, bebiam e discutiam, se despediam com tristeza ou juravam fidelidades íntimas ao sentimento de uma tarde.

No entanto, Marly sorriu, ela era parte disso tudo. Alguma coisa dentro dela despertava de um longo e abafado sono, trazida de volta à luz no instante em que abrira plenamente os olhos para a malevolência de Alain e sua própria necessidade desesperada de continuar a amá-lo. A necessidade, porém, se esvaía, mesmo enquanto estava ali sentada. As mentiras eram tão ordinárias que, de alguma forma, romperam as algemas da depressão. Não via lógica nisso, pois soubera, em alguma parte dela mesma, e muito antes do negócio com Gnass, exatamente o que Alain fazia na vida, e isso não fizera diferença nenhuma para seu amor. Frente ao novo sentimento, no entanto, ela se absteria da lógica. Era suficiente estar aqui, viva, em uma mesa do Blanc, e imaginar, por todo o entorno, a máquina intrincada que, agora sabia, Virek colocara em campo.

"Ironias", ela pensou, ao ver o jovem garçom do Napoleon Court subindo no terraço. Usava as calças escuras com que havia trabalhado, mas o avental fora substituído por um blusão azul. Uma franja lisa de cabelos escuros atravessava sua testa. Veio em sua direção, sorrindo, seguro, sabendo que ela não fugiria. Havia algo nela, nesse momento, que desejava muito fugir. Sabia, porém, que não faria isso. "Que ironia", disse a si mesma, "enquanto me deleito na descoberta de que não sou uma esponja criada especialmente para o sofrimento, mas apenas outro animal falível nesta cidade de labirinto de pedra, ao mesmo tempo compreendo que sou o foco de um vasto mecanismo, alimentado por um desejo obscuro."

– Meu nome é Paco – ele disse, puxando a cadeira de ferro esmaltado de branco que ficava de frente para ela.

– Você era a criança, o menino, no parque...

– Muito tempo atrás, sim. – Ele sentou. – O Señor preservou a imagem da minha infância.

– Tenho pensado, sobre o seu Señor. – Ela não olhava para ele, mas para os carros que passavam, acalmando os olhos no fluxo do tráfego, nas cores do policarbono e do aço pintado. – Um homem como Virek é incapaz de se privar de sua riqueza. O dinheiro dele tem vida própria. Talvez vontade própria. Ele deu a entender isso quando nos falamos.

– Você é uma filósofa.

– Sou uma ferramenta, Paco. Sou a ponta mais recente de uma máquina muito velha nas mãos de um homem muito velho, que deseja compreender alguma coisa e até o momento não conseguiu. Mil ferramentas passam pelas mãos do seu chefe e, de alguma forma, ele me escolhe.

– Também é uma poetisa!

Ela riu, desviando os olhos do tráfego. Ele sorria, a boca emoldurada por sulcos verticais profundos.

– Enquanto vinha para cá, imaginei uma estrutura, uma máquina tão grande que era incapaz de vê-la. Uma máquina que me cerca, antecipando cada um de meus passos.

– E você também é uma egotista?

– Sou?

– Talvez não. Com certeza, você é observada. Nós a vigiamos, e é bom que façamos isso. O seu amigo no restaurante, também o vigiamos. Infelizmente, não conseguimos descobrir onde arranjou o holograma que mostrou pra você. É quase certo que já estava com ele quando começou a telefonar para o número da sua amiga. Alguém o abordou, entende? Alguém o colocou no seu caminho. Não acha que isso é o mais curioso? Não desperta a filósofa em você?

– Sim, acho que sim. Segui o conselho que você me deu, no restaurante, e aceitei o preço dele.

– Então, ele vai pedir o dobro – Paco sorriu.

– O que não significa nada para mim, como você disse. Ele concordou em entrar em contato amanhã. Suponho que você possa providenciar a entrega do dinheiro. Pediu dinheiro vivo.

– Dinheiro vivo – ele revirou os olhos. – Que *risqué*! Mas, sim, posso. E também já sei os detalhes. Estávamos monitorando a conversa. Não foi difícil, já que ele foi gentil o bastante para transmiti-la ele mesmo, com um microfone miniatura. Queríamos muito descobrir a quem se destinava a transmissão, mas duvidamos que ele mesmo soubesse.

– Não era do feitio dele – disse ela, fechando a cara – pedir licença, interromper a conversa daquela maneira, antes de ter feito as exigências. Gosta de pensar que tem um instinto para o momento dramático...

– Não teve escolha – Paco disse. – Preparamos o que ele pensou ser uma falta de carga na bateria do microfone. Isso o obrigou a ir até o *hommes*. Disse coisas muito feias sobre você, sozinho no banheiro.

Ela fez sinal para o copo vazio quando um garçom passou.

– Ainda acho difícil entender qual é a minha parte nisto, o meu valor. Para Virek, quero dizer.

– Não me pergunte. Você é a filósofa, aqui. Apenas executo as ordens de Señor, o melhor que posso.

– Gostaria de um conhaque, Paco? Ou, quem sabe, um café?

– Os franceses – ele respondeu com grande convicção –, não entendem nada de café.

13

COM AS DUAS MÃOS

– Dá pra me explicar de novo? – disse Bobby, com a boca cheia de arroz e ovos. – Achei que tinha dito que não era uma religião.

Beauvoir tirou as armações sem lentes do rosto e olhou, como quem faz mira, ao longo de uma das hastes.

– Não foi isso que eu disse. Disse que não tinha que se preocupar com isso, e só, se é uma religião ou não. É só uma *estrutura*. É o que basta para eu e você discutirmos algumas coisas que estão acontecendo. Senão, podemos não ter palavras, conceitos...

– Mas você fala como se esses, qual o nome mesmo, *loas*, fossem...

– Loa – Beauvoir corrigiu, largando os óculos na mesa. Suspirou, tirou um dos cigarros chineses do maço de Two-a-Day e o acendeu com o crânio de peltre. – É igual no plural e no singular. – Aspirou profundamente e soltou fluxos gêmeos de fumaça através das narinas arqueadas. – Quando pensa em religião, exatamente no que pensa?

– Bom, a irmã da minha mãe, ela é cientologista, bem conservadora, sabe? E tem uma mulher, do outro lado do corredor, que é católica. A minha velha – ele fez uma pausa, a comida tendo perdido o gosto em sua boca –, ela colocava esses hologramas no meu quarto de vez em quando. Jesus ou Hubbard ou alguma merda dessas. Então acho que é nisso que penso.

– Vodu não é assim – Beauvoir disse. – Ele não se preocupa com ideias de salvação e transcendência. Trata de conseguir *fazer* as coisas. Entende? No nosso sistema, há muitos deuses, espíritos. Parte de uma grande família, com todas as virtudes e todos os vícios. Tem uma tradição ritual de manifestação comunal, entende? O vodu diz que há um Deus, claro, Gran Met, mas Ele é grande, grande demais e distante demais pra se preocupar se você é pobre ou não arranja mulher. Vamos lá, cara, você sabe como funciona, é uma religião de *rua*, que veio do lugar mais pobre possível um milhão de anos atrás. Vodu é como a rua. Se um cheirador de pó fizer picadinho da sua irmã, você não vai acampar na porta da Yakuza, vai? De jeito nenhum. Você procura alguém que pode *cuidar* do assunto. Certo?

Bobby concordou, mastigando, pensativo. Outro derma e dois copos do vinho tinto haviam ajudado muito. O grandalhão levara o Two-a-Day para uma volta em meio às árvores e varetas fluorescentes, deixando Bobby com Beauvoir. Então Jackie aparecera, toda alegre, com um tigelão dessa coisa de ovos e arroz, que não era nada má, e enquanto colocava a comida diante dele, apertara um dos peitos em seu ombro.

– Então – Beauvoir disse –, o que interessa pra gente é como resolver as coisas. Se preferir, o que interessa pra gente são sistemas. E pra você também, ou pelo menos é o que gostaria, senão não ia ser um cowboy nem ter um nick, certo? – Mergulhou o que restava do cigarro em um copo manchado de dedos e com vinho tinto até a metade. – Parece que o Two-a-Day estava a ponto de começar uma festança, bem na hora em que caiu merda no ventilador.

– E que merda foi essa? – Bobby perguntou, limpando a boca com o dorso da mão.

– Você – Beauvoir disse, fechando a cara. – Não que seja culpa sua. Mesmo que o Two-a-Day queira fazer parecer que é o caso.

– Ele quer? Ele parece bem nervoso agora. Bem puto, também.

– Exatamente. Você sacou. Nervoso. No maior cagaço seria uma definição melhor ainda.

– E por quê?

– Bom, entenda, as coisas não são exatamente o que parecem, com o Two-a-Day. Quero dizer, sim, ele faz mesmo o tipo de merda que você sabe que ele faz; empurrando software quente pros branquelos, desculpe – ele sorriu –, lá em Barrytown, mas o negócio principal, quer dizer, o verdadeiro anseio dele, entende, é outro. – Beauvoir apanhou um canapé murcho, examinou-o com evidente desconfiança e o atirou, por cima da mesa, no meio das árvores. – O negócio dele, você entende, é fazer uns serviços pruns grandes oungans do Sprawl.

Bobby balançou a cabeça, inexpressivo.

– Caras que servem com as duas mãos.

– Boiei.

– Estamos falando de um sacerdócio profissional, se quiser chamar assim. Do contrário, apenas imagine uns caras da pesada, cowboys de console, entre outras coisas, que cuidam de fazer as coisas para as pessoas. Servir com as duas mãos é uma expressão que temos. Quer dizer, mais ou menos, que trabalham dos dois lados. O branco e o preto, entende?

Bobby engoliu, então fez que não com a cabeça.

– Feiticeiros – Beauvoir disse. – Deixa pra lá. Caras maus, cheios da grana, é tudo que você precisa saber. O Two-a-Day, ele é o moleque de recados desses caras. Às vezes ele acha coisas que podem ser interessantes pra eles, baixa pra eles e ganha uns favores depois. Talvez, se ele juntar uma dúzia de favores a mais, eles baixem alguma coisa *nele*. Não é exatamente a mesma coisa, entende? Digamos que eles consigam algo que acham que tem potencial, mas que os deixa assustados. Esses tipos tendem a ser conservadores, sabe? Não? Bem, você vai ver.

Bobby fez que sim.

– O tipo de software que alguém como você aluga de Two-a-Day, aquilo não é nada. Quero dizer, vai *funcionar*, mas não é nada com que alguém da pesada esquentaria. Já assistiu um monte de kinos de cowboy, certo? Bem, as coisas que inventam pra esses kinos não são nada em comparação com o tipo de merda que um operador da pesada mesmo pode encarar. Especialmente ICE-Breakers. Os ICE-Breakers pesados são um pouco complicados, mesmo para os grandões. E sabe por quê? Porque o ICE, o ICE duro de verdade, os muros em torno de todos os grandes armazéns de dados na matrix, é sempre feito por uma IA, uma inteligência artificial. Não existe outra coisa rápida o bastante pra fazer ICE bom e alterar e atualizar a toda hora. Então, quando um ICE-Breaker forte pra valer aparece no mercado clandestino, já tem alguns fatores de incerteza envolvidos. Pra começar, de onde veio o produto? Nove em dez vezes, veio de uma IA, e as IAs estão sempre sendo monitoradas, principalmente pelo pessoal da Turing, pra ter certeza de que não ficam espertas demais. Então pode ser que você acabe com todo o peso da Turing atrás de ti, porque talvez uma IA, em algum lugar, quis aumentar o fluxo de caixa. Algumas IAs têm cidadania, certo? Outra coisa que você tem que ficar de olho é que talvez seja um ICE-Breaker *militar*, e isso também é ruim. Ou, quem sabe, tenha saído de algum braço de espionagem industrial de uma zaibatsu, e você também não vai querer isso. Tá sacando a parada, Bobby?

Bobby concordou. Sentia-se como se tivesse esperado toda a vida para ouvir Beauvoir explicar o funcionamento de um mundo cuja existência, antes, era apenas imaginada.

– De toda forma, um ICE-Breaker que corte de verdade vale mega. Quer dizer, *beaucoup*. Então imagine que você seja o Rei da Cocada no mercado, e alguém vem e te oferece essa coisa, e você não vai querer mandar o cara passear. Então você compra. Você compra, bem na moita, mas não se pluga nela, não. O que faz? Leva pra casa, manda o seu técnico preparar o material pra ficar com cara de coisa bem comunzinha. Por exemplo, coloca ele em um formato como este – e tocou uma pilha de software que tinha diante de si –, e o leva pro seu garoto de recados, que, como sempre, está te devendo uns favores.

– Peraí – Bobby disse. – Acho que não estou gostando...

– Ótimo. É sinal de que tá ficando esperto. Ou, pelo menos, mais esperto. Porque foi isso que fizeram. Levaram a coisa ao seu simpático fornecedor de software, o sr. Two-a-Day, e contaram a ele o problema. "Amigão", eles disseram, "queremos testar esta bosta, ver como funciona, mas de jeito nenhum vamos fazer isso em nós mesmos. Agora é com você, garoto." Então, desse jeito, o que é que o

Two-a-Day poderia fazer? Iria *se* plugar nela? De jeito nenhum. Ele apenas faz a mesma merda que os grandões fizeram com ele. Com a única diferença de que não ia se dar nem ao trabalho de explicar a parada ao cara com quem vai fazer isso. O que ele faz? Escolhe um banco de dados no Meio-Oeste que tá cheio de programas de evasão fiscal e fluxogramas de lavagem de ienes de algum prostíbulo em Kansas City. Algo que qualquer um que não nasceu ontem *sabe* que vai estar cheio de ICE até o topo. Black ICE, o gelo preto. Programas de feedback totalmente letais. Não tem um cowboy, no Sprawl ou fora dele, que iria se meter a besta com aquele banco de dados. Primeiro, porque está cheio de defesas. Segundo, porque as coisas lá dentro não valem nada pra ninguém além da Receita Federal, e eles provavelmente já estão na folha de pagamento do dono.

– Ei – Bobby disse –, me explique isso direito.

– Estou *explicando* direito, garoto branco! Ele escolheu aquele banco de dados e então olhou na lista de hotdoggers, punks ambiciosos de Barrytown, wilsons burros o bastante pra usar um programa que nunca viram na vida contra um banco de dados que um palhaço como o Two-a-Day escolheu pra eles e disse que era moleza. E quem ele escolhe? Ele escolhe alguém novo no jogo, é claro. Alguém que nem ao menos sabe onde ele *mora*, nem ao menos tem o *número* dele. E ele diz, toma, cara, leva isso pra casa e descola uma graninha. Se conseguir alguma coisa que preste, eu arranjo quem compre! – Os olhos de Beauvoir estavam bem abertos. Não sorria. – Parece com alguém que conhece, cara? Ou você tenta não andar com perdedores?

– Quer dizer que ele sabia que eu ia morrer se me plugasse naquele banco de dados?

– Não, Bobby. Mas sabia que podia acontecer, se o pacote não funcionasse. O que ele queria, no duro, era assistir você tentar. O que não se deu ao trabalho de fazer ele mesmo, apenas pôs um par de cowboys nisso. Podia ter acontecido de dois modos. Digamos, se aquele ICE-Breaker tivesse feito sua mágica no Black ICE, você teria entrado e encontrado um monte de números que não queriam dizer nada. Aí você voltaria, quem sabe sem deixar nenhum rastro. Bem, você teria ido ao Leon's e dito pro Two-a-Day que ele tinha escolhido os dados errados. Ah, ele pediria mil desculpas, com certeza, e você receberia um novo alvo e um novo ICE-Breaker, e ele levaria o primeiro de volta para o Sprawl e diria que parecia tudo bem. Enquanto isso, ficaria de olho em você só pra saber da sua saúde, ter certeza de que ninguém aparecia procurando o ICE-Breaker que achavam que você tinha usado. Outro jeito que podia ter acontecido, o jeito como quase aconteceu, podia haver algo esquisito com o ICE-Breaker, o ICE podia ter fritado você até a morte, e um daqueles cowboys teria que arrombar a casa da sua mãe e pegar o software de volta antes que alguém encontrasse o corpo.

– Não sei, Beauvoir, isso é bem foda de...

– Foda, o cacete! A *vida* é foda. Quero dizer, estamos falando de *negócios*, sabe? – Beauvoir lançou um olhar severo, as armações plásticas bem baixas sobre o nariz fino. Tinha a pele mais clara que Two-a-Day e que o grandalhão, da cor de café com só um pingo de leite, a testa alta e suave debaixo da carapinha aparada rente. Parecia muito magro, dentro da túnica cinza de pele de tubarão, e Bobby não o achava nem um pouco ameaçador. – Mas nosso problema, o que nos trouxe aqui, a razão por que você está aqui, é descobrir o que *aconteceu*. E isso é outra coisa.

– Mas quer dizer que ele aprontou pra mim, que o Two-a-Day aprontou pra mim pra que eu fosse morto? – Bobby ainda estava na cadeira de rodas da Maternidade St. Mary, embora achasse que não precisava mais dela. – E ele está até o pescoço na merda com esses caras, esses figurões do Sprawl?

– Agora você pegou.

– E é por isso que ele estava agindo daquela forma, como se nem ligasse, ou como se me odiasse, certo? E ele está muito assustado?

Beauvoir concordou.

– E – Bobby disse, subitamente vendo o que havia deixado Two-a-Day tão puto, e por que estava assustado – porque me assaltaram, lá no Grande Playground, e aqueles lobos de merda me roubaram o deck! E o software deles ainda tava dentro! – Inclinou-se para a frente, empolgado por ter juntado as peças. – E esses caras vão matar o

Two-a-Day, ou algo do tipo, a não ser que consiga pegar o software de volta, certo?

– Dá pra ver que você assiste muito kino – Beauvoir disse –, mas é mais ou menos isso, com certeza.

– Certo – Bobby disse, acomodando-se na cadeira de rodas e colocando os pés descalços na borda da mesa. – Bem, Beauvoir, *quem são* esses caras? Como é mesmo, hoonguns? Feiticeiros, você disse? Que porra isso quer dizer?

– Bem, Bobby – Beauvoir disse –, eu sou um, e o cara grande, que você pode chamar de Lucas, é o outro.

– Já deve ter visto um destes antes – Beauvoir disse, enquanto o homem que chamara de Lucas colocava um tanque de projeção na mesa, após ter, metodicamente, aberto um espaço para ele.

– Na escola – Bobby disse.

– Você vai à escola, cara? – Two-a-Day falou, ríspido. – Por que diabo não ficou lá? – Vinha fumando um cigarro atrás do outro desde que voltara com Lucas, e parecia em pior estado do que antes.

– Cala a boca, Two-a-Day – Beauvoir disse. – Um pouco de educação não te faria mal.

– Usavam um desses pra gente aprender a andar na matrix, a acessar coisas da biblioteca de papel, essa coisa e tal.

– Bom, então – Lucas disse, endireitando-se e sacudindo um pó imaginário das grandes palmas rosadas – chegou a usar um pra isso? Pra acessar livros de papel? – Tirou o paletó preto imaculado. A camisa branca impecável era atravessada por um par de finos suspensórios marrons, e ele havia afrouxado o nó da gravata preta, lisa.

– Não leio muito bem – Bobby disse. – Quer dizer, eu consigo, mas dá trabalho. Mas, sim, eu dei uma olhada nuns livros velhos de verdade na matrix e coisa e tal.

– Achei que havia mesmo – Lucas disse, conectando um tipo de deck pequeno ao console que formava a base do tanque. – Count Zero. *Interrupção Count Zero.* Velho jargão de programador. – Passou o deck para Beauvoir, que se pôs a inserir comandos.

Complexas formas geométricas começaram a surgir no tanque, alinhadas com planos quase invisíveis da grade tridimensional. Bobby percebeu que Beauvoir estava desenhando nas coordenadas de ciberespaço de Barrytown.

– Vamos dizer que esta pirâmide azul seja você, Bobby. Aqui está você. – Uma pirâmide azul começou a pulsar suavemente bem no centro do tanque. – Agora vamos te mostrar o que os cowboys do Two-a-Day viram, aqueles que estavam de olho em você. De agora em diante, vai ver uma gravação. – Uma linha tracejada de luz azul se prolongou a partir da pirâmide, seguindo uma linha da grade. Bobby assistiu, vendo a si mesmo, sozinho, na sala de estar de sua mãe, o Ono-Sendai no colo, as cortinas puxadas, os dedos se movendo pelo deck.

– ICE-Breaker a caminho – Beauvoir disse. A linha de traços azuis alcançou a parede do tanque. Beauvoir tocou o deck e as coordenadas mudaram. Um novo conjunto de formas geométricas substituiu a primeira combinação. Bobby reconheceu o agrupamento de retângulos laranja no centro da grade.

– É esse mesmo – disse.

A linha azul avançou a partir da borda do tanque, a caminho do banco de dados laranja. Superfícies tênues de um laranja-fantasma cintilavam em torno dos retângulos, mudando e piscando, à medida que a linha se aproximava.

– Dá pra ver que tem algo errado ali – Lucas disse. – Isto é o ICE deles, e já estava alerta pra você. Te sacou bem antes de você chegar nele.

À medida que a linha de traços azuis tocava a superfície laranja em movimento, era cercada por um tubo laranja translúcido de diâmetro um pouco maior. O tubo começou a se esticar, percorrendo o caminho de volta, ao longo da linha, até que chegou à parede do tanque.

– Enquanto isso – disse Beauvoir –, lá em Barrytown... – Voltou a tocar o deck e agora a pirâmide azul de Bobby estava no centro. Bobby assistiu enquanto o tubo laranja surgia da parede do tanque de projeção, ainda seguindo a linha azul, e suavemente se aproximava da pirâmide. – Agora, neste ponto, você estava para começar a ficar bem morto, cowboy. – O tubo alcançou a pirâmide e superfícies laranja triangulares se fecharam, prendendo-a dentro. Beauvoir congelou a projeção.

– Agora – Lucas disse –, quando os ajudantes contratados do Two-a-Day, que são, justiça seja feita, um par de caras de console duros e experientes, quando eles viram o que você vai ver agora, cara, pensaram que os decks deles estavam prontos praquela grande revisão no céu. Como eram profissionais, tinham um console de reserva. Quando colocaram ele on-line, viram a mesma coisa. Foi nessa hora que acharam melhor ligar para o chefe deles, o sr. Two-a-Day, que, como podemos ver por esta bagunça, estava para dar um festão...

– Cara – Two-a-Day disse, a voz apertada pelo pânico –, eu já disse. Tinha uns clientes que precisava entreter. Paguei aqueles garotos pra ficar de olho, eles ficaram de olho e me ligaram. Aí eu liguei pra vocês. O que mais vocês *querem*?

– Nossa propriedade – Beauvoir disse, suavemente. – Agora, olhe isto, bem de perto. Esta coisa é o que chamamos um fenômeno anômalo, sem brincadeira... – Voltou a tocar o deck, iniciando a reprodução.

Flores líquidas de um branco leitoso brotaram do chão do tanque. Bobby, inclinando-se para a frente, viu que pareciam ser formadas por milhares de minúsculas esferas ou bolhas, que, em seguida, se alinharam perfeitamente com a grade cúbica e se coagularam, formando uma estrutura assimétrica, mais volumosa em cima, uma coisa como um cogumelo de linhas retas. As superfícies, as facetas, eram brancas, perfeitamente lisas. A imagem dentro do tanque não era maior do que a mão aberta de Bobby, mas, para qualquer um conectado em um deck, teria sido gigantesca. A coisa soltou um par de chifres. Eles se alongaram, se curvavam, se tornaram pinças que se arquearam para agarrar a pirâmide. Ele viu as pontas se afundarem suavemente através dos planos tremeluzentes, alaranjados, do ICE do inimigo.

– Ela disse: "o que está fazendo?" – ele se ouviu dizer. – Aí me perguntou por que estavam fazendo aquilo, fazendo aquilo comigo, me matando e...

–Ah – Beauvoir disse, calmamente –, agora estamos chegando a algum lugar.

Não sabia para onde iam, mas estava feliz de se ver livre daquela cadeira. Beauvoir se abaixou para evitar uma lâmpada de estufa inclinada que pendia de dois fios em espiral. Bobby o seguiu, quase escorregando em uma poça de água coberta por uma película verde. Longe da clareira do sofá de Two-a-Day, o ar parecia mais denso. Havia um odor de estufa, de umidade e coisas crescendo.

– Então foi isso que aconteceu – Beauvoir disse. – Two-a-Day mandou uns amigos pra Covina Concourse Courts, mas você tinha sumido. E o seu deck, também.

Bem – Bobby disse –, então não acho que seja exatamente culpa dele. Quero dizer, se eu não tivesse ido pro Leon's, e estava justamente *procurando* o Two-a-Day, e pensando até em subir aqui, então ele teria me achado, certo?

Beauvoir se deteve por um momento, para admirar um frondoso pé de maconha em flor, esticando um fino indicador marrom para tocar suavemente as flores pálidas e incolores.

– É verdade – ele disse. – Mas é um assunto de *negócios*. Ele devia ter posto alguém pra vigiar sua casa durante a incursão, pra garantir que nem você, nem o software saíssem pra dar uma voltinha.

– Bem, ele mandou Rhea e Jackie pro Leon's, eu vi as duas lá. – Bobby levou a mão à gola do pijama preto e coçou a ferida fechada que cruzava o peito e a barriga. Então se lembrou da coisa parecida com uma centopeia que Pye usara como sutura, e rapidamente tirou a mão. Coçava, uma linha reta de coccira, mas não queria tocá-la.

– Não, Jackie e Rhea são nossas. Jackie é uma mambo, uma sacerdotisa, o cavalo de Danbala. – Beauvoir continuou a caminhar, seguindo o que Bobby supunha ser uma trilha pela floresta confusa de hidropônicos, embora não parecesse ir em nenhuma direção especial. Alguns dos arbustos maiores estavam plantados em sacos plásticos verdes de lixo inchados, cheios de húmus escuro. Muitos tinham estourado, e raizes pálidas buscavam novas fontes de nutrição nas sombras entre as lâmpadas de estufa, onde o tempo e a queda gradual das folhas conspiravam para produzir um adubo fino. Bobby calçava um par de sandálias de tiras de nylon pretas que Jackie encontrara para ele, mas já havia terra úmida entre os dedos de seus pés.

– Um cavalo? – perguntou a Beauvoir, desviando-se de uma coisa de aparência espinhosa que lembrava uma palmeira do avesso.

– Danbala cavalga ela, Danbala Wedo, a cobra. Outras vezes, ela é o cavalo de Aida Wedo, sua esposa.

Bobby achou melhor não perguntar mais. Tentou mudar de assunto:

– Como é que o Two-a-Day tem uma casa tão enorme? Pra que todas essas árvores e essas coisas? – Sabia que Jackie e Rhea o haviam conduzido por uma porta, na cadeira da St. Mary, mas, desde então, não vira uma parede sequer. Também sabia que a arcologia cobria um determinado número de hectares; então era possível que o apartamento de Two-a-Day fosse mesmo bem grande, mas parecia difícil acreditar que um fornecedor de software, mesmo um bem esperto, pudesse se dar ao luxo de tanto espaço. *Ninguém* podia se dar ao luxo de tanto espaço. E por que alguém ia querer morar numa floresta hidropônica, cheia de água pingando?

O último derma estava perdendo o efeito, e as costas e o peito começavam a queimar e a doer.

– Figueiras, tamujos... Todo este andar dos Projetos é um *lieu saint*, um lugar santo. – Beauvoir tocou no ombro de Bobby e apontou algumas tiras retorcidas de duas cores, pendendo dos ramos de uma árvore próxima. – As árvores são consagradas a diferentes loa. Aquela é para Ougou, Ougou Feray, o deus da guerra. Tem um monte de outras coisas plantadas aqui, ervas que os fitoterapeutas precisam, e algumas só para diversão. Mas isto não é do Two-a-Day, é da comunidade.

– Quer dizer que todo o Projeto está nisto? Todo mundo gosta de vodu e essas coisas? – Era pior do que as fantasias mais obscuras de Marsha.

– Não, cara! – e Beauvoir riu. – Tem uma mesquita no topo, e uns dois ou dez mil batistas espalhados, alguns da igreja da cien… O de sempre. Mesmo assim – ele sorriu –, somos *nós* os que têm a tradição de *conseguir* as coisas... Mas como isto começou, este andar, foi há muito tempo. As pessoas que projetaram estes lugares, uns oitenta, cem anos atrás, queriam que fossem o mais autossuficientes possível. Queriam fazer com que plantassem a comida. Com que fizessem o próprio aquecimento, gerassem energia, o que quer que fosse. Este aqui, se você perfurar fundo o bastante, está em cima de um monte de água geotérmica. É quente pra caramba lá embaixo, mas não quente o bastante pra fazer um motor girar, então não vai gerar nada de energia. Tentaram gerar energia, lá no telhado, com uns cem rotores Darrieus, esses que o pessoal chama de batedor de ovos. Montaram uma fazenda eólica, entende? Hoje recebem a maior parte dos watts do Departamento de Fissão, que nem todo mundo. Mas aquela água geotérmica, eles bombeiam prum trocador de calor. É salgada demais pra beber, então no trocador ela só esquenta a água de torneira comum de Jersey, que, de toda forma, a maioria das pessoas também não vai beber.

Finalmente, estavam se aproximando de um tipo de parede. Bobby olhou para trás. Poças rasas, no chão de concreto enlameado, refletiam os ramos de árvores-anãs, as raízes pálidas e nuas vagueando em tanques improvisados de fluido hidropônico.

– Aí bombeiam a água aquecida pra tanques onde criam um monte de camarão. Camarão cresce bem rápido na água quente. Então bombeiam por tubos no concreto, aqui pra cima, pra manter o lugar quente. Era pra isso que este andar servia, pra plantar amaranto hidropônico, alface, coisas assim. Aí bombeiam ela pra fora, para os tanques de bagres, e as algas comem a bosta dos camarões. Os bagres comem as algas, e tudo começa de novo. Ou, pelo menos, essa era a ideia. Acho que não pensaram que alguém ia subir no teto e arrancar aqueles rotores Darrieus pra abrir espaço pra uma mesquita, e também não pensaram num monte de outras coisas que mudaram. Então acabamos ficando com este espaço. Mas você ainda consegue uns camarões bons pra caramba nos Projetos... E bagre, também.

Chegaram à parede. Era feita de vidro, cheio de gotas de condensação. Alguns centímetros depois havia outra parede, feita do que parecia ser chapa de aço enferrujada. Beauvoir tirou um tipo qualquer de chave de um bolso na túnica de pele de tubarão. Daí, a enfiou em uma abertura numa barra metálica que dividia a janela em dois painéis. Em algum lugar próximo, um motor foi acionado. A grande persiana de aço girou para cima e para fora, movendo-se aos trancos, para revelar uma vista que Bobby imaginara diversas vezes.

Deviam estar próximos do topo, bem alto nos Projetos, porque ele conseguia tapar a vista do Grande Playground com as duas mãos. Os prédios de apartamentos de Barrytown pareciam um tipo de fungo cinza e esbranquiçado, indo até o horizonte. Estava quase de noite. Podia distinguir um brilho rosado, depois da última faixa de blocos de apartamentos.

– Aquilo ali é o Sprawl, não é? A coisa cor-de-rosa.

– Isso mesmo. Mas quanto mais de perto você olha, menos bonito fica. Quer ir lá, Bobby? O Count Zero está pronto para o Sprawl?

– Ah, sim – Bobby disse, as palmas contra o vidro suado. – Você não tem ideia... – O derma já havia perdido todo o efeito, e as costas e o peito doíam como nunca.

14

VOO NOTURNO

Quando a noite chegou, Turner reencontrou o limite.

Parecia que não o visitava há um bom tempo, mas quando se encaixou, era como se nunca tivesse saído de lá. Era uma rede sobre-humana de fluxos sincronizados, de que os estimulantes apenas se aproximavam. Podia atingi-lo apenas no local de uma grande deserção, uma em que estivesse no comando, e, ainda assim, só nas horas finais, antes da ação de verdade.

Mas fazia muito tempo. Em Nova Delhi atuara apenas verificando possíveis rotas de fuga para um executivo que não tinha certeza de que a recolocação era o que desejava. Se estivesse trabalhando no limite, na noite em Chandni Chauk, talvez tivesse conseguido escapar da coisa. Provavelmente não, mas o limite teria mandado tentar.

Agora, o limite permitia que ele confrontasse os fatores com que tinha de lidar no local, equilibrando grupos de pequenos problemas em relação a problemas isolados maiores. Até o momento, tinha havido um monte dos pequenos, mas nenhuma realmente grande. Lynch e Webber estavam começando a se estranhar, por isso havia dado um jeito para que ficassem separados. Sua convicção de que Lynch era um infiltrado de Conroy, instintiva desde o começo, estava mais forte agora. Os instintos ficavam mais aguçados no limite; as coisas ficavam meio mágicas. Nathan estava tendo problemas com os aquecedores de mão suecos de baixa tecnologia: qualquer coisa mais simples que um circuito eletrônico o deixava confuso. Turner colocou Lynch para trabalhar nos aquecedores, fazendo o abastecimento e preparação, e deixou Nathan transportá-los, dois de cada vez, e enterrá-los em buracos rasos, a intervalos de um metro, ao longo das duas linhas compridas de fita laranja.

O microsoft que Conroy lhe enviara preenchia sua cabeça com um universo de fatores em constante mutação: velocidade do ar, altitude, latitude, ângulo de ataque, forças-G, coordenadas. O sistema de informações de lançamento de armas do avião era uma litania subliminar constante de designadores de alvos, linhas de queda de bombas, círculos de busca, dados de alcance e desprendimento, contagens de armamentos. Conroy marcara o microsoft com uma mensagem simples, delineando o horário de chegada do avião e confirmando as providências para haver espaço para um só passageiro.

Imaginava o que Mitchell estaria fazendo, sentindo. As instalações da Maas Biolabs na América do Norte estavam entalhadas no coração de uma chapada íngreme, uma plataforma de rocha que se elevava do chão do deserto. O dossiê do biosoft havia mostrado a Turner o paredão da chapada, cortada por janelas iluminadas ao anoitecer. Encimava os braços erguidos de um mar de cactos saguaro como a casa do leme de um navio gigante. Para Mitchell, havia sido prisão e fortaleza, seu lar por nove anos. Em algum lugar próximo ao núcleo, ele aperfeiçoara as técnicas de hibridoma que frustraram outros pesquisadores por quase um século. Trabalhando com células de câncer humano e um modelo negligenciado, quase esquecido, de síntese de DNA, havia gerado as células híbridas imortais que eram as ferramentas básicas de produção da nova tecnologia, fábricas bioquímicas minúsculas, eternamente gerado as moléculas artificiais que, conectadas entre si, constituíam os biochips. Em algum lugar na arcologia da Maas, Mitchell estaria passando por suas últimas horas como principal pesquisador da firma.

Turner tentou imaginar Mitchell levando uma vida muito diferente depois da deserção para a Hosaka, mas achou difícil. Será que uma arcologia de pesquisa no Arizona era muito diferente de uma em Honshu?

Houve horas, durante o longo dia, em que as memórias codificadas de Mitchell haviam emergido dentro dele, preenchendo-o com um estranho temor que não parecia ter nada a ver com a operação em curso.

Era a intimidade da coisa que ainda o perturbava, e talvez a sensação de medo viesse disso. Certos fragmentos pareciam ter um poder emocional completamente fora de proporção ao conteúdo. Por que a recordação de um corredor qualquer em um dormitório sujo de estudantes de Cambridge o encheria de um sentimento de culpa e de aversão a si mesmo? Outras imagens, que pela lógica deveriam transmitir uma carga emocional, tinham um efeito estranhamente neutro: Mitchell brincando com a filhinha sobre um tapete de lã clara em uma casa alugada em Genebra, a menina rindo, puxando sua mão. Nada. A vida do homem, do ponto de vista de Turner, parecia marcada por certa inevitabilidade: ele era brilhante, um brilhantismo detectado desde cedo, altamente motivado, talentoso no tipo de manipulação levemente inescrupulosa do ambiente empresarial que se exigia de alguém que pretendesse se tornar um cientista-pesquisador de alto nível. Se havia alguém destinado a galgar as hierarquias laboratoriais-corporativas, Turner concluiu, seria Mitchell.

O próprio Turner era incapaz de se integrar ao mundo profundamente tribal dos homens-zaibatsu, os funcionários de carreira. Era um forasteiro perpétuo, um fator imprevisível à deriva nos mares secretos da política entre corporações. Nenhum homem corporativo seria capaz de tomar as iniciativas que Turner precisava tomar durante uma extração. Nenhum homem corporativo tinha a naturalidade profissional de Turner para realinhar lealdades a fim de se adaptar a uma mudança de empregador. Ou, talvez, de seu comprometimento inabalável, uma vez que tivesse firmado um contrato. Havia sido levado a trabalhar em segurança no final da adolescência, quando a implacável estagnação da economia do pós-guerra começava a ceder espaço ao ímpeto das novas tecnologias.

Até que havia se dado bem em segurança, considerando-se sua falta de uma ambição maior. Tinha uma pose musculosa e bem definida que impressionava os clientes de seus contratantes. E era inteligente, muito inteligente. As roupas lhe caíam bem. Tinha jeito com tecnologia.

Conroy o encontrara no México, onde o empregador de Turner havia sido contratado para fornecer segurança a uma equipe de simstim da Sense/Net que estava gravando uma série de segmentos de trinta minutos para um seriado de aventuras na selva. Quando Conroy chegou, Turner estava terminando de tomar suas providências. Estabelecera um diálogo entre a Sense/Net e o governo local, subornara o chefe de polícia da cidade, analisara o sistema de segurança do hotel, travara contato com guias e motoristas da área e revisara suas fichas e currículos com cautela redobrada. Providenciara proteção de voz digital para os transceptores da equipe de simstim, estabelecera uma equipe de gerenciamento de crises e implantara sensores sísmicos em torno do conjunto de suítes da Sense/Net.

Havia entrado no bar do hotel, um prolongamento em jardim-floresta do saguão, e encontrara um lugar em uma das mesas com tampo de vidro. Um homem pálido, com um topete de cabelo branco, descolorido, atravessou o bar com uma bebida em cada mão. A pele pálida estava repuxada sobre feições ossudas e uma testa alta. Vestia uma camisa militar caprichosamente passada sobre uma calça jeans, e sandálias de couro.

– Você cuida da segurança para aqueles garotos do simstim – o homem pálido disse, colocando uma das bebidas na mesa de Turner. – Alfredo me disse. – Alfredo era um dos barmen do hotel.

Turner olhou para o homem, que estava claramente sóbrio e parecia ter toda a confiança do mundo.

– Acho que não fomos apresentados – Turner disse, sem fazer o menor gesto de aceitar a bebida oferecida.

– Não importa – Conroy disse, pegando um lugar à mesa. – Estamos no mesmo negócio. – Ele se sentou.

Turner o encarou. Tinha um aspecto de guarda-costas, algo de impaciente e atento gravado nas linhas do corpo, e poucos estranhos se mostrariam tão à vontade ao violar o espaço pessoal de Turner.

– Sabe – o homem disse, do jeito que alguém comentaria sobre um time que não estivesse muito bem no campeonato –, esses sensores sísmicos que está usando não são lá muito bons. Conheço gente que podia entrar aqui andando, comer os seus garotos no café da manhã, empilhar os ossos no box do chuveiro e sair assobiando, na maior tranquilidade. E esses sísmicos não acusariam nada. – Tomou um gole de bebida. – Mas você ganha nota dez pelo esforço. Sabe como fazer um trabalho.

A expressão "empilhar os ossos no box do chuveiro" foi o bastante. Turner decidiu remover o homem pálido.

– Olhe, Turner, eis a sua grande estrela. – O homem sorriu para Jane Hamilton, que sorriu de volta, os grandes olhos azuis límpidos e perfeitos, cada íris cercada pelas minúsculas letras douradas do logotipo da Zeiss Ikon. Turner ficou paralisado, enredado numa indecisão de fração de segundo. A estrela estava perto, perto demais, e o homem pálido estava se levantando... – Bom conhecer você, Turner – ele disse. – Vamos nos encontrar mais cedo ou mais tarde. Siga o meu conselho sobre os sísmicos; reforce com um perímetro de alarmes. – E então ele se virou e foi embora, os músculos se movendo com facilidade debaixo do tecido ondulado da camisa bege.

– Isso é ótimo, Turner – Hamilton disse, ocupando o lugar do estranho.

– É? – Turner observou enquanto o homem se perdia na confusão do saguão lotado, entre turistas de pele corada.

– Parece que você nunca conversa com as pessoas. Sempre parece que está traçando um perfil delas, preparando um relatório. É ótimo ver você fazendo amigos, pra variar.

Turner olhou para ela. Tinha vinte anos, quatro a menos que ele, e ganhava cerca de nove vezes o seu salário anual em uma semana. Era loira, o cabelo cortado curto para o papel no seriado, bem bronzeada, e parecia iluminada por lâmpadas solares por dentro do corpo. Os olhos azuis eram instrumentos ópticos inumanamente perfeitos, criados em tanques no Japão. Era tanto atriz como câmera, os olhos valiam milhões de neoienes, e, na hierarquia das estrelas da Sense/Net, mal entrava em último lugar.

Sentou-se com ela no bar, até que a atriz tivesse terminado duas bebidas, então a acompanhou de volta para o conjunto de suítes.

– O que acha de entrar para outra bebida, Turner?

– Não – ele respondeu. Era a segunda noite que ela fazia a oferta, e ele pressentia que seria a última. – Tenho que checar os sísmicos.

Mais tarde, naquela noite, telefonou para Nova York pedindo o número de uma empresa na Cidade do México que pudesse fornecer alarmes para o perímetro do conjunto de suítes.

Uma semana depois, porém, Jane e outros três, metade do elenco do seriado, estavam mortos.

– Estamos prontos para empurrar os médicos – Webber disse. Turner notou que ela estava usando luvas de couro marrom sem dedos. Ela trocara os óculos de sol por óculos de tiro de vidro cristal, e havia uma pistola em seu quadril. – Sutcliffe está monitorando o perímetro com os remotos. Vamos precisar de todos os outros pra passar aquela droga pelos arbustos.

– Precisa de mim?

– Ramirez disse que não pode fazer nada que exija muito esforço tão próximo de se plugar. Pra mim, ele é só um merdinha preguiçoso de Los Angeles.

– Não – Turner disse, levantando-se de seu lugar na rocha –, ele está certo. Se torcer o pulso, estamos fodidos. Mesmo algo tão pequeno que nem ele consiga sentir pode afetar a velocidade dele...

Webber deu de ombros.

– É. Bom, ele está de volta na casamata, descansando as mãos no último resto de água que temos e assobiando para si mesmo, então acho que não vamos ter problema.

Quando chegaram à unidade de cirurgia, Turner automaticamente contou as cabeças. Sete. Ramirez estava na casamata; Sutcliffe estava em algum lugar no labirinto de blocos de concreto, monitorando os sentinelas remotos. Lynch tinha um laser Steiner-Optic pendurado no ombro direito, um modelo compacto com uma coronha pequena e dobrável de metal, baterias integradas formando uma empunhadura gorda debaixo da carcaça de titânio cinza que fazia as vezes de cano da arma. Nathan usava um macacão preto, botas pretas de paraquedista militar, cobertas por uma película de pó claro, e óculos bulbosos como olhos de inseto, parte do equipamento de amplificação de imagem, pendurados por uma correia, sob o queixo.

Turner tirou os óculos escuros mexicanos, enfiou-os em um bolso na camisa de trabalho azul e abotoou a aba.

– Como vão as coisas, Teddy? – perguntou a um homem encorpado de um metro e oitenta, com cabelos castanhos cortados rente.

– Tudo ótimo – Teddy disse, com um sorriso dentuço.

Turner observou os outros três membros da equipe do local, cumprimentando com a cabeça um a um: Compton, Costa, Davis.

– Chegando na reta final, hein? – Costa perguntou. Tinha um rosto redondo e úmido, e uma barba fina, aparada com capricho. Como Nathan e os outros, estava vestido de preto.

– Bem perto – Turner disse. – Tudo tranquilo até agora.

Costa concordou.

– Estamos a trinta minutos do horário estimado de chegada – Turner disse.

– Nathan, Davis – Webber disse –, soltem o tubo de esgoto. – Ela passou a Turner um dos conjuntos de ponto eletrônico Telefunken. Já o removera do saco-bolha. Ela também colocou um, retirando o revestimento plástico do microfone de garganta autoadesivo e esfregando a peça no lugar, sobre o pescoço queimado de sol.

Nathan e Davis se moviam nas sombras por trás do módulo. Turner ouviu Davis xingar em voz baixa.

– Merda – Nathan disse –, não tem uma tampa pra ponta do tubo. – Os outros riram.

– Deixa assim – Webber disse. – Comecem a trabalhar nas rodas. Lynch e Compton, desengatem os macacos.

Lynch tirou do cinto uma parafusadeira elétrica, com formato de pistola, e se agachou por baixo da unidade de cirurgia. Ela oscilava agora, a suspensão rangendo suavemente: os médicos estavam andando lá dentro. Turner ouviu um choro breve e agudo de alguma peça de maquinário interno, e logo depois o murmúrio da parafusadeira de Lynch, enquanto preparava os macacos.

Colocou seu ponto eletrônico e grudou o microfone de garganta ao lado da laringe.

– Sutcliffe? Confere?

– Tudo bem – o australiano disse, uma vozinha que parecia vir da base do crânio.

– Ramirez?

– Alto e claro...

Oito minutos. Estavam empurrando o módulo sobre os dez pneus gordos. Turner e Nathan estavam na parte frontal, dirigindo; Nathan estava com os óculos amplificadores. Mitchell viria na lua nova. O módulo era pesado, absurdamente pesado, e quase impossível de dirigir.

– É como equilibrar um caminhão em cima de dois carrinhos de compras – Nathan disse para si mesmo.

A região lombar de Turner começava a lhe causar problemas. Não estava totalmente bem desde Nova Delhi.

– Parem – Webber disse, da terceira roda da esquerda. – Estou presa em uma maldita pedra...

Turner soltou sua roda e se endireitou. Os morcegos haviam saído em massa esta noite, coisas bruxuleantes contra a abóbada do céu estrelado do deserto. Houvera morcegos no México, na selva, morcegos frugívoros que dormiam nas árvores acima do conjunto de suítes onde a equipe da Sense/Net dormia. Turner trepara naquelas árvores, amarrara os galhos pendentes com segmentos esticados de monofilamento molecular, metros de lâminas invisíveis para um intruso desprevenido. Mas Jane e os outros morreram mesmo assim, explodidos em uma encosta nas montanhas próximas a Acapulco. Problema com um sindicato, alguém disse depois, mas na verdade nada foi determinado além de que tinha sido uma carga de um tipo primitivo de mina terrestre, uma claymore, seu posicionamento e o local de onde fora detonada. Turner escalara a colina pessoalmente, suas roupas cobertas de sangue, e vira o ninho de vegetação rasteira esmagada onde os assassinos haviam esperado, a chave-faca e a bateria automotiva corroída. Encontrara os tocos de cigarros enrolados à mão e a tampa de uma garrafa de cerveja Bohemia, brilhante e nova.

O seriado teve que ser cancelado, e a equipe de gerenciamento de crises fez o trabalho burocrático, providenciando a remoção dos corpos e a repatriação dos sobreviventes do elenco e da equipe técnica. Turner estava no último avião a sair, e, depois de oito uísques no saguão do aeroporto de Acapulco, vagueou, meio cego, para dentro da área central de venda de passagens e encontrou um homem chamado Buschel, um tecnocrata do complexo de Los Angeles da Sense/Net. Buschel estava pálido debaixo do bronzeado de Los Angeles, o terno de linho riscado, flácido com o suor. Carregava uma maleta comum de alumínio, como uma maleta de câmera, as laterais baças de condensação. Turner olhou para o homem, olhou para a maleta suada, com decalques de advertência vermelhos e brancos e adesivos compridos explicando as precauções necessárias ao transporte de materiais em armazenagem criogênica.

– Meu Deus – Buschel disse ao percebê-lo –, Turner. Sinto muito, cara. Cheguei esta manhã. Porra de negócio hediondo. – Pegou um lenço empapado do bolso do paletó e enxugou o rosto. – Serviço feio. Nunca tive que fazer um desses antes...

– O que tem na mala, Buschel? – Agora estava muito mais próximo, embora não se lembrasse de ter saído do lugar. Podia ver os poros no rosto bronzeado de Buschel.

– Tudo bem, cara? – Buschel deu um passo para trás. – Parece mal.

– O que tem na mala, Buschel? – O linho riscado preso em seu punho, as juntas dos dedos, brancas, e tremendo.

– Que droga, Turner – o homem se soltou, a alça da maleta apertada nas duas mãos, agora. – Não sofreram danos. Só uma esfoladinha em uma das córneas. *São da Net. Estava no contrato dela, Turner.*

E ele se afastara, as entranhas reviradas em volta de oito copos de scotch puro, e lutara contra a náusea. E continuou a lutar contra ela, manteve-a afastada durante nove anos, até que, em seu retorno do Holandês, todas as recordações daquilo o atingiram em Londres e ele se curvou para a frente, sem deter sua caminhada por mais outro corredor, e vomitou em um cesto de lixo plástico azul.

– Vamos lá, Turner – Webber disse. – Bote a espinha nisso. Mostra pra gente como é que se faz. – O módulo começou a se arrastar para a frente de novo, em meio ao cheiro de alcatrão das plantas do deserto.

– Pronto aqui – Ramirez disse, a voz distante e calma.

Turner tocou o microfone de garganta.

– Estou mandando companhia pra você. – Tirou o dedo do microfone. – Nathan, está na hora. Você e Davis, voltem pra casamata.

Davis estava encarregado do equipamento de rajadas, única ligação deles, fora da matrix, com a Hosaka. Nathan era o mágico dos consertos. Lynch estava empurrando a última das rodas de bicicleta para um arbusto, depois do estacionamento. Webber e Compton estavam ajoelhados ao lado do módulo, conectando a linha que ligaria os médicos da Hosaka ao biomonitor Sony no posto de comando. Com as rodas removidas, abaixada e nivelada com quatro macacos, a unidade portátil de neurocirurgia voltou a lembrar Turner do módulo de férias francês. Aquela fora uma viagem muito posterior, quatro anos depois de Conroy recrutá-lo em Los Angeles.

– Como estão as coisas? – Sutcliffe perguntou, através do link.

– Tudo bem – Turner disse, tocando o microfone.

– Estou sozinho aqui – Sutcliffe disse.

– Compton – Turner disse –, Sutcliffe precisa de ajuda pra cobrir o perímetro. Você também, Lynch.

– Que pena – Lynch disse, do escuro. – Esperava ver um pouco da ação.

A mão de Turner estava sobre a coronha do Smith & Wesson enfiado no coldre, sob a aba aberta do casaco.

– Agora, Lynch. – Se Lynch fosse o infiltrado de Conroy, iria querer ficar aqui. Ou na casamata.

– Merda – Lynch disse. – Não tem ninguém lá fora, e você sabe disso. Se não quer que fique aqui, vou entrar e ficar de olho em Ramirez.

– Certo – Turner disse, e sacou a arma, apertando o botão que ativava o projetor de xenônio. A primeira piscada do feixe estreito de luz de xenônio, brilhante como o sol do meio-dia, encontrou um saguaro retorcido, os espinhos como tufos de pelo cinza debaixo da luz inclemente. O segundo iluminou o crânio com pontas no cinto de Lynch, emoldurando-o em um círculo de borda bem definida. O som do disparo e o som da bala detonando no impacto foram indistinguíveis, ondas de concussão emanando em anéis invisíveis, cada vez maiores, na terra plana escura, como um trovão.

Nos primeiros segundos depois disso não houve nenhum som. Mesmo os morcegos e os insetos ficaram em silêncio, aguardando. Webber havia se jogado, deitada, nos arbustos. De alguma forma, Turner agora percebia a presença dela ali. Sabia que a arma dela estava fora do coldre, segura com absoluta firmeza nas mãos hábeis e negras. Não tinha ideia de onde Compton estava. Então a voz de Sutcliffe surgiu através do ponto eletrônico do fundo do crânio:

– Turner. O que foi isso?

Agora havia luz das estrelas o suficiente para distinguir Webber. Estava sentada, a arma nas mãos, pronta, os cotovelos em torno dos joelhos.

– Ele era o infiltrado de Conroy – Turner disse, abaixando o Smith & Wesson.

– Meu Deus – ela disse. – Eu sou a infiltrada de Conroy.

– Ele tinha uma linha externa. Já vi antes.

Ela teve que repetir.

A voz de Sutcliffe em sua cabeça e, logo depois, Ramirez:

– Temos o transporte. Oitenta quilômetros e se aproximando... Tudo o mais parece bem. Jaylene disse que tem um dirigível a vinte quilômetros sul-sudoeste, um cargueiro não tripulado e bem no horário. Mais nada. Que merda que Sutcliffe está gritando? Nathan disse que ouviu um tiro. – Ramirez estava plugado, a maior parte do seu sensorium ocupada com os dados do deck Maas-Neotek. – Nathan está pronto para a primeira rajada...

Turner já podia ouvir o jato manobrando, freando para o pouso na rodovia. Webber estava de pé e vindo em sua direção, a arma na mão. Sutcliffe repetia a mesma pergunta, sem parar.

Ele ergueu a mão e tocou o microfone de garganta.

– Lynch. Está morto. O jato está aqui. Isso é tudo.

E logo o jato estava sobre eles, uma sombra escura, incrivelmente baixa, chegando com as luzes apagadas. Houve um brilho de retropropulsores quando o veículo executou um pouso que teria matado um piloto humano, e depois um rangido bizarro enquanto reajustava sua estrutura articulada de fibra de carbono. Turner conseguia distinguir o brilho verde da instrumentação, refletido na curva da capota plástica.

– Você fodeu com tudo – Webber disse.

Por trás dela, a escotilha na lateral do módulo de cirurgia se abriu, emoldurando uma figura mascarada em um traje anticontaminação de papel verde. A luz de dentro era branco-azulada, brilhante, lançando uma sombra distorcida do médico uniformizado através da fina nuvem de pó em suspensão que o pouso do jato fizera pairar sobre o estacionamento.

– Fecha! – Webber gritou. – Ainda não!

Enquanto a porta descia, obstruindo a luz, eles dois ouviram o motor do ultraleve. Depois do rugido do jato, não parecia mais do que o zumbido de uma libélula, um som constante que falhou e se desvaneceu enquanto o ouviam.

– Está com o tanque seco – Webber disse. – Mas está perto.

– Está aqui – Turner disse, apertando o microfone de garganta. – Primeira rajada.

O minúsculo aeroplano sussurrou ao passar por eles, um triângulo escuro contra as estrelas.

Dava para ouvir algo tremulando no vento de sua passagem silenciosa, talvez uma das pernas das calças de Mitchell.

"Você está aí em cima", Turner pensou, "completamente sozinho, nas roupas mais quentes que tem, usando um par de óculos infravermelhos que você mesmo fez, e procurando um par de linhas tracejadas marcadas com aquecedores de mão."

– Seu louco de merda – disse, o coração se enchendo de uma estranha admiração. – Você queria sair mesmo.

Então o primeiro foguete luminoso subiu, com uma pequena explosão festiva, e o brilho do magnésio começou sua lenta descida branca de paraquedas em direção ao chão do deserto. Quase imediatamente vieram mais dois, junto com o longo matraquear de armas automáticas, a partir da ponta oeste do shopping. A periferia de sua mente tomou conhecimento de Webber tropeçando em meio aos arbustos, na direção da casamata, mas seus olhos estavam fixos no ultraleve que fazia uma curva, nas asas de tecido alegre laranja e azul, e no vulto de óculos que se acocorava na estrutura aberta de metal, acima do frágil tripé do trem de aterrissagem.

Mitchell.

O estacionamento brilhava como um campo de futebol, sob os foguetes luminosos que caíam ao sabor do vento. O ultraleve se inclinou e virou para o lado com uma delicadeza preguiçosa que fazia Turner querer gritar. Uma linha de traçadores foi esguichada em um arco branco além do perímetro do local. Erraram.

"Desce. Desce." Estava correndo, saltando sobre moitas que agarravam seus tornozelos, na altura da bainha do casaco.

Os foguetes. A luz. Mitchell agora não poderia usar os óculos, não conseguiria ver o brilho infravermelho dos aquecedores de mão. Estava pousando atravessado na pista. A roda do nariz ficou presa em alguma coisa e o ultraleve capotou, amassando-se, uma borboleta dilacerada, e então descansou em sua própria nuvem branca de pó.

O brilho da explosão pareceu alcançá-lo um instante antes do som, projetando sua sombra adiante, sobre uma moita pálida. A onda de choque o apanhou e o jogou no chão. Enquanto caía, viu o módulo de cirurgia despedaçado em uma bola de chamas amarelas e soube que Webber usara o foguete antitanque. Logo voltou a se levantar, andando, correndo, a arma na mão.

Alcançou os destroços do ultraleve de Mitchell no mesmo instante em que o primeiro foguete luminoso morria. Outro surgiu do nada e desabrochou no céu. O som dos disparos agora era contínuo. Arrastou-se sobre uma chapa torcida de metal enferrujado e encontrou o vulto esparramado do piloto, a cabeça e o rosto ocultos por um capacete improvisado e um equipamento de visão de aspecto rudimentar. Os óculos prendiam-se ao capacete com faixas prateadas, baças, de fita isolante. Os braços e pernas torcidos estavam acolchoados em camadas de roupas escuras.

Turner assistiu enquanto suas mãos arrancavam a fita, destroçavam os óculos infravermelhos; mãos que eram criaturas distantes, coisas submarinas pálidas que tinham uma vida própria muito lá embaixo, no fundo de alguma fossa impensável do Pacífico, e assistiu enquanto elas arrancavam freneticamente a fita, os óculos, o capacete. Até que tudo saiu, e o longo cabelo castanho, molhado de suor, caiu sobre o rosto branco da garota, transformando em uma mancha o delgado fio de sangue escuro que corria de uma narina, e os olhos dela se abriram, revelando brancos vazios, e ele, de alguma forma, a erguia, punha-a sobre os ombros e, cambaleando, movia-se no que esperava ser a direção do jato.

Sentiu a segunda explosão nas solas dos sapatos, e visualizou o sorriso idiota na massa de explosivo plástico sobre o deck de ciberespaço de Ramirez. Não houve brilho, apenas o som e o impacto da onda de choque através do concreto do estacionamento.

E, em seguida, estava na carlinga, respirando o cheiro de carro novo de monômeros de cadeia longa, o odor familiar de tecnologia recém-criada, e a garota estava por trás dele, uma boneca desajeitada esparramada no abraço da rede-G que Conroy pagara a um traficante de armas de San Diego para instalar, por trás da rede do piloto. O avião vibrava, uma coisa viva, enquanto ele se torcia para dentro de sua própria rede, apalpava procurando o cabo de interface, encontrava-o, arrancava o microsoft do soquete craniano e enfiava o conector do cabo no lugar.

O conhecimento se acendeu dentro dele como uma máquina de fliperama, e ele se sentiu jogado para a frente com a aerodinâmica do jato, sentindo a estrutura flexível se remoldar para o salto enquanto a capota gemia suavemente para baixo, sobre os servomecanismos. A rede-G o envolveu todo, travando rigidamente seus membros, a arma ainda em sua mão.

– Vai, filho da puta! – Mas o jato já sabia, e a força-G o esmagou na escuridão.

– Você perdeu a consciência – o avião disse. O chip de voz soava vagamente como Conroy.

– Quanto tempo?

– Trinta e oito segundos.

– Onde estamos?

– Sobrevoando Nagos. – O visor na capota se iluminou, uma dúzia de números mudando constantemente debaixo de um mapa simplificado da divisa Arizona–Sonora.

O céu ficou branco.

– Que foi isso?

Silêncio.

– Que foi isso?

– Os sensores indicam uma explosão – o avião respondeu. – A intensidade indica uma ogiva nuclear tática, mas não houve pulso eletromagnético. O centro da destruição foi nosso ponto de partida.

A incandescência branca se enfraqueceu e desapareceu.

– Cancelar curso – ele disse.

– Cancelado. Quais as novas coordenadas?

– Boa pergunta – Turner disse. Não conseguia virar a cabeça para olhar a garota. Imaginava se já estaria morta.

15

CAIXA

Marly sonhou com Alain, o crepúsculo em um campo de flores silvestres. Ele apoiava a cabeça dela com a mão e, em seguida, fazia um carinho e quebrava-lhe o pescoço. Mantinha-se deitada, imóvel, mas sabia o que ele estava fazendo. Beijava-a por todo o corpo. Ele pegou o dinheiro dela e as chaves do quarto. Agora as estrelas eram enormes, fixas sobre os campos iluminados, e ela ainda conseguia sentir as mãos dele no pescoço...

Acordou para uma manhã que cheirava a café e viu os quadrados de sol estendidos sobre os livros na mesa de Andrea. Ouviu o som, reconfortante e familiar, da tosse matutina de Andrea enquanto a amiga acendia o primeiro cigarro no queimador frontal do fogão. Livrou-se das cores sombrias do sonho e sentou-se no sofá de Andrea, abraçando o edredom vermelho-escuro em volta dos joelhos. Depois de Gnass, da polícia e dos repórteres, ela nunca mais sonhara com ele. Ou, se sonhara, imaginava que, de alguma forma, havia censurado os sonhos, apagando-os antes de acordar. Tremia, embora a manhã já estivesse quente, e entrou no banheiro. Não queria mais sonhos com Alain.

– Paco me contou que Alain estava armado quando nos encontramos – ela disse quando Andrea lhe passou a caneca de café esmaltada de azul.

– Alain armado? – Andrea cortou o omelete e empurrou metade para o prato de Marly. – Que ideia maluca. Seria como... como dar uma arma a um pinguim. – As duas riram. – Alain não é desse tipo – Andrea prosseguiu. – Iria dar um tiro no pé no meio de algum discurso inflamado sobre o estado da arte e o valor da conta do jantar. Ele é um grande merda, Alain, mas isso não é lá novidade. Se fosse você, gastaria um pouco mais de tempo me preocupando com esse Paco. Que razão tem para acreditar que ele trabalha para Virek? – Ela deu uma mordida no omelete e pegou o sal.

– Eu vi. Ele estava lá no constructo de Virek.

– Você viu alguma coisa. Só uma imagem, a imagem de uma criança, que só parecia com esse homem.

Marly assistiu enquanto Andrea comia metade do omelete, a sua própria metade esfriando no prato. Como poderia explicar, sobre a sensação que teve ao sair do Louvre? A certeza de que algo agora a cercava, monitorando-a de forma precisa, mas sem apreensão; de que havia se tornado o foco de pelo menos uma parte do império de Virek.

– Ele é um homem muito rico – começou.

– Virek? – Andrea colocou o garfo e a faca no prato e bebeu o café. – Diria que sim. Se acreditar nos jornalistas, ele é, individualmente, a pessoa mais rica do mundo, e ponto final. Tão rico quanto algumas zaibatsu. Mas aí é que está: ele *é* uma pessoa? No sentido em que você ou eu somos? Não. Não vai comer?

Marly começou a maquinalmente cortar pedaços do omelete frio e enfiá-los na boca, enquanto Andrea prosseguia.

– Você devia dar uma olhada no texto que estamos trabalhando este mês.

Marly mastigava, e ergueu as sobrancelhas, curiosa.

– É uma história dos clãs industriais da órbita alta. Foi escrita por um professor da Universidade de Nice. Pensando bem, até o seu Virek está nele. Aparece como um contraexemplo, ou melhor, como um tipo de evolução paralela. Esse sujeito de Nice está interessado no paradoxo da riqueza individual em uma era de corporações, em por que ela ainda existe. A grande riqueza, quero dizer. Ele vê os clãs da órbita alta, gente como os Tessier-Ashpools, como uma variação muito tardia dos padrões tradicionais de aristocracia. Tardia porque o modo corporativo na verdade não dá espaço para uma aristocracia. – Colocou a xícara no prato e levou-o para a pia. – Na verdade, agora que comecei a contar, não é tão interessante. Tem muita enrolação em uma prosa muito monótona a respeito da natureza do Homem-Massa. Com maiúsculas, Homem-Massa. Ele adora maiúsculas. O estilo não é o forte dele. – Ela girou as torneiras e a água sibilou através da unidade de filtragem.

– Mas o que ele fala sobre Virek?

– Ele fala, se me lembro direito, e não tenho muita certeza disso, que Virek é uma exceção ainda maior que os clãs industriais em órbita. Os clãs ultrapassam gerações, e geralmente há uma boa quantidade de medicina envolvida: criogenia, manipulação genética, vários modos de combater o envelhecimento. A morte de um membro do clã, mesmo um membro-fundador, geralmente não leva o clã, como pessoa jurídica, a uma crise. Há sempre alguém para assumir, alguém esperando. Mas a diferença entre um clã e uma corporação é que você não precisa, literalmente, se casar para entrar numa corporação.

– Mas eles assinam contratos.

Andrea deu de ombros.

– Contratos são como um aluguel. Não é a mesma coisa. Na verdade, é segurança trabalhista. Mas quando o seu Herr Virek morrer, um dia, quando não tiverem mais espaço para aumentar o tanque dele, ou o que quer que seja, os interesses comerciais dele ficarão sem um centro lógico. Nesse ponto, pelo que diz o nosso homem de Nice, vamos ver Virek & Companhia se fragmentar ou se transformar. No último caso, isso vai gerar uma Companhia Alguma Coisa, uma verdadeira multinacional. Outra casa para o Homem-Massa com maiúsculas. – Ela limpou o prato, enxaguou, secou e o colocou no escorredor de pinho ao lado da pia. – Ele diz que isso é, de certo modo, uma pena, porque há tão pouca gente que ainda consegue ver a margem.

– A margem?

– A margem da multidão. Estamos perdidas no meio, eu e você. Ou eu ainda estou, pelo menos. – Atravessou a cozinha e colocou as mãos nos ombros de Marly. – Você precisa tomar cuidado com isso. Uma parte de você já está muito mais feliz, mas agora vejo que eu podia ter feito isso. Era só arranjar um pequeno almoço entre você e o cachorro do seu ex. Sobre o resto, não tenho certeza... Acho que a teoria do nosso acadêmico perde o sentido pelo fato óbvio de que Virek, e os iguais a ele, já estão longe de serem humanos. Quero que tome cuidado... – Então beijou Marly no rosto e saiu para trabalhar como editora-assistente no negócio elegantemente anacrônico de editar livros.

Ela passou a manhã no apartamento de Andrea, com o Braun, vendo os hologramas das sete obras. Cada peça era extraordinária de um modo particular, mas ela sempre voltava à caixa que Virek havia lhe mostrado primeiro. "Se eu tivesse o original aqui", ela pensou, "e tirasse o vidro, e tirasse os objetos de dentro um por um, o que ficaria? Coisas inúteis, um espaço emoldurado, talvez um cheiro de pó."

Ela se estirou no sofá, o Braun apoiado na barriga, e olhou para dentro da caixa. Doía. Parecia que a estrutura evocava perfeitamente algo, mas era uma emoção que não tinha nome. Passou ambas as mãos através da ilusão de luz, percorrendo o comprimento do osso estriado de ave. Tinha certeza de que Virek já havia contratado um ornitólogo para a tarefa de identificar o pássaro de cuja asa aquele osso saíra. E seria possível datar cada objeto com a maior precisão possível, ela imaginou. Cada etiqueta de holoficha abrigava também um relatório detalhado sobre a origem conhecida de cada peça, mas algo em Marly vinha evitando, intencionalmente, o contato com esses dados. Às vezes era melhor, ao abordar o mistério que era a arte, ser como uma criança. A criança via coisas que eram evidentes demais, óbvias demais para um olho treinado.

Colocou o Braun na mesa baixa, ao lado do sofá, e foi até o telefone de Andrea, pretendendo olhar as horas. Devia se encontrar com Paco à uma hora, para discutir os detalhes do pagamento de Alain. Alain lhe dissera que telefonaria para o apartamento de Andrea às três. Enquanto teclava para o serviço de horas, uma recapitulação automática das notícias de satélite brilhou na tela: um ônibus espacial da JAL havia se desintegrado durante a reentrada sobre o Oceano Índico. Investigadores do Eixo Metropolitano Boston–Atlanta foram chamados para examinar o local de um brutal e, ao que parecia, sem sentido ataque a bomba contra um subúrbio residencial qualquer de Nova Jersey. Milicianos estavam supervisionando a evacuação do quadrante sul de Nova Bonn após a descoberta, por operários de construção, de dois mísseis não detonados do tempo da guerra, que se acreditava armados com ogivas biológicas. E fontes oficiais do Arizona negavam a acusação, feita pelo México, da detonação de um dispositivo atômico ou nuclear de pequena escala próximo da fronteira de Sonora... Enquanto assistia, a recapitulação recomeçou e a simulação do ônibus espacial retomou a sua morte em chamas. Ela sacudiu a cabeça, apertando o botão. Era meio-dia.

O verão havia chegado, o céu quente e azul sobre Paris, e ela sorriu ao sentir o cheiro de pão gostoso e tabaco. A sensação de ser observada havia diminuído agora, enquanto caminhava do metrô para o endereço que Paco lhe fornecera. Faubourg St. Honoré. O endereço parecia vagamente familiar. "Uma galeria", ela pensou.

Sim. A Roberts. O proprietário era um americano que também dirigia três galerias em Nova York. Cara, mas não era mais tão chique. Paco a aguardava ao lado de um enorme painel no qual estavam sobrepostas, debaixo de uma camada grossa e irregular de verniz, centenas de pequenas fotografias quadradas, do tipo produzido por certas máquinas muito antigas, em estações de trem e terminais de ônibus. Todas pareciam ser de meninas. Automaticamente, notou o nome do artista e o título do trabalho: *Leia-nos o Livro dos Nomes dos Mortos.*

– Imagino que você entenda esse tipo de coisa – o espanhol disse, emburrado. Usava um terno azul de aparência cara, cortado no estilo executivo parisiense, uma camisa branca de casimira e uma gravata muito inglesa, que devia ser da Charvet. Não se parecia nem um pouco com um garçom, agora. Havia uma sacola italiana reforçada, de borracha preta, pendurada em seu ombro.

– O que quer dizer? – ela perguntou.

– Nomes dos mortos – e ele fez sinal com a cabeça em direção ao painel. – Você mexia com essas coisas.

– O que você não entende?

– Algumas vezes tenho a sensação de que isto, esta *cultura*, é tudo um truque. Um ardil. Toda minha vida eu servi ao Señor, de uma maneira ou de outra, entende? E meu trabalho teve suas satisfações, seus momentos de triunfo. Mas nunca, quando ele me envolveu em seus negócios com arte, senti satisfação nenhuma. Ele é a riqueza em pessoa. O mundo está cheio de objetos de grande beleza. E, apesar disso, o Senor busca... – Ele deu de ombros.

– Então você sabe do que gosta. – Ela sorriu para ele. – Por que escolheu esta galeria pra nos encontrarmos?

– O representante do Señor comprou uma das caixas aqui. Não leu os históricos que lhe demos em Bruxelas?

– Não – ela disse. – Podiam interferir com a minha intuição. Herr Virek está pagando pela minha intuição.

Ele ergueu as sobrancelhas.

– Vou apresentá-la a Picard, o gerente. Talvez ele possa fazer algo por essa sua intuição.

Ele a conduziu pelo recinto e através de uma passagem. Um francês grisalho e de compleição pesada, em um terno de veludo cotelê amarrotado, falava no fone de um telefone. Na tela do aparelho, ela viu colunas de letras e números. As cotações do dia, no mercado de Nova York.

– Ah – o homem disse –, Estevez. Me desculpe, só um momento. – Sorriu como se estivesse pedindo desculpas e voltou à conversa. Marly estudou as cotações. Pollock estava em baixa de novo. Isso, ela achava, era o aspecto da arte que tinha mais dificuldade em entender. Picard, se era esse o nome do homem, estava falando com um corretor em Nova York, tratando da compra de certo número de "pontos" do trabalho de um artista específico. Um "ponto" podia ser definido de muitas maneiras, dependendo da mídia em questão, mas era quase certo que Picard nunca veria as obras que estava comprando. Caso o artista desfrutasse de reputação suficiente, os originais muito provavelmente estariam encaixotados em alguma caixa-forte, onde ninguém jamais os via. Dias ou anos depois, Picard poderia apanhar o mesmo telefone e mandar que o corretor vendesse.

A galeria de Marly vendera originais. Havia relativamente pouco dinheiro nisso, mas tinha certo apelo visceral. E, é claro, havia a chance de tirar a sorte grande. Ela havia se convencido de que tirara a sorte grande quando Alain deu um jeito de o Cornell falsificado aparecer como uma descoberta acidental e maravilhosa. Cornell tinha seu lugar na tabela do corretor, e seus "pontos" eram astronômicos.

– Picard – Paco disse, como se estivesse se dirigindo a um criado –, esta é Marly Krushkhova. O Señor a inteirou sobre o assunto das caixas anônimas. Talvez ela queira lhe fazer algumas perguntas.

– Encantado – Picard disse, e lhe deu um sorriso caloroso, mas ela pensou ter detectado um vacilo em seus olhos castanhos. Muito provavelmente estava tentando ligar o nome a um escândalo relativamente recente.

– Me disseram que a sua galeria cuidou da transação, certo?

– Sim – Picard disse. – Exibimos a obra em nossas galerias de Nova York, e ela atraiu muitas ofertas. Mas decidimos dar a ela um dia em Paris – ele sorriu radiante – e o seu chefe fez a nossa decisão valer a pena. Como está Herr Virek, Estevez? Faz semanas que não o vemos.

Marly olhou rapidamente para Paco, mas o rosto estava calmo e completamente controlado.

– Diria que o Señor está muito bem.

– Excelente – disse Picard, um tanto entusiástico demais. Voltou-se para Marly. – Um homem admirável. Uma lenda. Um grande mecenas. Um grande estudioso.

Marly achou ter ouvido Paco suspirar.

– Pode me dizer onde a sua filial de Nova York conseguiu a obra em questão?

O queixo de Picard caiu. Olhou para Paco e de volta para Marly.

– Não sabe? Não lhe contaram?

– Pode me dizer?

– Não – Picard disse. – Sinto muito, mas não posso. Entenda, não sabemos.

Marly o encarou.

– Me desculpe, mas não compreendo como isso é possível.

– Ela não leu o relatório, Picard. Conte você a ela. Vai ser bom para a intuição dela, ouvir tudo da sua própria boca.

Picard dirigiu a Paco um olhar estranho e, em seguida, recuperou a compostura.

– Certamente – ele disse. – Será um prazer...

– Acha que é verdade? – ela perguntou a Paco enquanto saíam da Faubourg St. Honoré para o sol do verão. A multidão estava compacta com turistas japoneses.

– Fui pessoalmente ao Sprawl – Paco disse –, e falei com todos os envolvidos. Roberts não deixou nenhum registro da compra, embora normalmente não fosse mais cheio de segredos do que qualquer negociante de arte.

– E a morte dele foi acidental?

Ele colocou um par de óculos Porsche espelhados.

– Tão acidental quanto esse tipo de morte pode ser. Não temos como saber quando, ou como, ele conseguiu a peça que localizamos, aqui, há oito meses. Todas as nossas tentativas de rastrear seu passado terminam em Roberts. E ele já está morto há um ano. Picard deixou de contar que eles por pouco não perderam a caixa. Roberts guardava ela na casa de campo, junto com muitas outras coisas que os herdeiros consideravam meras curiosidades. Quase que o lote inteiro foi vendido em leilão. Às vezes, queria que tivesse sido.

– Essas outras coisas – ela perguntou, pondo-se a caminhar ao lado dele –, o que eram?

Ele sorriu.

– Acha que não rastreamos todas, uma por uma? Já fizemos isso. Elas eram – e ele franziu a testa, exagerando o esforço de memória – uma série de exemplos pouco notáveis de arte popular contemporânea.

– Roberts tinha interesse nesse tipo de coisa?

– Não – ele disse. – Mas, cerca de um ano antes da morte, sabemos que pediu para ser membro do Institut de l'Art Brut, aqui em Paris, e providenciou para tornar-se um dos patronos da Coleção Aeschmann em Hamburgo.

Marly fez que sim. A Coleção Aeschmann se restringia a obras de psicóticos.

– Temos uma certeza razoável – Paco prosseguiu, segurando-a pelo braço e guiando-a por uma esquina para uma rua lateral – de que ele não tentou nenhuma vez usar os recursos de nenhuma dessas organizações, a não ser que tenha usado um intermediário, e achamos isso pouco provável. O Señor, é claro, contratou dezenas de pesquisadores para fazer uma varredura dos registros das duas instituições. Mas não adiantou nada...

– Me diga – ela perguntou –, por que Picard achou que tinha visto Herr Virek há pouco tempo? Como é possível?

– O Señor é rico. O Señor dispõe de muitos meios de manifestação.

Agora ele a conduzia para um lugar decorado com cromo, do tamanho de um celeiro, resplandecente com espelhos, garrafas e jogos de fliperama. Os espelhos mentiam sobre a profundidade do ambiente: no fundo, ela podia ver a calçada refletida, as pernas dos pedestres, o brilho da luz do sol em uma calota. Paco saudou, com um movimento da cabeça, um homem de aparência letárgica por trás do bar e a pegou pela mão, conduzindo-a pelo labirinto estreito de mesas plásticas redondas.

– Você pode receber a chamada de Alain aqui – ele disse. – Demos um jeito de desviá-la do apartamento da sua amiga. – Puxou uma cadeira para ela, um toque automático de cortesia profissional que a fez imaginar se ele já havia mesmo sido um garçom, e colocou a sacola em cima da mesa.

– Mas ele vai ver que não estou lá – ela disse. – Se eu apagar o vídeo, vai ficar desconfiado.

– Mas ele não vai ver este lugar. Geramos uma imagem digital do seu rosto e do fundo necessário. Vamos inserir na imagem deste telefone. – Pegou uma elegante unidade modular da sacola e a colocou diante de Marly. Uma tela de policarbono, fina como papel, se desenrolou silenciosamente do topo da unidade e ficou rígida imediatamente. Uma vez ela assistira a uma borboleta sair do casulo, e vira a transformação das asas ao secar.

– Como se faz isso? – ela perguntou, tocando a tela, com hesitação. Era como aço fino.

– Um dos novos tipos de policarbono – ele disse. – Um dos produtos da Maas...

O telefone ronronou discretamente. Ele o posicionou com mais cuidado em frente a ela, passou para o outro lado na mesa e disse:

– A sua chamada. Lembre-se, você está em casa! – Estendeu a mão e tocou um botão revestido de titânio.

O rosto e os ombros de Alain preenchiam a pequena tela. A imagem tinha o aspecto borrado e mal iluminado de uma cabine pública.

– Boa tarde, querida – ele disse.

– Olá, Alain.

– Como está, Marly? Acredito que tenha conseguido o dinheiro que conversamos? – Ela podia ver que ele vestia uma jaqueta de algum tipo, escura, mas não conseguia distinguir detalhes. – A sua amiga está precisando de aulas de limpeza doméstica – ele disse, e parecia estar espiando por cima do ombro de Marly.

– Você nunca limpou uma casa na sua vida – ela respondeu.

Ele deu de ombros, sorrindo.

– Cada um com seus talentos – ele disse. – Tem o meu dinheiro, Marly?

Ela olhou de soslaio para Paco, que fez sinal positivo.

– Sim – ela disse –, é claro.

– Isso é fantástico, Marly. Uma maravilha. Temos apenas uma pequena dificuldade. – Ele ainda estava sorrindo.

– E qual é?

– Os meus informantes dobraram o preço. Então, preciso dobrar o meu.

Paco fez que sim. Ele também estava sorrindo.

– Muito bem. Terei que perguntar, é claro... – Ele agora lhe dava nojo. Queria desligar o telefone.

– E eles, é claro, vão concordar.

– Onde nos encontramos, então?

– Vou te ligar de novo, às cinco – ele disse. Sua imagem se encolheu até um único ponto de azul-esverdeado, que também desapareceu.

– Você parece cansada – Paco disse, enquanto desmontava a tela e recolocava o telefone na sacola. – Fica parecendo mais velha depois de falar com ele.

– É mesmo? – Por alguma razão, agora ela via o painel na Roberts, todos aqueles rostos. *Leia-nos o Livro dos Nomes dos Mortos.* Todas as Marlys, ela pensou, todas as garotas que ela havia sido durante o longo período de sua juventude.

16

LEGBA

– Ei, babaca – Rhea o cutucou não lá muito de leve nas costelas. – Tira a bunda daí.

Ele despertou, lutando contra o cobertor de crochê, contra as formas semidefinidas de inimigos desconhecidos. Contra os assassinos de sua mãe. Estava em um aposento desconhecido, que podia ser qualquer lugar. Molduras douradas de plástico em um monte de espelhos. Papel de parede vermelho aveludado. Já vira gothicks decorarem os quartos assim, quando podiam se dar ao luxo, mas também vira os pais deles decorarem apartamentos inteiros no mesmo estilo. Rhea lançou uma trouxa de roupas na espuma e enfiou as mãos nos bolsos de uma jaqueta de couro preto.

Os quadrados rosa e pretos do cobertor estavam enfronhados em torno da cintura de Bobby. Olhou para baixo e viu o comprimento segmentado da centopeia, submerso em uma trilha de tecido cicatricial róseo recém-formado, da grossura de um dedo. Beauvoir lhe dissera que aquilo acelerava a cicatrização. Tocou a cicatriz nova com um dedo hesitante e descobriu que doía, mas era suportável. Levantou a vista para Rhea.

– Tira a tua bunda daqui – ele disse, mostrando a ela o dedo.

Eles se encararam por alguns segundos, sobre o dedo médio erguido de Bobby. Então, ela riu.

– Tá bem – ela disse –, você ganhou. Vou te deixar em paz. Mas pegue essas roupas e se vista. Deve ter algo que sirva. Lucas tá vindo pra te pegar, e ele não gosta de ficar esperando.

– É? Pois ele parece um cara bem calmo pra mim. – Começou a remexer na pilha de roupas, descartando uma camisa preta com estampado impresso em ouro desbotado, uma peça de cetim vermelho com uma franja de couro falso branco nas mangas, uma coisa meio preta como um collant com quadrados de algum material translúcido... – Ei – ele disse –, onde arranjou isto? Não posso usar uma merda destas.

– É do meu irmão menor – Rhea disse. – Do ano passado, e é melhor você vestir essa bunda branca antes que Lucas chegue aqui. Ei! Isso é meu! – agarrando o collant, como se Bobby estivesse a ponto de sair correndo com ele.

Ele pegou a camisa preta e dourada e se atrapalhou com os fechos convexos feitos de pérolas negras falsas. Encontrou um par de jeans pretos, mas eles se mostraram folgados demais e cheios de plissados, não pareciam ter bolsos.

– Só tem esta calça?

– Ai, meu Deus – ela disse. – Eu vi as roupas que o Pye cortou de você, cara! Você não é nenhum gênio da moda. Só se vista, tá bem? Não quero problemas com Lucas. Ele pode ser todo bonzinho com você, mas isso só quer dizer que você tem algo que ele quer muito, a ponto de se dar ao trabalho. Eu, com certeza, não tenho. Então, que eu saiba, ele não tem luvas de pelica comigo.

Ele se colocou de pé, instável, ao lado da cama e tentou fechar o zíper do jeans preto.

– Cadê o zíper? – ele disse, olhando para ela.

– Tem botões. Em algum lugar aí. Tá na moda, sabia?

Bobby encontrou os botões. Era um arranjo complexo, e ele se perguntou o que faria se tivesse que mijar depressa. Viu as sandálias de nylon preto ao lado do colchão e meteu-as nos pés.

– E Jackie? – perguntou, caminhando em silêncio até um ponto onde podia se ver nos espelhos de molduras douradas. – Lucas tem luvas de pelica com ela? – Ele observava Rhea no espelho, e viu algo passar pela expressão dela.

– O que quer dizer?

– Beauvoir, ele me disse que ela é um cavalo.

– Você cala a boca – ela disse, a voz alterada para um tom baixo e urgente. – Se Beauvoir fala uma coisa dessas pra você, é problema dele. Do contrário, não se fala disso, entende? Tem coisas tão ruins que você ia preferir voltar lá pra fora, onde tavam te abrindo o rabo com uma faca.

Ele observava os olhos dela, refletidos no espelho, olhos escuros, sombreados pela aba profunda do chapéu de feltro macio. Agora eles pareciam mostrar um pouco mais de branco do que antes.

– Tá bem – ele disse, depois de um momento, e então acrescentou: – Obrigado. –Tentou arrumar a gola da camisa, virando-a para cima na parte de trás, depois para baixo, tentando de várias formas.

– Sabe – Rhea disse, inclinando a cabeça para o lado –, com umas roupas, você não parece tão mal. A não ser os olhos, que parecem dois buracos de mijo na neve...

– Lucas – Bobby disse, quando estavam no elevador –, vocês sabem quem apagou a minha velha? – Não era uma pergunta que tivesse planejado fazer, mas de algum modo ela havia estourado, como uma bolha de gás do pântano.

Lucas o encarou de maneira bondosa, o rosto longo, liso e negro. O terno preto, de corte impecável, parecia como se tivesse acabado de ser passado. Carregava uma bengala grossa de madeira lustrosa e polida, os veios escuros e rubros em forma de redemoinhos, encimada por um grande castão de metal polido. Sulcos de metal, longos como um dedo, desciam do castão, entalhados suavemente na haste da bengala.

– Não, não sabemos. – Os lábios grossos formavam uma linha reta e muito séria. – Essa é uma coisa que gostaríamos muito de saber...

Bobby jogava o peso do corpo de uma perna para a outra, desconfortável. O elevador o deixava pouco à vontade. Era do tamanho de um micro-ônibus, e embora não estivesse lotado, ele era o único branco. As pessoas negras, ele notou, enquanto seu olhar inquieto percorria o interior, não ficavam parecendo meio mortas debaixo de luz fluorescente, como acontecia com os brancos.

Três vezes, durante a descida, o elevador parou em um andar qualquer e ficou ali, uma ocasião por uns quinze minutos. Da primeira vez que aconteceu, Bobby lançara um olhar inquisidor a Lucas.

– Alguma coisa no poço – Lucas dissera.

– O quê?

– Outro elevador.

Os elevadores estavam localizados no núcleo da arcologia, seus poços cheios de grandes canos de água, tubos de esgoto, enormes cabos elétricos e tubos com isolamento térmico que Bobby supôs serem parte do sistema geotérmico descrito por Beauvoir. Dava para ver tudo sempre que as portas se abriam; as coisas ficavam expostas, cruas, como se as pessoas que construíram o lugar tivessem a intenção de poder ver exatamente como tudo funcionava e o que ia para onde. E tudo, todas as superfícies visíveis, estavam cobertas por uma rede emaranhada de pichação, tão densa e em tantas camadas que era quase impossível decifrar qualquer tipo de mensagem ou símbolo.

– Nunca esteve aqui antes, não é, Bobby? – Lucas perguntou, enquanto as portas voltavam a se fechar aos solavancos, e eles voltavam a descer. Bobby negou com a cabeça. – É uma pena – Lucas disse. – Compreensível, é claro, mas, de certa forma, lamentável. Two-a-Day me disse que você não estava muito a fim de ficar sentado em Barrytown. Verdade?

– Com certeza – Bobby concordou.

– Acho que isso também é compreensível. Você parece ser um jovem com certa imaginação e iniciativa. Concorda? – Lucas girou o castão de metal brilhante da bengala contra a palma rosada da mão, e olhou fixamente para Bobby.

– Acho que sim. Não aguento este lugar. Nos últimos tempos, tenho meio que notado como... bem, nunca acontece nada, sabe? Quero dizer, as coisas acontecem, mas são sempre a mesma coisa, de novo e de novo, como se fosse uma droga de reprise, cada ano igual ao outro... – Sua voz morreu, incerto quanto ao que Lucas pensaria dele.

– É – Lucas disse –, conheço a sensação. Pode ser um pouco mais verdadeira no que se refere a Barrytown do que a outros lugares, mas você pode sentir a mesma coisa tão facilmente em Nova York ou Tóquio.

Não podia ser verdade, Bobby pensou, mas, mesmo assim, concordou com a cabeça, o aviso de Rhea no fundo da sua mente. Lucas não era mais ameaçador do que Beauvoir, mas só o tamanho do cara já dava medo. E Bobby estava desenvolvendo uma nova teoria de postura pessoal; ainda não tinha tudo elaborado, mas parte dela envolvia a ideia de que pessoas que fossem realmente perigosas talvez não precisassem demonstrar isso, e que a capacidade de ocultar a ameaça as tornava ainda mais perigosas. E isso ia diretamente de encontro à regra no Grande Playground, onde os moleques que não apitavam nada faziam de tudo para divulgar sua fúria de cravos cromados. O que devia ajudá-los, pelo menos em termos da ação local. Mas estava na cara que Lucas não tinha nada a ver com ação local.

– Vejo que duvida – Lucas disse. – Bom, acho que vai descobrir logo, mas não ainda. Do jeito que a sua vida está indo agora, as coisas devem ficar novas e empolgantes por algum tempo.

As portas do elevador se abriram com um tremor e Lucas começou a andar, conduzindo Bobby na frente, como se fosse uma criança. Saíram para um saguão ladrilhado que parecia se estender até o infinito, passando por quiosques e barracas com cortinas de tecido e pessoas agachadas ao lado de cobertores com mercadorias espalhadas por cima.

– Nao podemos nos demorar – Lucas disse, dando a Bobby um empurrão muito suave com uma mão grande, quando Bobby parou em frente de pilhas desordenadas de software. – Está a caminho do Sprawl, meu caro, e indo de uma maneira adequada para um conde.

– E como é isso?

– De limusine.

* * *

O carro de Lucas era uma extensão incrível de carroceria preta sarapintada de ouro e metal espelhado, crivada com uma coleção de engenhocas barrocas cuja finalidade Bobby só teve tempo de imaginar. Concluiu que uma delas era uma antena parabólica, mas parecia mais com uma daquelas rodas de calendário astecas. Em seguida, Bobby já estava dentro da máquina, enquanto Lucas deixava a grande porta se fechar com uma pancada suave. As janelas eram tão escuras que parecia ser noite lá fora, uma noite animada, em que as multidões dos Projetos se ocupavam de assuntos diurnos. O interior do veículo era um grande compartimento único, acolchoado com tapetes de cores fortes e almofadas de couro claras, embora não parecesse haver um local específico para sentar. Também não havia volante, o painel era um pedaço almofadado de couro onde não havia nenhum controle. Bobby olhou para Lucas, que estava afrouxando a gravata preta.

– Como se dirige isto?

– Sente em algum lugar. Você dirige deste jeito: Ahmed, nos leve para Nova York, parte leste do centro.

O carro deslizou suavemente para longe do meio-fio, enquanto Bobby caía de joelhos em uma pilha macia de tapetes.

– O almoço será servido em trinta minutos, senhor, a não ser que deseje algo antes – uma voz falou. Era suave, melodiosa, e parecia não vir de nenhum lugar em especial.

Lucas riu.

– Sabiam mesmo fazer carros em Damasco – ele disse.

– Onde?

– Damasco – Lucas disse, enquanto desabotoava o paletó e se recostava em um canto cercado de almofadas claras. – Este é um Rolls. Dos antigos. Aqueles árabes sabiam fazer um bom carro, na época em que tinham grana.

– Lucas – Bobby disse, a boca meio cheia de galinha frita fria –, como é que está levando uma hora e meia pra gente chegar em Nova York? Não estamos indo exatamente devagar...

– É porque – Lucas disse, fazendo uma pausa para outro gole de vinho branco gelado – é isso que leva para nós. Ahmed tem todos os opcionais de fábrica, incluindo um sistema de contraespionagem de primeira. Na estrada, rodando, Ahmed me dá um tremendo grau de privacidade, mais do que eu conseguiria em Nova York pelo que estou disposto a pagar. Ahmed, você sente que alguém está tentando nos alcançar, escutar ou qualquer coisa?

– Não, senhor – a voz disse. – Oito minutos atrás nosso painel de identificação foi lido por infravermelho por um helicóptero tático. O número do helicóptero era MH-traço-3-traço-848, pilotado pelo Cabo Roberto...

– Certo, certo – Lucas disse. – Tudo bem. Deixa pra lá. Viu só? Ahmed sabe mais daqueles táticos do que eles de nós. – Limpou as mãos em um espesso guardanapo de linho branco e pegou um palito de dentes dourado do bolso do paletó.

– Lucas – Bobby disse, enquanto Lucas sondava delicadamente os vãos entre os grandes dentes quadrados –, o que aconteceria se, por exemplo, eu pedisse pra você me levar pra Times Square e me deixar ir?

– Ah – Lucas disse, baixando o palito –, a área mais vibrante da cidade. O que é que há, Bobby? Problema com drogas?

– Bom, não, mas eu estava pensando.

– Pensando o quê? Quer ir pra Times Square?

– Não, esse foi só o primeiro lugar que veio na minha cabeça. O que eu quero dizer é, acho, você me deixaria ir?

– Não – Lucas disse –, para falar sem rodeios. Mas não tem que se ver como um prisioneiro. É mais como um hóspede. Um hóspede querido.

Bobby sorriu sem convicção.

– Ah, certo. É como o que eles chamam de custódia protetora, eu acho.

– Certo – Lucas disse, voltando a colocar o palito dourado em ação. – Enquanto estamos aqui, bem protegidos pelo bom Ahmed, é hora de termos uma conversa. Acho que o irmão Beauvoir já lhe contou um pouco sobre nós. O que acha, Bobby, do que ele disse?

– Bem – Bobby disse –, é muito interessante, mas não tenho certeza de que entendi.

– O que você não entende?

– É que não sei sobre essa coisa do vodu...

Lucas franziu a testa.

– Quero dizer, é da sua conta o que você quer engolir, digo, *acreditar*, certo? Mas, num minuto Beauvoir está falando de negócios, de tecnologia das ruas, como nunca ouvi antes, e no seguinte está falando de mambos e fantasmas e cobras e... e...

– E o quê?

– Cavalos – Bobby disse, sua garganta apertada.

– Bobby, você sabe o que é uma metáfora?

– Um componente? Como um capacitor?

– Não. Deixa a metáfora pra lá. Quando Beauvoir ou eu falamos com você sobre os loa e os cavalos deles, como chamamos os poucos que os loa escolhem montar, você deve fazer de conta que estamos falando duas línguas ao mesmo tempo. Uma delas, você já entende. É a língua da tecnologia das ruas, como você chama. Podemos usar palavras diferentes, mas estamos falando de tecnologia. Quem sabe nós chamamos de Ougou Feray algo que você chama de ICE-Breaker, entende? Mas, ao mesmo tempo, com as mesmas palavras, estamos falando outras coisas, e essas você não entende. E nem precisa. – Guardou o palito de dentes.

Bobby respirou fundo.

– Beauvoir disse que Jackie é um cavalo para uma cobra, uma cobra chamada Danbala. Pode traduzir isso pra tecnologia das ruas?

– Claro. Pense em Jackie como um console, Bobby, um console de ciberespaço, um muito bonito e com belas pernas. – Lucas sorriu e Bobby ficou vermelho. – Pense em Danbala, que algumas pessoas chamam de cobra, como um programa. Por exemplo, um ICE-Breaker. Danbala entra no console Jackie, e Jackie corta o ICE. É só isso.

– Certo – Bobby disse, começando a pegar –, então o que é a matrix? Se ela é um console e Danbala é um programa, o que é o ciberespaço?

– O mundo – Lucas disse.

* * *

– Melhor seguirmos a pé – disse Lucas.

O Rolls fez uma parada sedosa, silenciosa, e Lucas se levantou, fechando o paletó.

– Ahmed atrai muita atenção. – Apanhou a bengala, e a porta fez um som grave e macio enquanto se destrancava.

Bobby desceu atrás dele, para o cheiro inconfundível e característico do Sprawl, um denso amálgama de odores de material estagnado do metrô, fuligem milenar e o cheiro penetrante e carcinogênico de plástico novo. Tudo isso com uma pontinha de carbono de combustíveis fósseis ilícitos. Bem lá no alto, no brilho refletido das lâmpadas de arco, uma das cúpulas inacabadas de Fuller tapava dois terços do céu rosa-salmão do anoitecer, a borda dentada como uma colmeia cinza rompida. A colcha de retalhos das cúpulas do Sprawl tendia a gerar microclimas acidentais: havia áreas de alguns quarteirões onde uma fina garoa de condensação caía continuamente das cúpulas geodésicas manchadas de fuligem, e trechos de cúpulas altas eram famosos pelas exibições de descargas eletrostáticas, uma variedade peculiarmente urbana de relâmpago. Soprava um vento firme enquanto Bobby seguia Lucas pela rua, uma brisa quente e arenosa que devia ter algo a ver com as mudanças de pressão no sistema de metrô que atravessava todo o Sprawl.

– Lembre-se do que falei – Lucas disse, seus olhos estreitos contra o pó. – Esse homem é muito mais do que parece. E mesmo que não fosse, você lhe deve respeito. Se quiser ser um cowboy, vai conhecer agora um gigante do ramo.

– Ah, tá. – Deu um pulo para evitar um pedaço acinzentado de papel de impressão que tentou se enrolar em sua perna. – Então ele é o cara de quem você e Beauvoir compraram o...

– Ah! Não! Lembre do que eu disse. Se fala na rua, é a mesma coisa que colocar as palavras em um quadro de avisos...

Bobby fez uma careta e concordou. Merda. Sempre estragava as coisas. Aqui estava, com um grande operador, até o pescoço em algum tipo fantástico de negócio, e continuava agindo como um wilson. Operador. Essa era a palavra para Lucas e, também, para Beauvoir. A conversa de vodu era só um jogo que faziam com as pessoas, concluiu.

No Rolls, Lucas havia começado a contar uma estranha e comprida história sobre Legba, que disse ser o loa da comunicação, o "mestre dos caminhos e estradas", e tudo sobre como o homem que Bobby ia conhecer agora era um favorito de Legba. Quando Bobby perguntou se o homem era outro ougan, Lucas disse que não; disse que o homem havia caminhado com Legba toda a vida, tão perto que nunca chegou a notar que o loa estava ali, como se fosse apenas parte do homem, sua sombra. E este era o homem, Lucas contou, que lhes vendera o soft que Two-a-Day havia alugado para Bobby...

Lucas dobrou uma esquina e parou, com Bobby logo atrás. Estavam em frente a uma fachada escurecidas de arenito pardo, cujas janelas haviam sido lacradas, décadas atrás, com chapas de aço corrugado. Parte do piso térreo havia sido um tipo de loja no passado, as vitrines rachadas, opacas com a sujeira. A porta, entre as vitrines cegas, fora reforçada com o mesmo aço que lacrava as janelas dos andares superiores, e Bobby achou que podia distinguir um tipo de símbolo por trás da vitrine à sua esquerda: letras manuscritas em neon em um texto diagonal abandonado em meio à escuridão. Lucas ficou parado ali, de frente para a porta, o rosto inexpressivo, a ponta da bengala fincada caprichosamente na calçada, as grandes mãos, uma por cima da outra, no castão metálico.

– A primeira coisa que você aprende – disse com o tom de quem recita um provérbio –, é que sempre tem que esperar...

Bobby pensou ter ouvido o ruído de algo raspando, por trás da porta, e logo houve um barulho como de correntes.

– Fantástico! – Lucas disse. – É quase como se estivesse nos esperando.

A porta girou dez centímetros em dobradiças bem azeitadas e pareceu bater em algo. Um olho os observou, sem piscar, suspenso ali, na fresta de pó e escuridão. A princípio pareceu a Bobby que devia ser um olho de um grande animal, a íris com um tom estranho de amarelo-acastanhado, a parte branca sarapintada e toda avermelhada, a pálpebra inferior mostrando ainda mais vermelho por baixo.

– Homem do hudu – disse o rosto invisível ao qual o olho pertencia, e depois: – Homem do hudu e um montinho de merda. Meu

Deus... – Houve um som medonho, gorgolejante, como se um muco milenar estivesse sendo puxado de recônditos secretos, e então o homem escarrou. – Bom, vamos lá, Lucas. – Outro som de metal raspando e a porta girou para dentro da escuridão. – Sou um homem ocupado... – Esta última, dita de um metro de distância, afastando-se, como se o dono do olho se afastasse às pressas da luz que penetrava pela abertura.

Lucas deu um passo para dentro, com Bobby em seus calcanhares, sentindo a porta se fechar suavemente às suas costas. A escuridão repentina arrepiou os pelos de seus braços. Parecia viva, a escuridão: amontoada, densa e, de alguma forma, inteligente.

Então um fósforo se acendeu e um tipo de lampião assobiou e cuspiu, enquanto o gás em sua camisa se incendiava. Bobby conseguiu apenas olhar, de queixo caído, o rosto por trás do lampião, onde o olho amarelo e injetado aguardava, com seu companheiro, no que Bobby teria gostado muito de acreditar ser uma máscara de alguma espécie.

– Creio que não estava nos esperando, estava, Finlandês? – Lucas perguntou.

– Se quer saber – o rosto disse, revelando grandes dentes amarelos achatados –, estava indo procurar algo pra comer. – Pareceu a Bobby que ele seria capaz de sobreviver com uma dieta à base de tapetes mofados, ou escavando pacientemente através da polpa escura dos livros inchados pela umidade e empilhados até a altura dos ombros nos dois lados do túnel em que estavam. – Quem é o merdinha, Lucas?

– Sabe, Fin, eu e Beauvoir estamos tendo dificuldades com algo que compramos de boa-fé de você. – Lucas estendeu a bengala e cutucou delicadamente uma saliência, de aspecto perigoso, de livros de bolso que se desmanchavam.

– Estão, é? – O Finlandês franziu os lábios cinzentos, ironizando preocupaçao. – Não fode com essas primeiras edições, Lucas. Se derrubar, você paga.

Lucas afastou a bengala. Sua ponteira polida brilhou à luz do lampião.

– Então – o Finlandês disse, – vocês têm problemas. Engraçado, Lucas, muito engraçado. – Suas bochechas eram cinzentas, sulcadas por profundas dobras diagonais. – Também tive uns problemas. Três, aliás. Problemas que não tinha hoje de manhã. Vai ver que a vida às vezes é assim mesmo. – Colocou o lampião que assoviava sobre um arquivo de aço estropiado e fisgou um cigarro amassado, sem filtro, de um bolso lateral de algo que talvez tenha sido, um dia, um paletó de lã. – Meus três problemas, tão lá em cima. Quem sabe você não quer dar uma olhada... – Riscou o fósforo de madeira na base do lampião e acendeu o cigarro. O cheiro penetrante do tabaco negro cubano acumulou-se no ar entre eles.

– Sabe – o Finlandês disse, passando por cima do primeiro dos corpos –, faz muito tempo que estou neste endereço. Todo mundo me conhece. Sabem que eu tô aqui. Quando compram do Finlandês, sabem de quem estão comprando. E eu garanto meu produto, sempre...

Bobby olhava para baixo, encarando o rosto do homem morto, os olhos sem vida. Havia algo errado com a forma do tronco, errado na maneira que jazia dentro das roupas pretas. O rosto japonês, sem expressão, olhos mortos.

– E todo esse tempo – o Finlandês prosseguiu –, sabe quantas pessoas foram burras o bastante pra tentar entrar aqui e me pegar? Nenhuma! Nem uminha, não até esta manhã, e já vieram *três*! – Bom – lançou a Bobby um olhar hostil –, sem contar um ou outro montinho de merda, quero dizer, mas... – Ele deu de ombros.

– Ele parece meio torto – Bobby disse, ainda olhando para o primeiro corpo.

– Isso porque virou comida de cachorro por dentro – o Finlandês riu, maldoso. – Virou patê.

– O Fin coleciona armas exóticas – Lucas disse, cutucando o pulso de um segundo corpo com a ponta da bengala. – Fez uma varredura de implante neles, Fin?

– É. Um saco! Tive que trazer eles pra baixo até a salinha dos fundos. Nada além do que seria de esperar. São só uma equipe de matança. – Chupou por entre os dentes, ruidosamente. – Por que alguém quer me matar?

– Talvez tenha vendido a eles um produto muito caro e que não funcionava – Lucas sugeriu.

– Melhor que não esteja dizendo que mandou esses caras, Lucas – o Finlandês disse, sem levantar a voz –, a não ser que queira me ver fazendo o truque da comida de cachorro.

– Por acaso eu disse que você nos vendeu algo que não funciona?

– "Tendo dificuldades", você disse. E o que mais vocês compraram de mim nos últimos tempos?

– Sinto muito, Fin, mas não são nossos. E você sabe disso.

– É, acho que sim. Então, que merda veio fazer aqui, Lucas? Sabe que aquela coisa que comprou não tinha as garantias de costume...

– Sabe – disse o Finlandês, depois de ouvir a história da incursão fracassada de Bobby no ciberespaço –, tem umas merdas bem esquisitas por lá. – Lentamente, fez sinal de negação, com aquela cabeça estranhamente longa. – Não costumava ser assim. – Olhou para Lucas. – Vocês sabem, não é?

Estavam sentados em volta de uma mesa quadrada branca, em uma sala branca no térreo, por trás da loja cheia de entulho. O chão tinha ladrilhos gastos de hospital, moldados em um padrão antiderrapante, e as paredes eram placas grossas de plástico branco-sujo, ocultando densas camadas de circuitos antiescuta. Em comparação com a loja, a sala branca parecia tão limpa quanto uma sala de cirurgia. Vários tripés metálicos, espetados com sensores e equipamentos de varredura, distribuíam-se em torno da mesa, como esculturas abstratas.

– Sabemos o quê? – perguntou Bobby. A cada vez que repetia sua história, sentia-se menos um wilson. Importante. Fazia com que se sentisse importante.

– Não você, mijao – o Finlandês disse, com voz cansada. – Ele. O grande homem do hudu. Ele sabe. Sabe que as coisas não são as mesmas. Não são mais, e faz tempo. Estive nesse ramo toda minha vida. Muito tempo. Antes da guerra, antes que houvesse uma matrix.

Ou, pelo menos, antes de as pessoas *saberem* que havia uma. – Agora estava olhando para Bobby. – Tenho um par de sapatos mais velho do que você, então por que droga ia achar que você sabe de algo? Há cowboys desde que os computadores apareceram. Fizeram os primeiros computadores pra quebrar o ICE dos alemães. Certo? Decodificadores. Então, tinha ICE antes dos computadores, se quiser ver assim. – Acendeu o décimo quinto cigarro da noite, e a fumaça começou a preencher a sala branca.

– Lucas sabe; sabe, sim. Nos últimos sete, oito anos, tem coisas engraçadas lá fora, lá na roda dos cowboys de console. Os novos jóqueis *fazem tratos com as coisas*, não fazem, Lucas? É, pode apostar que eu sei. Eles ainda precisam do hard e do soft, e ainda precisam ser mais rápidos que cobras no gelo. Mas todos eles, todos os que sabem mesmo cortar, têm aliados, não têm, Lucas?

Lucas pegou o palito de dentes dourado do bolso e começou a trabalhar em um molar posterior, seu rosto sério.

– Tronos e domínios – o Finlandês disse, enigmático. – É, tem coisas lá. Fantasmas, vozes. Por que não? Os oceanos tinham sereias, e toda aquela merda, e a gente estava com um mar de silício, vê? Claro, é só uma alucinação inventada que todos concordamos em ter, o ciberespaço, mas qualquer um que se conecta sabe, sabe mesmo que é todo um universo. E a cada ano fica um pouco mais lotado, é o que parece...

– Para nós – Lucas disse –, o *mundo* sempre funcionou desse jeito.

– É – o Finlandês disse –, por isso que vocês puderam se encaixar direto nele, dizer pras pessoas que as coisas com que faziam tratos eram os mesmos velhos deuses do mato...

– Cavaleiros divinos...

– Claro. Quem sabe você acredita. Mas eu sou velho o bastante pra lembrar que não era desse jeito. Dez anos atrás, se você entrasse no Gentleman Loser e tentasse dizer pra qualquer um dos grandes jóqueis que tinha conversado com fantasmas na matrix, eles sacariam que você era maluco.

– Um wilson – Bobby interrompeu, sentindo-se excluído e não mais tão importante.

O Finlandês olhou para ele, sem expressão.

– Um quê?

– Um wilson. Um cara que só se fode. Acho que é gíria de hot-dogger... – Tinha feito de novo. Merda.

O Finlandês deu-lhe um olhar bem estranho.

– Meu Deus. É a palavra que usam pra isso, é? Deus. *Conheci* o cara...

– Quem?

– Bodine Wilson – ele disse. – Primeiro cara que eu já conheci que virou figura de linguagem.

– Ele era burro? – Bobby perguntou, arrependendo-se de imediato.

– Burro? Merda, não, era esperto como o diabo. – O Finlandês apagou o cigarro em um cinzeiro Campari de cerâmica, rachado. – Só um fracassado total, só isso. Trabalhou uma vez com o Dixie Flatline, o Linha Mortal... – Os olhos amarelos injetados ficaram distantes.

– Fin – Lucas disse –, onde arranjou aquele ICE-Breaker que vendeu pra gente?

O Finlandês olhou para ele, desanimado.

– Quarenta anos no ramo, Lucas. Sabe quantas vezes me fizeram essa pergunta? E quantas vezes eu estaria morto se tivesse respondido?

Lucas fez que sim com a cabeça.

– Entendo o que quer dizer. Mas, ao mesmo tempo, tenho um bom argumento pra você. – Segurou o palito de dentes apontado para o Finlandês, como se fosse uma adaga de brinquedo. – A razão pela qual você está disposto a ficar sentado aqui falando besteira é que acha que esses três presuntos lá em cima têm a ver com o ICE-Breaker que vendeu pra gente. E você se endireitou na cadeira e prestou bastante atenção quando Bobby contou que o apartamento da mãe dele foi detonado, não foi?

O Finlandês mostrou os dentes.

– Quem sabe.

– Você entrou pra lista de alguém, Fin. Alguém gastou bastante dinheiro com aqueles três ninjas mortos lá em cima. Quando eles não voltarem, esse alguém vai ficar mais insistente, Fin.

Os olhos amarelos, vermelhos nas bordas, piscaram.

– Estavam carregados de ferro – ele disse –, prontos pra matar, mas um deles tinha umas outras coisas. Coisas pra fazer perguntas. – Os dedos manchados de nicotina do Finlandês, quase da cor de asas de barata, ergueram-se para massagear lentamente o pequeno lábio superior. – Consegui com o Wigan Ludgate – ele disse, finalmente –, o Wig.

– Nunca ouvi falar – Lucas disse.

– Um tremendo de um maluco – o Finlandês disse. – Costumava ser cowboy.

Foi assim, *o Finlandês começou a contar e Bobby estava incrivelmente fascinado, era até melhor do que ouvir Beauvoir e Lucas*, Wigan Ludgate havia passado cinco anos como um jóquei dos melhores, o que era uma carreira decente para um cowboy do ciberespaço. Cinco anos tendem a deixar um cowboy ou rico ou com morte cerebral, ou então financiando um grupo de arrombadores mais jovens e cuidando só do gerenciamento. O Wig, em sua primeira flama de juventude e glória, tinha se atirado em uma longa jornada por setores pouco ocupados da matrix, que representavam aquelas áreas geográficas outrora conhecidas como o Terceiro Mundo.

O silício não se desgasta: os microchips são, na prática, imortais. O Wig percebeu esse fato. Como qualquer outro filho de sua época, no entanto, ele sabia que o silício *ficava obsoleto*, o que era pior do que se desgastar. Esse fato era uma constante inflexível que o Wig aceitava, como a morte ou os impostos. E, na verdade, ele ficava mais preocupado com seu equipamento cair aquém do estado da arte do que com a morte (tinha vinte e dois anos) ou os impostos (não declarava, embora pagasse a uma lavanderia de dinheiro de Cingapura uma porcentagem anual que era mais ou menos equivalente ao imposto de renda que teria precisado pagar, se declarasse o bruto). O Wig raciocinou que todo aquele silício obsoleto tinha que ir para algum lugar. Pra onde ia, ele descobriu, eram vários lugares muito pobres que tentavam avançar com suas bases industriais incipientes. Nações tão incivilizadas que o conceito de nação ainda era levado a sério. O Wig se meteu em alguns rincões esquecidos da África e sentiu-se como um tubarão nadando em uma piscina cheia de caviar. Não que qualquer um daqueles deliciosos ovinhos valesse muito, mas era só abrir bem a boca e *engolir*, e era fácil, recompensador e cumulativo. O Wig trabalhou nos africanos por uma semana, incidentalmente provocando o colapso de pelo menos três governos e gerando um sofrimento humano sem precedentes. Ao final da semana, gordo com a nata de vários milhões de contas bancárias ridiculamente pequenas, aposentou-se. No mesmo momento em que estava saindo, um enxame de gafanhotos estava chegando: outras pessoas tinham sacado a ideia da África.

O Wig se acomodou na praia em Cannes por dois anos, ingerindo apenas as drogas mais caras, feitas sob encomenda, e ligando, de vez em quando, um minúsculo televisor Hosaka para estudar, com uma intensidade estranha e curiosamente inocente, os corpos inchados dos africanos mortos. Em algum ponto, ninguém poderia dizer exatamente onde, quando ou por quê, começou a ficar claro que o Wig tinha perdido um parafuso. Especificamente, o Finlandês disse, ou o Wig tinha se convencido de que Deus morava no ciberespaço, ou talvez que o ciberespaço era Deus ou uma nova manifestação Dele. As incursões do Wig pela teologia tendiam a ser marcadas por grandes mudanças de paradigma, autênticos saltos de fé. O Finlandês tinha uma vaga noção do que o Wig fazia naqueles dias: logo depois da sua conversão a essa fé nova e singular, ele havia retornado ao Sprawl e embarcara em uma jornada épica, embora um tanto aleatória, de descobertas cibernéticas. Como tinha sido um jóquei de console, sabia aonde ir para conseguir o melhor do melhor naquilo que o Finlandês chamava "o hard e o soft". O Finlandês arranjou para o Wig todo tipo de coisa nessas duas categorias, já que o Wig ainda era um homem rico. O Wig explicou ao Finlandês que sua técnica de exploração mística envolvia a projeção da consciência em setores vazios e não estruturados da matrix, e então esperar. É preciso reconhecer, o

Finlandês disse, que ele nunca chegou a afirmar efetivamente ter encontrado Deus, embora sustentasse que havia, em várias ocasiões, sentido Sua presença movendo-se pela superfície da grade. No devido tempo, o Wig ficou sem dinheiro. A busca espiritual o afastou das poucas conexões de negócios que ainda guardava de seus dias de antes da África, ele afundou sem deixar rastro.

– Mas aí, um dia, apareceu – o Finlandês disse –, doido de pedra. Ele era um bestinha branquelo, mas agora usava toda essa merda africana, rosários e ossos e tudo isso. – Bobby se distraiu da narrativa do Finlandês por tempo suficiente para se perguntar como alguém com a aparência do Finlandês poderia descrever outra pessoa como um "bestinha branquelo", e então olhou para Lucas, cujo rosto estava muito sério. Nesse momento ocorreu a Bobby que Lucas podia levar essa coisa da África para um lado mais ou menos pessoal. Mas o Finlandês prosseguia com a história.

– Ele tinha um monte de coisas que queria vender. Consoles, periféricos, softs. Tudo tinha uns dois anos de uso, mas era equipamento de primeira, e então fiz um preço pra ele. Notei que estava com um implante de soquete, e que ficava com um caco de microsoft plugado por trás da orelha. "O que é esse soft?", eu perguntei, e ele respondeu: "É mídia virgem". Ele estava sentado bem aí onde você está agora, garoto, e disse pra mim: "Está vazia e é a voz de Deus, e eu vivo sempre imerso em Seu ruído branco", ou alguma merda dessas. Aí eu penso, Jesus, o Wig já era mesmo, e lá estava ele contando de novo o dinheiro, devia ser a quinta vez. "Wig", eu disse, "tempo é dinheiro, mas me conte o que você pretende fazer agora?" Só porque eu tava curioso. Conheci o cara por anos, profissionalmente. "Fin", ele disse, "tenho que sair do poço de gravidade. Deus está lá em cima. Quero dizer", ele disse, "Ele está em todo lugar, mas tem muita estática aqui embaixo, e isso escurece o rosto Dele." "Certo", eu disse... "Tá certo." Aí eu levo o maluco até a porta e acabou. Nunca vi o cara de novo.

Bobby piscou, aguardou, se mexeu um pouco, impaciente, no assento duro da cadeira dobrável.

– Só que, mais ou menos um ano depois, um cara aparece, um operário de órbita alta descendo o poço pra uma licença, e trouxe alguns bons softs pra vender. Nada fora de série, mas interessante. Disse que era do Wig. Bom, o Wig pode ser um pirado, e estar fora do jogo há um tempão, mas ainda sabe o que é do bom. Então eu compro. Isso foi há uns dez anos, certo? E mais ou menos uma vez por ano, um cara aparecia com algo. "O Wig me disse pra ver se você quer isto." E quase sempre eu comprava. Nunca era nada especial, mas bom o suficiente. Também nunca era o mesmo cara que trazia.

– Era só isso, Fin? Só software? – Lucas perguntou.

– É, quase tudo, a não ser por aquelas coisas de escultura esquisitas. Tinha esquecido delas. Acho que era o Wig que fazia. Da primeira vez que um cara veio com uma, comprei o soft dele, e aí perguntei: "Que porra é isso?", e o cara respondeu: "O Wig disse que você podia se interessar". "Fala pra ele que ele tá maluco", eu disse. O cara deu uma risada e respondeu: "Ah, pode ficar com ela. Não vou levar essa droga de volta pra cima comigo". Quero dizer, era assim, do tamanho de um console, essa coisa, só um monte de lixo e outras merdas, enfiadas juntas numa caixa... Então eu enfiei aquela coisa atrás daquele caixote de Coca-Cola cheio de sucata, e esqueci dela. Só que o velho Smith, um colega meu naquele tempo, negociava mais com arte e coisas de colecionador, ele viu e quis ficar com ela. Então fizemos um negocinho besta. "Se aparecerem mais desses, Fin", ele disse, "compra todos. Tá cheio de babacas ricos que adoram esse tipo de merda". Daí, da próxima vez que um cara apareceu trazendo coisas do Wig, comprei a escultura também, e vendi pro Smith. Mas nunca era muito dinheiro por nada daquilo... – O Finlandês deu de ombros. – Pelo menos, não até o mês passado. Apareceu um garoto com aquilo que você comprou. Era do Wig. "Olha", ele disse, "isto é um biosoft e é um ICE-Breaker. O Wig disse que vale uma boa grana." Fiz uma varredura e parecia tudo certo. Achei que parecia interessante, sabe? O seu parceiro Beauvoir também achou bem interessante. Eu comprei. Beauvoir comprou de mim. Fim da história. – O Finlandês sacou outro cigarro, este quebrado, dobrado ao meio.

– Merda – disse. – Tirou um maço, desbotado, de seda de cigarro do mesmo bolso e extraiu uma das frágeis folhas rosadas, enrolando-a, apertada, em torno do cigarro quebrado, como se fosse uma tala. Quando lambeu a cola, Bobby viu de relance uma língua cinza-rosada e muito pontuda.

– E onde, Fin, mora o sr. Wig? – Lucas perguntou, os polegares por baixo do queixo, os grandes dedos formando uma torre em frente ao rosto.

– Lucas, não tenho a mais mínima ideia. Algum lugar em órbita. E se o tipo de dinheiro que estava conseguido comigo valia alguma coisa pra ele, é sinal que vive modestamente. Sabe, já ouvi falar que há lugares lá em cima onde você não precisa de dinheiro, se você se encaixar na economia, então talvez uma ninharia possa durar muito. Mas não me pergunte. Tenho agorafobia. – Deu um sorriso maldoso para Bobby, que estava tentando tirar da mente a imagem daquela língua. – Sabe – ele disse, olhando estranho para Lucas –, foi mais ou menos naquela época que comecei a ouvir falar dessas merdas estranhas acontecendo na matrix.

– Como o quê? – Bobby perguntou.

– Você, cala a boca – o Finlandês disse, ainda olhando para Lucas. – Isso foi antes de vocês, o novo time do hudu, aparecerem. Uma samurai de rua que conhecia pegou um serviço de um cara das Forças Especiais que fazia o Wig parecer normal pra caralho. Ela e esse cowboy que eles tiraram de um buraco de Chiba, eles tavam atrás de algo do tipo. Quem sabe conseguiram. A última vez que vi eles foi em Istambul. Uma vez ouvi falar que ela tava morando em Londres, faz uns anos. Quem é que vai saber? Sete, oito anos. – O Finlandês, de repente, pareceu cansado. E velho, muito velho. Para Bobby, era como um grande rato mumificado, animado por molas e fios ocultos. Tirou do bolso um relógio de pulso com mostrador rachado e só com uma das tiras da correia de couro suja, e o consultou. – Meu Deus. Bom, isso é tudo que vou te dar, Lucas. Tenho amigos de um banco de órgãos pra chegar em vinte minutos, pra fazermos um negócio.

Bobby pensou nos corpos lá em cima. Tinham ficado lá o dia todo.

– Ei – o Finlandês disse, lendo a expressão em seu rosto –, bancos de órgãos são ótimos pra gente *se livrar* das coisas. Eu que estou *pagando eles*. Aqueles babacas sem mãe lá em cima, não sobrou muito deles que dê pra aproveitar... – E o Finlandês gargalhou.

– Você disse que ele estava próximo de... Legba? E Legba é aquele que você e Beauvoir disseram que me deu sorte quando bati no Black ICE?

Logo depois da borda de favos de mel das cúpulas geodésicas, o céu se iluminava.

– É – Lucas disse. Parecia perdido em pensamentos.

– Mas parece que ele não acredita nem um tiquinho nessas coisas.

– Não importa – Lucas disse, justamente quando avistaram o Rolls. – Ele sempre esteve perto do espírito da coisa.

17

O BOSQUE DOS ESQUILOS

O avião tocara o solo próximo ao som de água corrente. Turner podia ouvir, enquanto se debatia na rede-G em meio à febre ou sono, a água caindo na pedra, uma das canções mais antigas. O avião era inteligente, inteligente como um cachorro, com instintos de ocultação pré-programados. Sentiu o veículo oscilar sobre o trem de aterrissagem, em algum ponto daquela noite triste, e rastejar para a frente, os galhos roçando e arranhando a capota escura. O avião se arrastou para debaixo das sombras das árvores altas e ajoelhou-se, a estrutura gemendo e rangendo enquanto se achatava, de barriga para baixo, na terra e no granito, como uma arraia na areia do fundo do mar. O revestimento de policarbono mimético das asas e fuselagem se manchou e escureceu, assumindo as cores e os padrões das pedras e do solo da floresta salpicados pelo luar. Finalmente, ficou quieto, e o único som era o da água correndo em um riacho.

Voltou a si como uma máquina, os olhos se abrindo, a visão conectada, vazia, lembrando-se do brilho vermelho da morte de Lynch do outro lado das miras fixas do Smith & Wesson. O arco da capota estava decorado com aproximações miméticas de folhas e galhos. Uma aurora fraca e o som de água corrente. Ainda usava a camisa de trabalho azul de Oakey. Cheirava a suor agora, e ele arrancara as mangas no dia anterior. A arma repousava entre suas pernas, apontando para o manche preto do jato. A rede-G era um emaranhado frouxo que envolvia seus quadris e ombros. Virou-se no lugar e viu a garota, o rosto oval e um corrimento seco de sangue debaixo de uma narina. Ainda estava inconsciente, suando, os lábios levemente entreabertos, como de uma boneca.

– Onde estamos?

– Estamos quinze metros a sul-sudeste das coordenadas de pouso que você forneceu – o avião respondeu. – Esteve inconsciente de novo. Optei por ocultação.

Tocou atrás da cabeça e removeu o conector da interface do soquete craniano, cortando o link com o avião. Aturdido, olhou ao redor na carlinga até encontrar os controles manuais da capota. Ela suspirou nos servomecanismos, o rendado de folhas de policarbono se deslocando à medida que a peça se movia. Colocou a perna sobre a lateral, olhou para a mão apoiada contra a fuselagem na borda da carlinga. O policarbono reproduzia os tons de cinza de uma rocha próxima; enquanto olhava, o material começou a pintar uma mancha do tamanho de uma mão, e da cor de sua palma. Puxou a outra perna sobre a borda, a arma esquecida no banco, e escorregou para a terra e o mato alto e suave. Aí voltou a dormir, a testa contra o mato, e sonhou com água corrente.

Quando acordou, engatinhava em meio a galhos baixos, carregados de orvalho. Finalmente alcançou uma clareira, e caiu para a frente, rolando, os braços abertos no que parecia uma rendição. No alto, algo pequeno e cinza pulou de um galho, apanhou outro, equilibrou-se ali por um instante e prosseguiu, com dificuldade, para fora de vista.

"Fique deitado quieto", ouviu uma voz dizendo, há muitos anos. "Fique deitado e relaxe e, logo, logo, eles se esquecem de você, esquecem de você no meio do cinza e da aurora e do orvalho. Eles saem para comer, comer e brincar, e os cérebros deles não têm espaço para duas mensagens, não por muito tempo." Ficou deitado de costas, ao lado do irmão, a Winchester com coronha de nylon atravessada sobre o peito, respirando o cheiro de metal novo e lubrificante das armas, o cheiro da fogueira ainda no seu cabelo. E o irmão sempre estava certo, sobre os esquilos. Eles vinham. Esqueciam-se do sinal claro de morte escrito abaixo deles com denim remendado e aço azul. Eles vinham, correndo ao longo dos galhos, parando para cheirar a manhã, e a 22 de Turner estalava. Um corpo cinza e mole caía no chão. Os outros se espalhavam, desaparecendo, e Turner passava a arma para o irmão. Esperavam de novo. Esperavam que os esquilos se esquecessem deles.

– Vocês são como eu – Turner disse para os esquilos, emergindo do sonho. Um deles sentou-se de repente em um galho grosso e olhou diretamente para ele. – Eu sempre volto. – O esquilo saltou para longe. – Estava voltando quando fugi do Holandês. Estava voltando quando fui pro México. Estava voltando quando matei Lynch.

Ficou deitado ali por muito tempo, observando os esquilos, enquanto o bosque acordava e a manhã esquentava ao redor. Um corvo se aproximou, manobrando no ar, freando com as penas que estendia como dedos escuros mecânicos. Testando para ver se ele estava morto.

Turner sorriu para o corvo enquanto ele batia as asas e ia embora.

Ainda não.

Arrastou-se de volta para dentro da mata, debaixo dos galhos, e encontrou a garota sentada na carlinga. Usava uma camiseta branca, folgada, cortada na diagonal pelo logotipo da MAAS-NEOTEK. Havia losangos de sangue vermelho e fresco na frente da camiseta. O nariz estava sangrando de novo. Olhos azuis brilhantes, aturdidos e desorientados, em órbitas com hematomas amarelos-escuros, como uma maquiagem exótica. "Jovem", ele notou, "muito jovem."

– Você é a filha de Mitchell – ele disse, tirando o nome do dossiê do biosoft. – Angela.

– Angie – ela disse, automaticamente. – Quem é você? Estou sangrando. – Ergueu um lenço de papel amassado e vermelho de sangue.

– Turner. Estava esperando seu pai. – Então se lembrou da arma, a outra mão dela estava fora de vista, abaixo da borda da carlinga. – Sabe onde ele está?

– Na chapada. Achou que podia falar com eles, explicar. Porque precisam dele.

– Com quem? – Turner deu um passo adiante.

– A Maas. A Diretoria. Não podem machucá-lo, não é?

– E por que fariam isso? – Outro passo.

Ela tocou o nariz com o lenço vermelho.

– Porque ele me tirou de lá. Porque sabia que iam me machucar, quem sabe me matar. Por causa dos sonhos.

Sonhos?

– Acha que vão machucar ele?

– Não, não fariam isso. Vou subir aí, tudo bem?

Ela fez que sim com a cabeça. Ele teve que passar as mãos sobre a lateral da fuselagem para encontrar os recessos superficiais de apoio. O revestimento mimético só lhe mostrava folhas e liquens, gravetos... Logo estava lá em cima, ao lado dela, e viu a arma junto ao pé dela, calçado num tênis.

– Mas ele não ia sair também? Estava esperando pelo seu pai.

– Não. Nunca planejamos isso. Tínhamos só um avião. Ele não te disse? – Ela começou a estremecer. – Não te disse nada?

– O bastante – ele respondeu, colocando a mão no ombro dela. – Ele disse o bastante. Tudo vai ficar bem... – Girou as pernas por cima da borda, curvou-se, afastou o Smith & Wesson do pé dela, e encontrou o cabo da interface. Com a mão ainda no ombro da menina, ergueu o cabo e o encaixou no lugar por trás da orelha.

– Me dê os procedimentos para apagar tudo que armazenou nas últimas quarenta e oito horas – ele disse. – Quero descartar aquele curso para a Cidade do México, o seu voo da costa, tudo...

– Não havia um plano registrado para a Cidade do México – a voz disse, uma entrada neural direta em áudio.

Turner olhava para a garota. Esfregou o queixo.

– Pra onde estávamos indo?

– Bogotá – e o jato recitou as coordenadas para o pouso que nunca fizeram.

Ela piscou surpreendida, as pálpebras tão escurecidas quanto a pele ao redor.

– Tá falando com quem?

– Com o avião. Mitchell disse pra onde ele achava que você estava indo?

– Japão...

– Conhece alguém em Bogotá? Onde está sua mãe?

– Não. Berlim, eu acho. Na verdade, não a conheço.

Limpou os bancos de dados do avião, descartando a programação de Conroy, o que havia dela: a aproximação desde a Califórnia, os dados de identificação para o teatro de operações, um plano de voo que os teria levado para uma pista a trezentos quilômetros do núcleo urbano de Bogotá...

Mais cedo ou mais tarde, alguém encontraria o jato. Pensou no sistema de reconhecimento orbital da Maas e se perguntou se os programas de camuflagem e evasão que ordenara que o avião executasse haviam ajudado em algo. Podia oferecer o jato a Rudy como ferro velho, mas duvidava que ele fosse querer se envolver. Em qualquer caso, só de aparecer na fazenda, com a filha de Mitchell a reboque, metia Rudy nisto até o pescoço. Mas não havia outro lugar para ir, não para as coisas de que precisava agora.

Era uma caminhada de quatro horas, ao longo de trilhas de que mal se lembrava, e descendo um trecho tortuoso e cercado de mato de uma estradinha asfaltada de duas pistas. As árvores estavam diferentes, lhe parecia, e então se lembrou de quanto elas teriam crescido ao longo dos anos, desde que estivera ali pela última vez. Em intervalos regulares, passavam por tocos de postes de madeira que, no passado, haviam suportado fios telefônicos, cobertos agora de sarça e madressilva, os fios arrancados para combustível. As abelhas voavam baixo pelo mato em flor ao lado da estrada...

– Tem comida no lugar aonde vamos? – a garota perguntou, as solas dos tênis brancos se arrastando pelo asfalto gasto.

– Claro – Turner disse. – O quanto quiser.

– O que eu queria agora é água. – Ela afastou uma mecha fina de cabelos castanhos da bochecha bronzeada. Turner notou que ela começava a mancar, e estremecia a cada vez que colocava o pé direito no chão.

– O que há com a sua perna?

– O tornozelo. Alguma coisa, acho que quando pousei o ultraleve. – Ela fez uma careta, mas continuou andando.

– Vamos descansar.

– Não. Quero chegar lá, chegar onde quer que seja.

– Descanse – ele disse, segurando-a pela mão e levando-a para a beira da estrada. Ela fez uma careta, mas sentou-se ao lado dele, a perna direita cautelosamente estendida para a frente.

– Que arma grande – ela disse. Fazia calor agora, calor demais para o casaco. Colocara o coldre de ombro direto na pele, com a camisa de trabalho sem mangas por cima, a fralda para fora e batendo com o vento. – Por que o cano é desse jeito, que nem uma cabeça de cobra, por baixo?

– É um dispositivo de mira, para combate noturno. – Inclinou-se para a frente de modo a examinar o tornozelo dela. Estava inchando rapidamente. – Não sei quanto tempo você vai conseguir andar desse jeito – ele disse.

– Você luta muito, de noite? Com armas?

– Não.

– Acho que não entendi o que é que você faz.

Ele levantou os olhos para ela.

– Eu mesmo nem sempre entendo, não ultimamente. Estava esperando o seu pai. Ele queria trocar de empresa, trabalhar para outra. A empresa para quem ele queria trabalhar contratou eu e alguns outros para dar um jeito de ele sair do antigo contrato.

– Mas não tinha como sair daquele contrato – ela disse. – Não legalmente.

– Isso mesmo – disse, enquanto desamarrava o tênis. – Não legalmente.

– Ah. Então é isso que você faz pra viver?

– É. – O tênis retirado, ela não usava meia, o tornozelo estava bem inchado. – Você torceu o tornozelo.

– E os outros, então? Tinha mais gente lá atrás com você, naquelas ruínas? Alguém estava atirando, e aqueles foguetes...

– Difícil dizer quem estava atirando – ele disse. – Mas os foguetes não eram nossos. Talvez do pessoal de segurança da Maas, seguindo você. Acha que conseguiu sair sem notarem?

– Fiz o que Chris mandou – ela disse. – Chris, é o meu pai.

– Eu sei. Parece que vou ter que carregar você o resto do caminho.

– Mas e os seus amigos?

– Que amigos?

– Lá atrás, no Arizona.

– É. Bom – e ele enxugou o suor da testa com o dorso da mão –, não sei. Não sei mesmo.

Via o céu esbranquiçado, a explosão de energia, mais brilhante que o sol. Mas nenhum pulso eletromagnético, o avião dissera.

O primeiro dos cães melhorados de Rudy os apanhou quinze minutos depois de terem recomeçado a caminhada. Angie estava montada nas costas de Turner, os braços em volta de seus ombros, as coxas magras debaixo de suas axilas, os dedos dele travados na frente de seu esterno em um punho duplo. Ela cheirava como uma criança dos bairros ricos, um leve cheiro de sabão ou xampu de ervas. Pensando nisso, lembrou-se de como ele devia cheirar para ela. Rudy tinha um chuveiro.

– Ah, merda, o que é aquilo? – Ela perguntou, se endireitando em suas costas, apontando.

Um cão de caça, cinza e magro, os observava de cima de um morro alto de argila em uma curva da estrada, a cabeça estreita coberta e vendada por um capuz preto de sensores. Ofegava, com a língua pendurada, e movia a cabeça lentamente de um lado para o outro.

– Está tudo bem – Turner disse. – Cão de guarda. Do meu amigo.

A casa havia crescido, brotando alas e oficinas, mas Rudy jamais pintara as tábuas descascadas da estrutura original. Desde a última vez em que Turner estivera ali, Rudy havia colocado uma cerca quadrada de tela de arame esticada, separando sua coleção de veículos. Mas o portão estava aberto quando chegaram, as dobradiças perdidas em meio a flores de trepadeira e ferrugem. As defesas reais, Turner sabia, estavam em outro lugar. Quatro dos cães melhorados trotavam adiante enquanto caminhava, penosamente, subindo o caminho de cascalho, a cabeça de Angie caída sobre seu ombro, os braços da menina ainda envolvendo seus ombros.

Rudy esperava na varanda, vestindo velhos calções brancos e uma camiseta azul-marinho, o único bolso exibindo pelo menos nove canetas de um tipo ou outro. Olhou para os dois e os saudou erguendo uma lata verde de cerveja holandesa. Por trás dele, uma loira em uma saia cáqui desbotada saiu da cozinha, uma espátula metálica na mão. O cabelo curto, penteado para trás e para cima em um corte que fez Turner se lembrar da médica coreana na unidade cirúrgica da Hosaka, da unidade queimando, de Webber, do céu branco... Bambeou ali, no caminho de cascalho de Rudy, as pernas bem separadas para aguentar a garota, o peito nu raiado de suor, com poeira do shopping no Arizona, e olhando para Rudy e a loira.

– Preparamos um café da manhã pra vocês – Rudy disse. – Quando apareceram nas telas dos cachorros, logo pensamos que estariam com fome. – O tom de voz era cuidadosamente vago.

A garota gemeu.

– Que bom – Turner disse. – Ela está com o tornozelo inchado, Rudy. É melhor a gente dar uma olhada. Também tem umas coisas que preciso falar com você.

– Ela parece um pouco jovem pra você... – Rudy disse, e engoliu outro gole da cerveja.

– Cala a boca, Rudy – a mulher a seu lado disse. – Não vê que ela está com dor? Traga pra cá – ela disse a Turner, e se foi, voltando para dentro da cozinha.

– Você parece diferente – Rudy disse, estudando-lhe o rosto, e Turner notou que ele estava bêbado. – O mesmo, mas diferente.

– Já faz um tempo – Turner disse, indo em direção aos degraus de madeira.

– Fez plástica ou algo assim?

– Reconstrução. Tiveram que trabalhar a partir de fotos. – Subiu os degraus, a coluna lombar apunhalando-o a cada passo.

– Não está mal – Rudy disse. – Quase não notei. – Ele arrotou. Era mais baixo do que Turner, e estava ficando gordo, mas tinham o mesmo cabelo castanho, e feições muito parecidas.

Turner parou, na escada, quando seus olhos ficaram na mesma altura.

– Ainda faz um pouco de tudo, Rudy? Preciso de uma varredura na garota. Também preciso de umas outras coisas.

– Bom – seu irmão disse –, vamos ver o que dá pra fazer. Ouvimos um barulho na noite passada. Parecia um estrondo sônico. Algo a ver com você?

– É. Tem um jato lá no bosque dos esquilos, mas está bem escondido.

Rudy suspirou.

– Meu Deus... Bom, traz a menina pra dentro...

Os anos de Rudy na casa tinham arrancado dali quase todas as coisas de que Turner poderia se lembrar, e algo dentro dele sentia certa gratidão por isso. Assistiu à loira quebrar ovos em uma tigela de aço, gemas amarelas escuras de galinha caipira. Rudy tinha suas próprias galinhas.

– Sou Sally – ela disse, batendo os ovos com um garfo.

– Turner.

– Ele também só te chama assim – ela disse. – Nunca falou muito de você.

– Não ficamos lá muito em contato. Acho que eu devia subir agora e ajudar.

– Fique aí. A garotinha vai ficar bem com Rudy. Ele tem boa mão.

– Mesmo chapado?

– Meio chapado. Bom, ele não vai operar, só colocar uns dermas nela e enfaixar o tornozelo. – Ela esmagou pedaços secos de tortilha em uma frigideira preta, untada com manteiga derretida, e despejou os ovos por cima. – O que houve com seus olhos, Turner? Você e ela... – mexeu a mistura com a espátula de metal, enquanto jogava molho mexicano de um pote de plástico.

– Força-G. Tive que decolar rápido.

– Foi assim que ela machucou o tornozelo?

– Talvez. Não sei.

– Tem gente atrás de você agora? Atrás dela? – Ocupada pegando pratos do armário sobre a pia, o laminado marrom barato das portas disparando uma súbita onda de nostalgia em Turner, vendo os pulsos bronzeados dela como os de sua mãe...

– É provável – ele disse. – Não sei o que está em jogo. Ainda não.

– Coma um pouco – enquanto transferia a mistura para um prato branco e procurava um garfo. – Rudy tem medo do tipo de gente que pode vir atrás de você.

Pegando o prato, o garfo. Vapor subindo dos ovos.

– Eu também tenho.

– Tem umas roupas – Sally disse, por cima do barulho do chuveiro. – Um amigo de Rudy deixou aqui, devem servir pra você.

O chuveiro funcionava por gravidade, água da chuva de uma caixa no telhado, uma gorda unidade de filtragem branca presa ao cano da ducha. Turner enfiou a cabeça entre as cortinas de plástico fosco e olhou para ela.

– Obrigado.

– A garota está inconsciente – ela disse. – Rudy acha que é choque, exaustão. Disse que os sinais vitais estão altos, então pode aproveitar pra fazer a varredura agora. – Em seguida, ela saiu do banheiro, levando as calças de Turner e a camisa de Oakey.

– O que ela é? – Rudy disse, estendendo um rolo amarrotado de gráfico cor prata.

– Não sei ler isso – Turner disse, vasculhando a sala branca com o olhar, procurando por Angie. – Cadê ela?

– Dormindo. Sally está com ela. – Rudy virou-se e caminhou pela sala. Turner lembrou-se de que o local tinha sido a sala de estar. Rudy começou a desligar os consoles, luzes minúsculas apagando-se, uma de cada vez. – Nao sei, cara. Simplesmente não sei. O que é isto, algum tipo de câncer?

Turner o seguiu pela sala. Passou junto a uma bancada onde um micromanipulador aguardava, debaixo de sua capa. Passou pelos olhos retangulares e empoeirados de um banco de monitores antigos, um deles com a tela rachada.

– Está em toda a cabeça dela – Rudy disse. – Como se fossem fios compridos dessa coisa. Não se parece com nada que eu já vi na vida. Nada.

– O que sabe de biochips, Rudy?

Rudy grunhiu. Parecia muito sóbrio agora, mas tenso, agitado. Ficava alisando o cabelo com as mãos.

– Foi isso que pensei. É algum tipo de... Não um implante. Um enxerto.

– Pra que serve?

– Pra quê? Deus, quem é que sabe? Quem fez isso com ela? Algum chefe seu?

– O pai dela, eu acho.

– Meu Deus! – Rudy limpou a boca com a mão. – Parece um tumor nas varreduras, mas os sinais vitais estão altos, normais. Como ela é, normalmente?

– Não sei. Uma menina. – Deu de ombros.

– Que merda – Rudy disse. – Não entendo como ela consegue andar.

Abriu um pequeno freezer de laboratório e tirou uma garrafa congelada de Moskovskaya.

– Quer beber na garrafa? – ele perguntou.

– Mais tarde, quem sabe.

Rudy suspirou, olhou para a garrafa e a devolveu ao refrigerador.

– Então, o que quer? Com um negócio assim tão esquisito na cabeça daquela menina, logo alguém vai vir atrás dela. Se já não estão.

– Estão – Turner disse. – Não sei se sabem que ela está aqui.

– Ainda. – Rudy enxugou as mãos nos calções brancos encardidos. – Mas com certeza vão, não é?

Turner concordou.

– Pra onde vai, então?

– Pro Sprawl.

– Por quê?

– Porque tenho dinheiro lá. Tenho linhas de crédito em quatro nomes diferentes, nenhum modo de serem ligadas a mim. Porque tenho um monte de outras conexões que posso usar. E porque o Sprawl é sempre uma boa cobertura. Grande pra caramba, sabe?

– Certo – Rudy disse. – Quando?

– Está tão preocupado que quer que a gente suma agora?

– Não. Quer dizer, não sei. Tudo isso é muito interessante, isso que tem na cabeça da sua amiguinha. Tenho um amigo em Atlanta que podia me alugar um analisador de funções, mapear o cérebro, escala de um pra um. Se botar nela, posso começar a entender o que é a coisa. Pode valer algo.

– Claro. Se você soubesse onde vender.

– Não fica curioso? Quero dizer, que diabos ela é? Pegou a menina em um laboratório militar? – Rudy voltou a abrir a porta branca do freezer, tirou a garrafa de vodca, abriu-a e tomou um gole.

Turner pegou a garrafa e a virou, deixando o fluido gelado bater de encontro aos dentes. Engoliu e tremeu.

– É corporativo. Grande. Eu devia ter tirado o pai dela, mas ele mandou a menina no lugar. Então, alguém detonou o local de vez, parecia uma minibomba nuclear. Escapamos por pouco. Até aqui. – Passou a garrafa a Rudy. – Fique sóbrio por mim, Rudy. Você bebe demais quando fica assustado.

Rudy o encarava, não dando a mínima para a garrafa.

– Arizona – ele disse. – Deu nas notícias. O México ainda está chiando. Mas não foi nuclear. Mandaram equipes pra lá, examinaram tudo. Nada de bomba.

– O que foi?

– Acham que foi um canhão eletromagnético. Acham que alguém colocou um canhão de hipervelocidade em um dirigível de carga e fez voar pelos ares algum shopping abandonado no meio do mato. Sabem que havia um dirigível por perto, que até agora ninguém achou. É fácil preparar um canhão desses pra se explodir quando dispara. A essa velocidade, o projétil podia ser quase qualquer coisa. Uns cento e cinquenta quilos de gelo seriam mais que o bastante. – Pegou a garrafa, tampou-a e colocou no balcão ao lado. – Toda a terra ali em volta é da Maas, não é? Maas Biolabs. Estão nas notícias, a Maas, cooperando totalmente com as autoridades. Pode apostar. Então, parece que já sabemos onde arranjou a sua namoradinha.

– Claro. Mas não sei quem usou o canhão. Ou por quê.

Rudy deu de ombros.

– É melhor vocês darem uma olhada nisto – Sally disse, da porta.

Muito mais tarde, Turner estava sentado com Sally na varanda. A garota havia caído, finalmente, em algo que o aparelho de EEG do irmão chamava de sono. Rudy estava de volta a uma das oficinas, quase certamente com a garrafa de vodca. Havia vaga-lumes em torno das trepadeiras de madressilva, junto ao portão de tela de arame. Turner descobriu que, se entrecerrasse os olhos, de onde estava, no balanço de madeira na varanda, podia quase ver uma macieira que não estava mais lá, uma árvore na qual ficava pendurado um pedaço de corda de cânhamo cinza-prateada e um antiquado pneu de carro. Naquele tempo também havia vaga-lumes, e os calcanhares de Rudy faziam um baque na terra batida quando se lançava do arco do balanço, as pernas dando impulso, e Turner deitava de costas na grama, olhando as estrelas...

– Línguas – disse Sally, a mulher de Rudy, da cadeira de palha que rangia, o cigarro dela como um olho vermelho na escuridão. – Falando em línguas.

– O que é isso?

– O que sua garota estava fazendo, lá em cima. Sabe alguma coisa de francês?

– Não, não muito. Não sem um lexikon.

– Parte daquilo parecia francês pra mim. – O ponto vermelho transformou-se em um traço curto por um instante, enquanto ela batia a cinza. – Quando era pequena, meu velho me levou uma vez a um estádio, e ouvi o testemunho e o falar em línguas. Fiquei assustada. Acho que me assustou mais ainda, hoje, quando ela começou.

– Rudy gravou o final, não é?

– É. Sabe, Rudy não tem estado muito bem. Foi mais por isso que mudei de volta pra cá. Disse pra ele que só ia ficar se ele se endireitasse, mas aí ele ficou mal mesmo, então voltei faz umas duas semanas. Estava pra ir embora quando você apareceu. – A brasa do cigarro descreveu um arco sobre o parapeito da varanda e caiu no cascalho que cobria o terreiro.

– A bebida?

– Isso e as coisas que ele mesmo faz no laboratório. Você sabe, esse cara sabe um pouquinho de quase tudo que há pra saber. Ainda tem um monte de amigos pelo condado. Já ouvi contarem histórias de quando vocês eram garotos, antes de você ir embora.

– Ele devia ter ido também – ele disse.

– Ele odeia a cidade – ela disse. – Diz que tudo vai ficar on-line mesmo, então pra que sair?

– Fui porque nunca acontecia nada aqui. Rudy sempre conseguia encontrar alguma coisa pra fazer. Ainda consegue, pelo jeito.

– Devia ter mantido contato. Ele te queria aqui quando a mãe de vocês estava morrendo.

– Estava em Berlim. Não podia largar o que estava fazendo.

– Acho que não. Também não estava aqui, cheguei depois. Foi um bom verão. Rudy me arrancou daquela bosta de inferninho em Memphis. Chegou lá uma noite com uma penca de caipiras e, no dia seguinte, eu estava aqui, sem saber exatamente por quê. Exceto que ele me tratava bem, naquele tempo, e era uma figura. Deu uma chance pra eu esfriar a cabeça. Me ensinou a cozinhar. – Ela riu. – Gostei de cozinhar, só tinha medo das malditas galinhas lá atrás.

Ela se levantou e se espichou, a velha cadeira rangendo, e ele tomou consciência do comprimento das pernas bronzeadas, do cheiro e do calor de verão dela, próximos de seu rosto.

Ela colocou as mãos nos seus ombros. Os olhos dele estavam na altura da faixa de ventre negro acima dos calções baixos. O umbigo, uma sombra suave. Lembrava-se de Allison no quarto branco e vazio, queria encostar o rosto ali, sentir o gosto de tudo. Achou que ela havia se inclinado um pouco, mas não tinha certeza.

– Turner – ela disse –, tem vezes que ficar aqui com ele é como ficar sozinha.

Aí ele se levantou, o ruído da velha corrente do balanço batendo de encontro à junta macho e fêmea do teto da varanda onde os parafusos que suportavam o brinquedo enfiavam-se profundamente, parafusos que seu pai podia ter apertado há quarenta anos, e beijou-lhe a boca à medida que se abria, desligado do tempo pela conversa e os vaga-lumes e os gatilhos subliminares de memória, de modo que teve a impressão, enquanto corria as mãos pelo calor das costas nuas, debaixo da camiseta branca, de que as pessoas em sua vida não eram contas alinhadas em um fio de sequência, mas sim agrupadas como *quanta,* de modo que ele a conhecia tão bem quanto conhecera Rudy, ou Allison, ou Conroy, tão bem quanto conhecia a menina que era a filha de Mitchell.

– Ei – ela murmurou, livrando-se do beijo –, vamos lá pra cima.

18

OS NOMES DOS MORTOS

Alain ligou às cinco e ela confirmou que a quantia exigida estava disponível, ao mesmo tempo em que lutava para controlar o asco que sentia frente à ganância dele. Ela copiou o endereço com cuidado, no verso de um cartão que pegara na mesa de Picard na Galeria Roberts. Andrea voltou do trabalho dez minutos depois, e Marly sentiu-se contente por sua amiga não ter estado presente durante a chamada de Alain.

Observou enquanto Andrea escorava a janela da cozinha com um exemplar puído e encadernado em azul do segundo volume do *Dicionário Conciso de Inglês Oxford*, sexta edição. Andrea encaixara um tipo de prateleira de compensado ali, no beiral de pedra, larga o bastante para acomodar o pequeno grill hibachi que guardava debaixo da pia. Agora distribuía, por igual, os quadrados pretos de carvão na grelha.

– Falei do seu chefe hoje – disse, colocando o hibachi no compensado e dando ignição à pasta inflamável esverdeada com o acendedor de faísca do fogão. – Aquele professor de Nice veio nos visitar. Achou estranho que o meu maior interesse fosse Josef Virek, mas também está na idade do lobo, então ficou mais do que feliz em bater papo.

Marly ficou parada ao seu lado, observando as chamas quase invisíveis lamberem o carvão.

Andrea prosseguiu:

– Ele ficava puxando a conversa para os Tessier-Ashpools e Hughes. Hughes foi um americano da segunda metade do século vinte. Também está no livro, como um tipo de proto-Virek. Não sabia que a Tessier-Ashpool tinha começado a se desintegrar... – Voltou ao balcão da cozinha e desembrulhou seis camarões-tigre gigantes.

– Eles são franco-australianos? Acho que me lembro de um documentário. São os donos de um dos grandes spas?

– Freeside. Já foi vendido, o meu professor disse. Parece que uma das filhas do velho Ashpool conseguiu, de alguma forma, o controle pessoal de toda a pessoa jurídica. Aí ficou cada vez mais excêntrica, e os interesses do clã foram por água abaixo. Isso nos últimos sete anos.

– Não vejo o que isso tem a ver com Virek – Marly disse, enquanto assistia Andrea espetar os camarões em longas agulhas de bambu.

– O seu palpite é tão bom quanto o meu. O professor diz que tanto Virek como os Tessier-Ashpools são anacronismos interessantes, e que se pode aprender sobre a evolução das corporações estudando eles. Ou, pelo menos, convenceu um número suficiente dos nossos diretores editoriais disso.

– Mas o que ele disse de Virek?

– Que a loucura de Virek tomaria outra forma.

– Loucura?

– Na verdade, ele evitou usar essa palavra. Mas parece que Hughes era louco varrido, e o velho Ashpool também, e a filha é muito esquisita. Disse que Virek seria forçado, pelas pressões evolutivas, a dar uma espécie de "salto". "Salto" foi a palavra dele.

– Pressões evolutivas?

– É – Andrea disse, levando os camarões espetados até o hibachi. – Ele fala sobre corporações como se fossem um tipo de bicho.

Saíram para uma caminhada depois do jantar. Marly, às vezes, via-se fazendo força para perceber o mecanismo de vigilância de Virek que imaginara. Andrea, porém, encheu a noite com a ternura e o bom senso de sempre. Marly sentia-se grata por caminhar em uma cidade onde as coisas não eram nada além de si mesmas. No mundo de Virek, o que poderia ser tão simples? Ela se lembrava da maçaneta de latão na Galerie Duperey, de como o objeto se contorcera de modo tão indescritível em seus dedos enquanto a puxava para o modelo de Virek do Parque Guell. Será que ele ficava sempre lá, no parque de Gaudi, em uma tarde que nunca terminava? *O Señor é rico. O Señor possui muitos meios de manifestação.* Estremeceu no ar quente do anoitecer, e se aproximou de Andrea.

A coisa sinistra a respeito de um constructo de simstim, na verdade, era que ele encerrava a insinuação de que qualquer ambiente poderia não ser real, de que as vitrines das lojas pelas quais ela agora passava com Andrea poderiam ser imaginárias. Espelhos, alguém certa vez dissera, eram essencialmente nocivos. Os constructos eram piores ainda, ela concluiu.

Andrea parou em uma banca para comprar seus cigarros ingleses e a nova *Elle*. Marly aguardou na calçada, o tráfego de pedestres abrindo-se automaticamente para ela, rostos que passavam, estudantes, homens de negócios e turistas. Alguns deles, ela imaginou, eram parte da máquina de Virek, conectados a Paco. Paco, com seus olhos castanhos, modos agradáveis, a seriedade, os músculos se movendo sob a camisa de casimira. Paco, que trabalhara para o Señor toda sua vida.

– Qual o problema? Parece que acabou de engolir alguma coisa – disse Andrea, tirando o celofane do maço de Silk Cut.

– Não – Marly disse, e estremeceu. – Mas acho que quase, quase engoli...

E caminhando para casa, a despeito da conversa de Andrea, de sua amizade gostosa, as vitrines das lojas haviam se tornado caixas. Cada uma delas, construções, como as obras de Joseph Cornell ou do misterioso fazedor de caixas que Virek procurava. Os livros e peles e algodões italianos dispostos para sugerir geometrias de uma saudade sem nome.

* * *

E acordando, mais uma vez, com o rosto amassado no sofá de Andrea, o edredom vermelho sobre os ombros, sentindo cheiro de café, enquanto Andrea murmurava alguma canção pop de Tóquio para si mesma no quarto ao lado, se vestindo. Em uma manhã cinza de chuva parisiense.

– Não – disse a Paco. – Eu mesma vou. Prefiro assim.

– Isso é muito dinheiro. – Ele olhou para a sacola italiana na mesa de café, entre eles. – É perigoso, percebe?

– Ninguém sabe que estou levando esse dinheiro, sabe? Só Alain. Alain e os teus amigos. E não disse que iria sozinha, só não quero companhia.

– Algo errado? – As linhas profundas de seriedade nos cantos da boca dele. – Está chateada?

– Apenas quero ficar sozinha. Você e os outros, quem quer que sejam, podem me seguir. Seguir e observar. Se me perderem, coisa de que duvido muito, tenho certeza de que têm o endereço.

– Isso é verdade – ele disse. – Mas, você levar vários milhões de neoienes, sozinha, através de Paris. Sei lá. – Ele deu de ombros.

– E se eu perdesse o dinheiro? O Señor sentiria a perda? Ou haveria outra sacola, outros quatro milhões? – Ela pegou a alça a tiracolo e se levantou.

– É claro que haveria outra sacola, embora nos dê algum trabalho reunir essa quantidade de dinheiro vivo. E não, o Señor não "sentiria" essa perda, no sentido que você diz, mas eu seria punido, mesmo pela perda sem justificativa de uma quantia menor. Você vai descobrir que os muito ricos têm, em comum, a característica de tomar cuidado com o dinheiro deles.

– Mesmo assim, vou desacompanhada. Não sozinha, mas me deixe com meus pensamentos.

– Sua intuição.

– Isso.

Se a seguiam, e ela tinha certeza disso, mantinham-se tão invisíveis como sempre. Aliás, seria mais provável que deixassem Alain sem vigilância. O endereço que ele lhe dera, com certeza naquela manhã já seria o foco da atenção deles, quer ele estivesse lá ou não.

Hoje, ela sentia uma nova força. Havia enfrentado Paco. Tinha algo a ver com a desconfiança repentina, na noite anterior, de que Paco poderia estar lá, em parte, para ela, com seu humor, sua virilidade e sua adorável ignorância de arte. Lembrou-se de Virek dizendo que sabiam mais sobre sua vida do que ela mesma. Que maneira mais fácil, então, para eles preencherem as poucas lacunas na planilha que era Marly Krushkhova? Paco Estevez. Um estranho perfeito. Perfeito demais.

Sorriu para si mesma em uma parede de espelho azul à medida que a escada rolante a levava para dentro do metrô, satisfeita com o corte de cabelo escuro e as armações de titânio elegantemente austeras dos óculos escuros Porsche que comprara pela manhã. "Bons lábios", ela pensou, "realmente nada de mau." E um garoto magro, de camisa branca e jaqueta de couro escura, sorriu para ela da escada rolante que subia ao lado, com uma enorme pasta preta debaixo do braço.

"Estou em Paris", ela pensou. Pela primeira vez, em muito tempo, só isso já era razão para sorrir. "E hoje vou dar ao babaca nojento do meu ex quatro milhões de neoienes, e ele vai me dar algo em troca. Um nome, ou um endereço, talvez um número de telefone." Ela comprou um bilhete de primeira classe: o vagão estaria menos lotado, e poderia passar o tempo imaginando quais dos outros passageiros pertenciam a Virek.

O endereço que Alain lhe dera, em um horrível subúrbio da zona norte, era uma de vinte torres de concreto que se erguiam de uma planície do mesmo material, peça de especulação imobiliária da metade do século passado. A chuva caía com força, agora, mas ela se sentia como se estivesse, de alguma forma, mancomunada com o tempo: dava ao dia um ar de conspiração, e pontilhava a sacola chique de borracha, recheada com a fortuna de Alain. Que esquisito caminhar através desse cenário horrendo com milhões debaixo do braço, prestes a recompensar seu ex, absolutamente traiçoeiro, com maços de neoienes.

Não houve resposta quando tocou o botão do interfone numerado do apartamento. Depois do vidro laminado sujo, um vestíbulo às escuras, totalmente vazio. O tipo de lugar onde você acendia as luzes ao entrar. E elas se apagavam sozinhas, automaticamente, sempre antes que o elevador chegasse, e você ficava ali, aguardando no cheiro de desinfetante e ar viciado. Ela tocou de novo.

– Alain?

Nada.

Experimentou a porta. Não estava trancada. Não havia ninguém no vestíbulo. O olho morto de uma câmera de vídeo quebrada a encarava através de uma película de pó. A luz diluída da tarde se infiltrava da planície de concreto às suas costas. Com os saltos das botas batendo nos ladrilhos marrons, dirigiu-se ao conjunto de elevadores e apertou o botão 22. Houve um baque oco, um gemido metálico, e um dos elevadores começou a descer. Os indicadores plásticos sobre as portas permaneceram apagados. A cabine chegou com um suspiro e um gemido agudo, que sumiu aos poucos.

– *Cher* Alain, você caiu muito. Este lugar é mesmo o fundo do poço.

Enquanto as portas se abriam para a escuridão da cabine, ela buscava, debaixo da sacola italiana, a aba da sua bolsa de Bruxelas. Encontrou e tirou da bolsa a lanterninha de metal verde que carregava desde seu primeiro passeio por Paris, com a cabeça de leão da marca Pile Wonder em relevo na parte frontal. Nos elevadores de Paris, você podia encontrar muitas coisas: os braços de um assaltante, uma pilha cheirosa de cocô fresco de cachorro...

E o feixe débil apanhou os cabos prateados, lubrificados e brilhosos, oscilando suavemente no poço vazio, a ponta de sua bota direita já centímetros além da borda de aço desgastada do piso ladrilhado. A mão, num gesto automático de terror, lançou o feixe de luz num raio descendente, iluminando o teto empoeirado e cheio de lixo da cabine, dois andares abaixo. Ela assimilou uma quantidade extraordinária de minúcias nos segundos em que a luz vacilou sobre o elevador. Lembrou-se de um minúsculo submarino mergulhando nos abismos de uma profunda montanha oceânica, o delicado feixe oscilando sobre um trecho de sedimentos que não eram perturbados há séculos: o leito suave da fuligem milenar transformada em penugem, uma coisa cinzenta e ressecada que era uma camisinha usada, os olhos brilhantes refletidos de bolinhas amassadas de papel-alumínio, o cilindro cinza e quebradiço e o êmbolo branco de uma seringa de insulina... Segurava o batente da porta com tanta força que as juntas dos dedos doíam. Muito lentamente, deslocou o peso para trás, para longe do fosso. Outro passo e desligou a lanterna.

– Vá pro inferno – ela disse. – Ai, meu Deus.

Encontrou a porta para as escadas. Ligando novamente a lanterninha, começou a subir. Depois de oito andares, o torpor começou a desaparecer, e ela tremia, lágrimas arruinando a maquiagem.

Voltou a bater na porta. Era papelão prensado, revestido com uma lâmina medonha de imitação de pau-rosa; a textura, litografada, parcamente visível à luz da única tira de biofluorescência do longo corredor.

– Alain, seu desgraçado!? Alain!

O olho-de-peixe míope do pequeno visor na porta olhava através dela, inexpressivo e despreocupado. O corredor tinha um cheiro horrível, odores de cozinha embalsamados e aprisionados em tapetes sintéticos.

Tentou abrir a porta, a maçaneta girando, o latão barato gorduroso e frio. A sacola de dinheiro subitamente pesada, a alça cortando seu ombro. A porta se abrindo facilmente. Um trecho curto de tapete laranja, sarapintado de retângulos irregulares de rosa-salmão, décadas de pó fundidos ali em uma trilha bem definida de milhares de moradores e visitantes.

– Alain? – O cheiro de cigarros escuros franceses, quase reconfortante.

E vê-lo ali, na mesma luz diluída, luz prateada, os blocos das outras torres todos iguais além do retângulo da janela, contra o céu lívido e chuvoso, onde ele jazia curvado como uma criança no horrendo tapete laranja, a espinha um ponto de interrogação sob as costas retesadas da jaqueta de veludo verde-garrafa, a mão esquerda aberta sobre a orelha, dedos brancos, o mais leve dos azulados na base das unhas.

Ajoelhando-se, ela tocou-lhe o pescoço. Sabia. Fora da janela, toda a chuva escorria, eternamente. Apoiando a cabeça dele com as mãos, as pernas abertas, segurando-o, embalando, balançando. O uivo triste, animalesco, irracional preenchendo o retângulo vazio da sala. E, depois de um tempo, percebendo a coisa afiada sob a palma da mão, a extremidade limpa e inoxidável de um pedaço de fio muito fino e muito rígido, que saía do ouvido, por entre os dedos frios entreabertos.

Horrível, horrível, não era jeito de morrer; fez com que ela se levantasse, a raiva, as mãos como garras. Para vasculhar a sala silenciosa onde ele morrera. Nada evocava a presença dele, nada, apenas a pasta esfarrapada. Abrindo-a, encontrou dois cadernos de espiral, as páginas novas e limpas, um romance não lido, mas muito na moda, uma caixa de fósforos de madeira e um maço azul de Gauloise pela metade. A agenda encadernada em couro da Browns desaparecera. Apalpou-lhe a jaqueta, enfiou os dedos nos bolsos, mas desaparecera.

"Não", pensou, "você não teria escrito lá, teria? Mas você nunca conseguia decorar um número ou endereço, não é?" Voltou a olhar a sala, uma estranha calma tomando conta dela. "Você tinha que escrever as coisas, mas gostava de ter segredos, e não confiava na minha caderneta da Browns, não; você encontrava uma garota em algum café e escrevia o número dela em uma cartela de fósforos ou em um pedacinho de papel, e o esquecia, de modo que eu o encontrava semanas depois, quando arrumava suas coisas."

Ela entrou no minúsculo quarto. Havia uma cadeira de dobrar vermelho-vivo e uma prancha de espuma amarela, barata, que fazia as vezes de cama. A espuma estava marcada com uma borboleta marrom de sangue menstrual. Ela a ergueu, mas não achou nada.

– Você devia estar com medo – ela disse, a voz tremendo com uma fúria que nem tentou entender, as mãos frias, mais frias do que as de Alain, enquanto as passava no papel de parede vermelho com faixas douradas, buscando uma ponta solta, um esconderijo.

– Seu pobre burro de merda. Pobre burro morto de merda...

Nada. De volta à sala de estar e, de alguma forma, surpresa porque ele não se mexera; esperando que ele pulasse, dissesse "oi", com alguns centímetros de um arame de brinquedo nas mãos. Tirou-lhe os sapatos. Precisava trocar de sola, novos saltos. Olhou dentro, apalpou o forro. Nada.

– Não faz isso comigo – e voltou ao quarto. O guarda-roupa estreito. Afastando para o lado uma confusão de cabides baratos de plástico branco, uma capa de lavanderia de plástico mole. Arrastando a espuma manchada e subindo nela, os saltos afundando na espuma, para passar as mãos ao longo de uma prateleira de papelão prensado e encontrar, no canto mais afastado, um papelzinho dobrado, retangular e azul. Abrindo-o, percebeu como as unhas que fizera com tanto capricho estavam lascadas, e encontrou o número que ele deixara escrito, com uma caneta verde de ponta porosa. Era um maço vazio de Gauloise.

Alguém bateu na porta.

E, logo depois, a voz de Paco:

– Marly? Oi? O que houve?

Ela enfiou o número na cintura do jeans e voltou-se para encontrar os olhos dele, sérios e calmos.

– É Alain – ela disse. – Está morto.

19

O HYPERMART

Viu Lucas pela última vez em frente a uma grande e velha loja de departamentos na Madison Avenue. Era assim que se lembraria dele, depois: um grande homem negro, de terno preto impecável, prestes a entrar no longo carro preto, um sapato preto de brilho suave já no suntuoso interior acarpetado de Ahmed, o outro ainda no concreto em ruínas do meio-fio.

Jackie estava ao lado de Bobby, o rosto sombreado pelas abas largas do chapéu cheio de ouro, um lenço de seda laranja amarrado na nuca.

– Você agora toma conta do nosso jovem amigo – Lucas disse, apontando o castão da bengala para ela. – O nosso Count tem seus inimigos.

– E quem não tem? – Jackie perguntou.

– *Eu mesmo* tomo conta de mim – Bobby disse, ressentido com a ideia de Jackie ser vista como mais competente, embora, ao mesmo tempo, soubesse que isso devia ser verdade.

– Faça isso – Lucas disse, o castão da bengala oscilando, agora alinhado com os olhos de Bobby. – A Vila Sprawl é um lugar traiçoeiro, meu caro. As coisas raramente são o que parecem. – Para ilustrar o ponto, fez alguma coisa com a bengala, e as longas estrias de metal por baixo da esfera se abriram por um instante, de modo suave e silencioso, estendidas como as varetas de um guarda-chuva, cada uma brilhando como uma navalha afiada e com pontas como agulhas. Logo desapareceram, e a porta larga de Ahmed fechou-se com um baque de chapas blindadas.

Jackie riu.

– Me-érda! Lucas ainda usa aquela bengala matadora. Puta advogado agora, mas a rua deixa marcas em você. Deve ser uma boa coisa...

– Advogado?

Ela olhou para ele.

Não esquenta, coração. É só vir comigo, fazer o que eu disser, e vai ficar bem.

Ahmed fundiu-se com o tráfego esparso, um condutor de bicitáxi usando a mão para fazer soar, futilmente, uma buzina de ar para o para-choque metálico que se afastava.

Então, com a mão bem cuidada e cheia de anéis de ouro, ela tocou Bobby no ombro e o conduziu pela calçada, passando por um grupo de sem-teto adormecidos embrulhados em trapos, e para dentro do mundo em lento despertar do Hypermart.

– Quatorze andares – Jackie disse, e Bobby assobiou.

– Todos deste jeito?

Ela assentiu, afogando cristais marrons de açúcar em cubos na espuma bege sobre o copo de café. Estavam sentados em bancos de ferro fundido, cheios de volutas, no balcão de mármore de uma pequena cabine, onde uma garota da idade de Bobby, o cabelo tingido e esculpido com laquê em um tipo de barbatana dorsal, acionava os botões e alavancas de uma grande máquina antiga com tanques, cúpulas e queimadores metálicos, e águias com asas de cromo abertas. O tampo do balcão já tinha sido alguma outra coisa: Bobby via onde uma das extremidades fora cortada, em um longo entalhe tortuoso, para permitir que a peça se encaixasse entre dois pilares de ferro pintados de verde.

– Gosta, é? – Ela salpicou a espuma com canela em pó de um pesado e antiquado frasco de vidro. – Deve ser o mais longe de Barrytown que já esteve, de várias maneiras.

Bobby concordou, os olhos confusos pelas mil cores e texturas das coisas nas barracas, e das próprias barracas. Parecia não haver nenhuma regularidade em nada, nenhum sinal de planejamento central. Corredores tortuosos retorciam-se a partir da área em frente da cabine de café. Também parecia não haver fonte central de iluminação. Neons vermelhos e azuis brilhavam por trás do silvo branco de um lampião Primus, e uma barraca, que acabava de ser aberta por um homem barbado com calças de couro, parecia iluminada por velas, as luzes suaves refletidas em centenas de fivelas de metal polido penduradas sobre os vermelhos e pretos de velhos tapetes. Havia uma agitação matutina no lugar, tosses e pigarros. Uma unidade de manutenção predial Toshiba azul chiava em um corredor, puxando um carrinho de plástico maltratado, cheio de sacos verdes de lixo. Alguém havia colado uma grande cabeça plástica de boneca no segmento superior do Toshiba, acima do aglomerado de lentes e sensores de câmera, uma coisa sorridente de olhos azuis que já pretendera imitar as feições de uma grande estrela do stim sem violar os direitos de imagem da Sense/Net. A cabeça rosada, o cabelo platinado, amarrado para cima com um segmento de pérolas plásticas azuis claras, balançava pateticamente à medida que o robô prosseguia. Bobby riu.

– Este lugar é legal – ele disse, e fez um gesto para a garota voltar a encher a sua xícara.

– Só um segundo, babaca – disse a garota do balcão, num tom amável. Estava colocando pó de café em um funil de aço amassado, na extremidade de uma balança antiga. – Conseguiu dormir na noite passada, Jackie? Depois do show?

– Claro – Jackie disse, e tomou um pouco de café. – Dancei o segundo set deles e depois dormi no Jammer's. Desabei na cama, sabe?

– Queria ter dormido um pouco. Sempre que o Henry vê você dançar, ele não me deixa em paz. – Ela riu, e voltou a encher a xícara de Bobby, com café de uma garrafa térmica de plástico preto.

– Então – Bobby disse, quando a garota voltou a se ocupar com a máquina de expresso –, e agora?

– Homem ocupado, eh? – Jackie o olhou serenamente por detrás da aba do chapéu cheio de ouro. – Tem lugares pra ir, gente pra ver?

– Bom, não. Merda. Só quero dizer, então, é só isso?

– Só isso, o quê?

– Este lugar. Vamos ficar aqui?

– No último andar. Um amigo meu, o Jammer, tem uma casa noturna lá em cima. Acho que ninguém vai te achar por lá, e, mesmo que achem, é um lugar difícil de entrar sem ser notado. Quatorze andares, quase tudo de barracas, e um montão dessa gente vende coisas que deixa escondidas, saca? Então eles não gostam muito de estranhos, de ninguém fazendo perguntas. E a maior parte é amiga da gente, de um jeito ou de outro. De qualquer forma, você vai gostar daqui. Bom lugar pra você. Muita chance pra aprender, se se lembrar de ficar de boca fechada.

– Como vou aprender se não perguntar nada?

– Bem, fica com as orelhas abertas, é mais o que eu quero dizer. E seja educado. Tem gente durona aqui, mas se você ficar na sua, eles também ficam na deles. Beauvoir deve vir no final da tarde. Lucas foi pros Projetos, contar o que o Finlandês te disse. *O que* o Finlandês te disse, coração?

– Que tem três caras mortos estirados no chão dele. Disse que são ninjas. – Bobby olhou para ela. – Ele é bem esquisito...

– Caras mortos não costumam ser parte da linha de produtos dele. Mas, tudo bem, ele é esquisito, sim. Que tal me contar mais? Com calma, e num tom baixo e sem sobressaltos. Acha que consegue?

Bobby contou a ela o que se lembrava da visita ao Finlandês. Jackie o interrompeu várias vezes, fazendo perguntas que ele, quase sempre, não sabia responder. Ela fez sinal com a cabeça na primeira vez que Wigan Ludgate foi mencionado.

– É – ela disse –, Jammer fala dele, quando começa a contar dos velhos tempos. Tenho que perguntar pra ele... – Ao final do relato, ela estava recostada contra um dos pilares verdes, o chapéu muito baixo sobre os olhos escuros.

– Então? – ele perguntou.

– Interessante – ela disse, e ficou nisso.

– Quero umas roupas novas – Bobby disse, enquanto subiam uma escada rolante inerte para o segundo andar.

– Tem dinheiro? – ela perguntou.

– Merda – ele disse, com as mãos nos bolsos dos jeans folgados e plissados. – *Eu* não tenho porra nenhuma de *dinheiro*, mas quero umas roupas. Você, Lucas e Beauvoir estão me guardando pra *alguma coisa*, não é? Olha, estou cansado desta camisa medonha que a Rhea me empurrou, e essas calças parecem toda hora que vão cair da minha bunda. E estou aqui por causa do Two-a-Day, que é um desgraçado do caralho, que queria arriscar o meu rabo pra que Lucas e Beauvoir pudessem testar o maldito soft deles. Então, o mínimo que você pode fazer é me comprar umas roupas, certo?

– Tá bem – ela disse, depois de um momento. – Olha o que vou fazer. – Apontou para onde uma garota chinesa com jeans desbotados estava enrolando as folhas de plástico que haviam protegido uma dúzia de araras de tubo de aço, cheias de roupas. – Tá vendo a Lin, ali? É uma amiga minha. Você escolhe o que quiser, depois eu falo pro Lucas acertar com ela.

Meia hora depois, ele surgiu de um provador com cortina de cobertor e colocou um par de óculos espelhados de aviador indo-javaneses. Sorriu para Jackie.

– Abafando! – ele disse.

– Ah, claro. – Ela fez um gesto com a mão, imitando um leque, como se alguma coisa por perto estivesse quente demais para tocar. – Não gostou daquela camisa que a Rhea te arranjou?

Ele olhou para baixo, para a camiseta preta que escolhera, para o holodecalque quadrado de ciberespaço no peito. Havia sido feito de modo que você parecia estar avançando a grande velocidade através da matrix, com linhas de grade manchadas nas bordas do decalque.

– É. Era brega pra cacete.

– Certo – Jackie disse, olhando para o jeans preto apertado, as pesadas botas de couro com pregas sanfonadas de traje espacial nos tornozelos, o cinto militar de couro preto decorado com linhas gêmeas de cravos piramidais. – Bem, acho que agora está mais com pinta de conde. Vamos lá, Count. Tem um lugar pra você dormir, lá em cima no pedaço do Jammer.

Ele olhou de esguelha para ela, os polegares enfiados nos bolsos da frente do Levi's preto.

– Sozinho – ela acrescentou. – Não se preocupe.

20

VOO DE ORLY (FUGA PRECIPITADA)

Paco guiou o Citroën-Dornier pelos Champs, ao longo da margem norte do Sena e, em seguida, subiu através de Les Halles. Marly se afundou no banco de couro incrivelmente macio, com uma costura mais bela que a de sua jaqueta de Bruxelas. Forçou a mente em direção ao vazio, à falta de sentimentos. "Seja olhos", disse a si mesma. "Apenas olhos, o corpo um peso comprimido por igual pela velocidade deste carro obscenamente caro." Zuniram pela Praça des Innocents, onde prostitutas negociavam com os motoristas de hovercrafts de carga em *bleu de travail*. Paco dirigia sem esforço pelas ruas estreitas.

– Por que disse: "Não faz isso comigo"? – Tirou a mão do console de direção e corrigiu a posição de seu ponto de ouvido.

– Por que estava escutando?

– Porque esse é o meu trabalho. Mandei uma mulher subir na torre oposta à dele, para o vigésimo segundo andar, com um microfone parabólico. O telefone no apartamento estava desligado, senão o teríamos usado. Ela subiu, arrombou uma unidade vaga do lado oeste da torre, e apontou o microfone em tempo de ouvir você dizer: "Não faz isso comigo". E vocês estavam sós?

– Sim.

– E ele estava morto?

– Estava.
– Então, por que disse aquilo?
– Não sei.
– Quem você achou que estava fazendo algo com você?
– Não sei. Talvez Alain.
– Fazendo o quê?
– Estando morto? Complicando tudo? Me diga você.
– Você é uma mulher complicada.
– Deixa eu descer.
– Vou te levar pro apartamento da sua amiga...
– Pare o carro.
– Vou te levar para...
– Vou a pé.
O automóvel prateado e baixo deslizou até o meio-fio.
– Vou ligar pra você, no...
– Boa noite.

– Tem certeza de que não preferiria um dos spas? – perguntou o sr. Paleologos, magro e elegante como um louva-a-deus em sua jaqueta branca de lã áspera. O cabelo também era branco, escovado para trás, a partir da testa, com extremo cuidado. – Seria menos dispendioso e muito mais divertido. Você é uma moça muito bonita.

– Como? – Tirando a atenção da rua para além da vitrine riscada pela chuva. – Uma o quê? – O francês dele era desajeitado, entusiástico, com uma entonação estranha.

– Uma moça muito bonita. – Ele deu um sorriso afetado. – Não prefere um feriado em um conjunto do Med? Com gente da sua idade? Você é judia?

– Como?
– Judia. Você é?
– Não.
– Que pena – ele disse. – Tem as maçãs do rosto de um certo tipo de jovem judia elegante... Tenho um ótimo desconto para quinze dias em Jerusalém Prime, um ambiente esplêndido pelo preço. Inclui aluguel do traje, três refeições por dia e voo direto do toroide da JAL.

– Aluguel do traje?

– Ainda não criaram toda a atmosfera, em Jerusalém Prime – o sr. Paleologos disse, enquanto passava uma pilha de papeizinhos rosa de um lado da mesa para o outro. Seu escritório era um pequeno cubículo cujas paredes eram decoradas com vistas holográficas de Poros e Macau. Marly escolhera essa agência por sua evidente obscuridade, e porque fora possível entrar lá sem sair do pequeno centro comercial na estação de metrô próxima do apartamento de Andrea.

– Não – ela disse –, não estou interessada em spas. Quero ir aqui. – Tocou o texto no papel azul enrugado de um maço de Gauloise.

– Bem – ele disse –, é possível, é claro, mas não tenho uma listagem de acomodações. Vai visitar amigos?

– Viagem de negócios – ela disse, impaciente. – Preciso partir agora mesmo.

– Muito bem, muito bem – o sr. Paleologos disse, tirando um terminal de colo, de aparência barata, de uma prateleira atrás da mesa. – Pode me dar seu código de crédito?

Ela colocou a mão na bolsa de couro preto e tirou o maço grosso de neoienes que removera da sacola de Paco enquanto ele estava ocupado examinando o apartamento onde Alain morrera. O dinheiro encontrava-se preso por uma cinta vermelha de elástico translúcido.

– Quero pagar em dinheiro.

– Oh, querida – o sr. Paleologos disse, estendendo uma ponta de dedo rosada para tocar a nota de cima, como se esperasse que o maço desaparecesse. – Entendo. Bem, você compreende, normalmente não fazemos negócios dessa forma... Mas creio que podemos arranjar alguma coisa.

– Rápido – ela disse. – Muito rápido...

Ele olhou para ela.

– Entendo. Pode me dizer... – seus dedos começaram a dançar sobre as teclas do terminal – o nome que gostaria de usar na viagem?

21

HORA DA ESTRADA

Turner acordou na casa silenciosa, ao som de passarinhos nas macieiras do pomar abandonado. Dormira no sofá quebrado que Rudy deixava na cozinha. Tirou água para o café, os tubos plásticos da caixa no telhado tossindo enquanto ele enchia o bule. Pôs o bule no queimador de propano e saiu para a varanda.

Os oito veículos de Rudy estavam recobertos de orvalho, dispostos em uma fileira ordenada no chão coberto de pedra britada. Um dos cães melhorados trotou pelo portão aberto enquanto Turner descia os degraus, o capuz preto do animal soltando estalidos suaves na quietude da manhã. O cão parou, babando, balançou a cabeça distorcida de um lado para o outro e, em seguida, correu pelo cascalho e para fora de vista, contornando o canto da varanda.

Turner parou ao lado da capota de um jipe Suzuki marrom sem brilho, convertido para célula de hidrogênio. Com certeza Rudy havia feito o trabalho sozinho. Tração nas quatro rodas, pneus grandes, com cravos off-road cobertos de lama de rio, clara e seca. Pequeno, lento, confiável, não seria de grande utilidade na estrada...

Passou por dois sedãs Honda sarapintados de ferrugem. Idênticos, do mesmo ano e modelo. Rudy estava tirando peças de um para usar no outro. Nenhum deveria estar funcionando. Sorriu, distraído, ao ver a pintura marrom e bege imaculada da caminhonete Chevrolet de 1949, lembrando-se da carcaça enferrujada que Rudy trouxera desde o Arkansas em um reboque alugado. A coisa ainda funcionava com gasolina, as superfícies internas do motor provavelmente tão imaculadas quanto a laca cor de chocolate, polida à mão, dos para-lamas.

Havia a metade de um avião de efeito solo Dornier debaixo de lonas plásticas cor de cinza. Logo depois, uma moto de corrida Suzuki preta, com formato de marimbondo, sobre um reboque improvisado. Turner se perguntou quanto tempo fazia desde que Rudy havia se dedicado, a sério, às corridas. Havia um snowmobile debaixo de outra lona, uma máquina velha, ao lado do reboque da motocicleta. E, logo depois, o hovercraft cinza manchado, sobra da guerra, uma cunha gorda de blindagem de aço com o cheiro do querosene que a turbina queimava. A saia, reforçada com malha, caída no cascalho. As janelas eram fendas estreitas de plástico grosso de alto impacto. Os para-choques do veículo mais pareciam aríetes, e tinham placas de Ohio parafusadas. Tinham licença deste ano.

– Sei o que está pensando – Sally disse, e ele se virou para vê-la no parapeito da varanda, segurando o bule de café, que soltava vapor. – Rudy fala que se esse bicho não conseguir passar por cima de alguma coisa, sempre pode passar pelo meio.

– É rápido? – tocando a lateral blindada do hovercraft.

– Claro, mas você vai precisar de uma espinha nova depois de uma hora.

– E a lei?

– Acho que não gostam muito do jeito dele, mas tem licença pra andar nas ruas. Que eu saiba, não tem nenhuma lei contra blindagem.

– Angie está melhor – Sally disse, enquanto ele a seguia pela porta da cozinha. – Não é, meu anjo?

A filha de Mitchell levantou o olhar da mesa da cozinha. Os hematomas da menina, como os de Turner, haviam se reduzido a um par de vírgulas gordas, como se fossem lágrimas pintadas de preto azulado.

– O meu amigo é médico – Turner disse. – Examinou você enquanto dormia. Disse que está tudo bem.

– O seu irmão. E ele não é médico.

– Sinto muito, Turner – Sally disse, do fogão. – Não sou de rodeios.

– Bem, não é médico – ele disse –, mas é inteligente. Estávamos preocupados que a Maas tivesse feito alguma coisa com você, algo pra que você ficasse doente se saísse do Arizona.

– Como uma bomba de córtex? – Ela pegou uma colherada de cereal frio de uma tigela rachada, com estampas de flor de macieira no contorno da borda, parte de um jogo de que Turner se lembrava.

– Meu Deus – Sally disse. – No que você se meteu, Turner?

– Boa pergunta. – Ele pegou um lugar na mesa.

Angie o encarava enquanto mastigava o cereal.

– Angie – ele disse –, quando Rudy fez a varredura em você, achou uma coisa na sua cabeça.

Ela parou de mastigar.

– Ele não sabia o que era. Algo que alguém botou lá, quem sabe quando você era bem novinha. Sabe do que estou falando?

Ela assentiu com a cabeça.

– E sabe o que é?

Ela engoliu.

– Não.

– Mas sabe quem pôs isso lá?

– Sei.

– Seu pai?

– Foi.

– Sabe por quê?

– Porque eu estava doente.

– Estava doente, como?

– Não era muito esperta.

Ao meio-dia ele estava pronto, o hovercraft abastecido e aguardando ao lado dos portões de tela de arame. Rudy lhe dera um ziploc preto retangular cheio de neoienes, algumas das notas tão usadas que estavam quase translúcidas.

– Tentei passar aquela fita por um lexikon francês – Rudy disse, enquanto um dos cães esfregava as costelas empoeiradas em suas pernas. – Não deu certo. Acho que é algum tipo de crioulo. Africano, quem sabe. Quer uma cópia?

– Não – Turner disse. – Fica com você.

– Obrigado – Rudy disse –, por nada. Não pretendo admitir que vocês vieram aqui, se alguém perguntar. Sally e eu vamos pra Memphis de tarde, ficar com um casal de amigos. Os cães vão cuidar da casa. – Ele coçou o animal por trás do capuz plástico. – Certo, garoto? – O cão ganiu e estremeceu. – Tive que treinar os bichos pra não caçarem guaxinins, depois que coloquei os infravermelhos. Ou não ia sobrar nenhum guaxinim no condado inteiro.

Sally e a garota vinham descendo os degraus da varanda, Sally carregando uma bolsa de lona velha que enchera de sanduíches e uma garrafa térmica de café. Turner lembrou-se dela na cama do andar de cima, e sorriu. Ela sorriu de volta. Hoje ela parecia mais velha, cansada. Angie havia jogado fora a camiseta manchada de sangue da MAAS-NEOTEK e trocado por uma blusa de moletom preta e amorfa que Sally havia encontrado. Fazia-a parecer ainda mais nova do que era. Sally também conseguira incorporar os hematomas restantes em um trabalho barroco de maquiagem ao redor dos olhos que fazia um estranho contraste com o rosto de criança e a blusa folgada.

Rudy deu a Turner a chave do hovercraft.

– Mandei o meu velho Cray preparar um resumo das últimas notícias empresariais desta manhã. Uma coisa que acho que precisa saber é que a Maas Biolabs anunciou a morte, acidental, do dr. Christopher Mitchell.

– É fantástico como essa gente consegue ser imprecisa.

– E você deixe o cinto bem apertado – Sally estava dizendo –, ou a sua bunda vai ficar toda roxa antes de chegar naquela saída de Statesboro.

Rudy olhou de relance para a garota e, depois, de volta para Turner. Turner podia ver os vasos rompidos na base do nariz do irmão. Os olhos estavam vermelhos e havia um forte tique na pálpebra esquerda.

– Bom, acho que já está na hora. Engraçado, mas achava que nunca veria você de novo. É meio estranho te ver aqui de volta.

– Bem – Turner disse –, vocês dois fizeram mais do que eu tinha qualquer direito de esperar.

Sally desviou o olhar.

– Então, obrigado. Acho melhor a gente ir. – Subiu na cabine do hovercraft, querendo já estar longe. Sally apertou o pulso da garota, deu a ela a bolsa, e ficou ao seu lado enquanto ela subia nos dois degraus articulados. Turner se acomodou no banco do motorista.

– Ela ficava perguntando de você – Rudy disse. – Depois de um tempo ficou tão mal, os análogos de endorfina não conseguiam parar a dor de verdade, e mais ou menos a cada duas horas perguntava onde você estava, quando ia voltar.

– Eu mandei dinheiro – Turner disse. – O bastante pra levar ela pra Chiba. As clínicas lá podiam ter tentado alguma coisa nova.

Rudy resfolegou.

– Chiba? Deus. Ela era uma mulher de idade. Que diabos podia ter feito de bom, manter ela viva em Chiba por mais alguns meses? O que ela mais queria era ver você.

– É, mas não deu – Turner disse, enquanto a garota se acomodava no banco ao lado e colocava a bolsa no chão, entre os pés. – Nos vemos, Rudy. – Ele fez que sim com a cabeça. – Sally.

– Tchau – Sally disse, com o braço em torno de Rudy.

– De quem estavam falando? – Angie perguntou, enquanto a escotilha baixava. Turner colocou a chave na ignição e acendeu a turbina, ao mesmo tempo em que inflava a saia. Pela janela estreita do seu lado, viu Rudy e Sally se afastarem rapidamente do veículo, o cão se encolhendo e latindo com o barulho da turbina. Os pedais e os controles manuais eram muito grandes, projetados para facilitar a operação por um condutor usando traje contra radiação. Turner manobrou com cuidado pela passagem do portão, fazendo uma curva em um trecho largo da pista de cascalho. Angie estava prendendo o cinto.

– Minha mãe – ele disse.

Aumentou a rotação da turbina e saltaram para a frente.

– Nunca conheci minha mãe – ela disse, e Turner se lembrou que o pai dela estava morto, e que ela ainda não sabia. Apertou o acelerador e dispararam pela pista de cascalho, por pouco não atropelando um dos cães de Rudy.

Sally estivera certa sobre como era andar neste veículo: havia uma vibração constante da turbina. A noventa quilômetros por hora, sobre o asfalto deformado da antiga rodovia estadual, fazia os dentes baterem. A saia blindada passava, pesada, sobre as superfícies quebradas. O efeito de deslizamento de um modelo esporte civil seria possível apenas em uma superfície perfeitamente lisa e plana.

Mas Turner descobriu que gostava da máquina. Você apontava, puxava de leve o acelerador e saía por aí. Alguém havia pendurado um par de dados de espuma rosa, desbotados pelo sol, acima da viseira frontal. O gemido da turbina era uma constante às suas costas. A garota pareceu relaxar, apreciando o cenário à beira da estrada com uma expressão ausente, quase satisfeita, e Turner ficou grato por não ter que dar conversa. "Você é uma bomba", ele pensou, olhando de esguelha para ela. "Você é provavelmente o alvo da perseguição mais intensa em curso no mundo atual. E aqui estou eu, levando você para o Sprawl no carro de combate de brinquedo de Rudy, sem a mínima ideia do que vou fazer agora... Ou quem arrasou com o shopping..."

"Recapitule tudo", ele disse a si mesmo, enquanto desciam para o vale, "recapitule tudo outra vez e algo vai acabar se encaixando." Mitchell havia contatado a Hosaka, dizendo que queria trocar de lado. A Hosaka contratou Conroy e montou uma equipe médica para ver se havia armadilhas em Mitchell. Conroy tinha articulado as equipes, trabalhando com o agente de Turner. O agente de Turner era uma voz em Genebra. Um número telefônico. A Hosaka mandara Allison para examiná-lo no México, e aí Conroy o tirara de lá. Webber, logo antes de a merda acertar o ventilador, tinha dito que era a infiltrada de Conroy no local... Alguém havia atacado, quando a menina estava chegando, com foguetes e armas automáticas. Para Turner, isso tinha o jeito da Maas: era o tipo de reação que esperaria, o tipo de coisa com que a força bruta de aluguel estava ali para lidar. E aí veio o céu branco... Pensou no que Rudy dissera sobre um canhão eletromagnético... Quem? E a bagunça na cabeça da garota, as coisas que Rudy havia encontrado com o tomógrafo e o aparelho de ressonância magnética nuclear. Ela disse que o pai nunca tinha planejado sair.

– Sem companhia – ela disse, para a janela.

– Como?

– Você não tem uma companhia, tem? Quero dizer, trabalha pra qualquer um que te contrate.

– Isso mesmo.

– Nunca fica com medo?

– Claro que fico, mas não por causa disso.

– Nós sempre tivemos a companhia. Meu pai disse que eu ficaria bem, que só iria pra outra companhia...

– Você vai ficar bem. Ele estava certo. Só tenho que descobrir o que está havendo. Aí vou te levar pra onde precisa ir.

– Pro Japão?

– Onde quer que seja.

– Já foi lá?

– Claro.

– Será que eu ia gostar de lá?

– E por que não?

Então ela voltou a ficar quieta, e Turner se concentrou na estrada.

– Aquilo faz eu sonhar – ela disse, enquanto ele se inclinava para ligar os faróis, a voz dela apenas audível acima da turbina.

– O que faz? – Fingia estar concentrado na direção, tomando cuidado para não olhar na direção dela.

– Essa coisa na minha cabeça. Costuma ser apenas quando estou dormindo.

– É? – Lembrando-se do branco nos olhos dela no quarto de Rudy, no estremecer, na torrente de palavras em uma língua que ele não conhecia.

– De vez em quando, mesmo acordada. É como se estivesse plugada em um console, só que fico livre da grade, voando, e não estou sozinha lá. Outra noite sonhei com um garoto. Ele tinha esticado o braço e apanhado algo. Não sei o que era, mas estava machucando, e ele não conseguia ver que estava livre, que só precisava soltar. Então eu disse pra ele. E, apenas por um instante, pude ver onde ele estava, e não era nem um pouco como num sonho. Só uma salinha feia, com um tapete manchado, e dava pra notar que ele precisava de um banho, e sentir como a parte de dentro dos sapatos estava grudenta, porque ele estava sem meias... Os sonhos não são assim...

– Não?

– Não. Os sonhos são todos grandiosos, coisas grandes, e eu sou grande também, andando com os outros.

Turner deixou o fôlego escapar enquanto o hovercraft subia, com um gemido, a rampa de concreto para a interestadual, notando, de repente, que vinha segurando a respiração.

– Que outros?

– Os brilhantes. – Outro silêncio. – Não são gente...

– Você passa muito tempo no ciberespaço, Angie? Quero dizer, plugada, com um console?

– Não. Só as coisas da escola. Meu pai disse que não era bom pra mim.

– Ele disse alguma coisa sobre os sonhos?

– Só que estavam ficando mais reais. Mas nunca contei pra ele dos outros.

– Quer contar pra mim? Talvez me ajude a entender, a descobrir o que precisamos fazer...

– Alguns deles me contam coisas. Histórias. Antigamente, não tinha nada lá, nada que se mexesse sozinho, apenas dados e pessoas mexendo neles. Então alguma coisa aconteceu, e a coisa... a coisa percebeu ela mesma. Tem toda uma outra história, sobre isso, uma garota com espelhos nos olhos e um cara que tinha medo de se importar com qualquer coisa. O homem fez algo que ajudou a coisa toda a saber de si própria... E aí, depois disso, ela meio que se dividiu em partes diferentes dela mesma, e eu acho que as partes são os outros, os brilhantes. Mas é difícil ter certeza, porque eles não falam com palavras, exatamente...

Turner sentia a pele em sua nuca comichando. Alguma coisa que voltava a ele, vinda da corrente submarina do dossiê de Mitchell. Uma vergonha intensa em um corredor, tinta creme suja descascando, Cambridge, os dormitórios dos estudantes...

– Onde você nasceu, Angie?

– Inglaterra. Aí meu pai entrou pra Maas e a gente mudou. Pra Genebra.

Em algum ponto da Virgínia ele parou o hovercraft sobre o acostamento de cascalho e entrou num pasto abandonado, o pó do verão seco girando às suas costas enquanto dobrava à esquerda e parava entre alguns pinheiros. A turbina se apagou à medida que o hovercraft se assentava sobre sua saia.

– Agora é uma boa hora pra comer – ele disse, estendendo a mão para a bolsa de lona de Sally.

Angie soltou o cinto de segurança e abriu o zíper do moletom preto. Debaixo, vestia uma coisa apertada e branca, com a pele juvenil, bronzeada e macia, aparecendo na gola cavada acima dos jovens seios. Ela pegou a bolsa das mãos dele e começou a desembrulhar os sanduíches que Sally havia preparado.

– O que é que há com o seu irmão? – ela perguntou, passando-lhe metade de um sanduíche.

– O que quer dizer?

– Bem, tem alguma coisa... Sally disse que ele bebe o tempo todo. Ele não é feliz?

– Não sei – Turner disse, curvando-se e se torcendo para aliviar a dor no pescoço e ombros. – Quero dizer, acho que não, mas não sei exatamente por quê. Às vezes, as pessoas encalham.

– Quer dizer, quando não têm companhias pra tomar conta delas? – Ela mordeu o sanduíche.

Ele olhou para ela.

– Tá me tirando?

Ela concordou com a cabeça, de boca cheia. Engoliu.

– Um pouquinho. Sei que um monte de gente não trabalha pra Maas. Nunca trabalharam e nunca vão trabalhar. Você é um, o seu irmão é outro. Mas era uma pergunta a sério. Eu meio que gostei do Rudy, sabia? Mas é que ele parecia tão...

– Maluco – ele terminou para ela, com o sanduíche ainda na mão. – Encalhado. Acho que o problema é que, às vezes, tem um salto que algumas pessoas têm que dar, e se elas não pulam, aí ficam bem encalhadas. E Rudy nunca fez isso.

– Como o meu pai, querendo me tirar da Maas? Isso é um salto?

– Não. Alguns saltos você tem que decidir por si mesmo. Apenas entender que tem algo melhor esperando por você em outro lugar... – Ele parou por um momento, sentindo-se subitamente ridículo, e mordeu o sanduíche.

– Era isso que você sentia?

Ele concordou, pensando se seria verdade.

– Então você foi embora, e Rudy ficou?

– Ele era inteligente. Ainda é, e conseguiu um monte de diplomas, fez tudo on-line. Fez um doutorado em biotecnologia da Tulane quando tinha vinte anos, um monte de outras coisas. Nunca mandou nenhum currículo, nada. Mas apareciam headhunters de todas as partes, e ele enrolava os caras, arranjava brigas... Acho que pensava que podia fazer algo por conta própria. Como aqueles capuzes nos cachorros. Acho que tem umas patentes originais ali, mas... De qualquer modo, ficou lá. Começou a vender e a fazer equipamentos pras pessoas, e era muito importante no condado. E a nossa mãe ficou doente, ela ficou doente por muito tempo, e eu estava longe...

– Onde? – Ela abriu a garrafa térmica, e o cheiro do café preencheu a cabine.

– O mais longe que consegui chegar – ele disse, alarmado com a raiva na própria voz.

Ela lhe passou a caneca de plástico, cheia até a borda com café preto e quente.

– E você? Disse que nunca conheceu sua mãe.

– Não conheci. Eles se separaram quando era pequena. Ela não queria renovar o contrato, a não ser que ele concordasse em dar pra ela um tipo de plano de ações. Pelo menos, foi o que ele disse.

– Então, como ele é? – Turner bebeu um gole do café e devolveu a caneca.

Ela o encarou por cima da borda da caneca de plástico vermelho, os olhos delineados pela maquiagem de Sally.

– Me diga você – ela respondeu. – Ou então me pergunte daqui a vinte anos. Tenho dezessete, diabos. Como você quer que eu saiba?

Ele riu.

– Está começando a se sentir um pouco melhor agora?

– Acho que sim. Considerando as circunstâncias.

E, subitamente, ele se deu conta da presença dela, de um modo que não havia notado antes, e suas mãos procuraram ansiosamente os controles.

– Ótimo. Ainda temos uma longa viagem pela frente.

Dormiram no hovercraft à noite, estacionados por trás da estrutura de aço enferrujado que um dia havia servido como suporte para uma tela de cinema drive-in no sul da Pensilvânia, o casaco de Turner estendido no piso de chapas blindadas, embaixo da longa saliência da turbina. Ela havia bebido o resto do café, frio agora, sentada na abertura da escotilha quadrada, acima do banco do passageiro, observando os vaga-lumes piscando em meio a um campo de mato amarelado.

Em algum momento durante os sonhos de Turner, ainda coloridos por visões aleatórias do dossiê do pai da menina, ela se encostou nele, seios macios e quentes contra as costas nuas através do tecido fino da camiseta que vestia. Então, estendeu o braço sobre ele, para acariciar os músculos lisos de sua barriga. Ele, porém, ficou quieto, fingindo estar em um sono mais profundo, e logo achou seu caminho para as passagens mais sombrias do biosoft de Mitchell, onde coisas estranhas vieram para se fundir a seus medos e mágoas mais antigos.

E acordou ao alvorecer, ouvindo-a cantar suavemente para si mesma, sentada na escotilha do teto.

> *– Meu pai é um diabo bonitão*
> *com uma corrente de umas nove milhas*
> *E de cada elo*
> *Está suspenso um coração*
> *De outra donzela*
> *Que ele amou e enganou.*

22

JAMMER'S

O Jammer's ficava outros doze lances de escadas rolantes paradas acima, e ocupava o terço anterior do último andar. Fora o Leon's, Bobby jamais vira uma casa noturna, e achou o Jammer's tão impressionante quanto assustador. Impressionante pelo tamanho e pelo que considerou a qualidade excepcional das instalações, e assustador porque uma casa noturna, de dia, tem algo de intrinsecamente surreal. Sobrenatural. Olhou em volta, os polegares enfiados nos bolsos de trás dos jeans novos, enquanto Jackie conversava aos sussurros com um branco de rosto comprido e macacão azul amarrotado. O lugar estava mobiliado com banquetas de ultracamurça escuras, mesas pretas redondas e dezenas de biombos rebuscados de madeira perfurada. O teto era pintado de preto, cada mesa iluminada, sem muita intensidade, por um holofote próprio embutido no teto, dirigido direto para baixo em meio à escuridão. Havia um palco central, agora bem iluminado com luzes de trabalho penduradas de um cabo flexível amarelo e, no meio do palco, um conjunto de tambores acústicos vermelho-cereja. Não tinha certeza do motivo, mas a coisa lhe dava arrepios, a sensação indireta de uma quase vida, como se algo estivesse a ponto de se mexer, bem na borda da visão...

– Bobby – Jackie disse –, venha aqui conhecer o Jammer.

Ele atravessou o trecho de carpete liso e escuro com toda tranquilidade que conseguiu reunir e encarou o homem do rosto comprido, que tinha cabelos escuros, ralos, e usava uma camisa de gala branca por baixo do macacão. Os olhos do homem eram estreitos, as conchas das bochechas sombreadas pela barba de um dia.

– Então – o homem disse –, você quer ser cowboy? – Estava olhando para a camiseta de Bobby, e Bobby tinha a sensação incômoda de que o homem podia estar a ponto de rir.

– Jammer era jóquei – explicou Jackie. – Dos mais quentes. Não é, Jammer?

– É o que falam – Jammer disse, ainda olhando para Bobby. – Faz muito tempo, Jackie. Quantas horas de voo, em incursões? – perguntou a Bobby.

Bobby ficou vermelho.

– Bem, acho que uma.

Jammer ergueu as sobrancelhas peludas.

– Já é um começo. – Ele sorriu, os dentes pequenos e artificialmente uniformes e, Bobby pensou, numerosos demais.

– Bobby – Jackie disse –, que tal perguntar ao Jammer sobre esse tal de Wig que o Finlandês te falou?

Jammer olhou para ela e, depois, de volta para Bobby.

– Conhece o Finlandês? Você vai fundo para um hotdogger, hein? – Pegou um inalador plástico azul do bolso no quadril e o inseriu na narina esquerda, fungou e colocou-o de volta no bolso. – Ludgate. O Wig. O Fin andou falando do Wig, é? Deve estar ficando caduco.

Bobby não sabia o que a palavra queria dizer, mas não parecia uma boa hora para perguntar.

– Bom – Bobby se arriscou –, esse Wig está lá em cima em órbita em algum lugar, e às vezes vende coisas pro Finlandês...

– Sério mesmo? Bem, você podia ter me feito de bobo. Estava pra dizer que o Wig ou está morto ou gagá. Mais louco que os cowboys em geral, sabe o que quero dizer? Louco varrido. Já era. Faz anos que não ouço falar dele.

– Jammer – Jackie disse –, talvez seja melhor se o Bobby simplesmente te contar tudo. Beauvoir vai chegar hoje à tarde, e vai te fazer umas perguntas, então é melhor você saber como estão as coisas...

Jammer olhou para ela.

– Tá. Saquei. Então o sr. Beauvoir vai me cobrar aquele favor?

– Não posso falar por ele – ela disse –, mas é o que parece. Precisamos de um lugar seguro pra guardar o Conde aqui.

– Que Conde?

– Eu – Bobby disse. – Sou eu.

– Ótimo – Jammer disse, com uma total falta de entusiasmo. – Então vamos pro escritório.

Bobby não conseguia tirar os olhos do console de ciberespaço que ocupava um terço da superfície da mesa de carvalho antigona de Jammer. Era preto fosco, um trabalho personalizado, sem marca de fabricante em lugar nenhum. Ficava esticando o pescoço, enquanto contava a Jammer sobre Two-a-Day e a tentativa de incursão, sobre a coisa com jeito de garota e sobre sua mãe sendo detonada. Era o console mais maneiro que já vira, e ele se lembrava de Jackie dizendo que Jammer tinha sido um cowboy fodão no seu tempo.

Jammer se recostou na cadeira quando Bobby terminou.

– Quer experimentar? – perguntou. Parecia cansado.

– Experimentar?

– O console. Acho que está a fim. Deve ser por causa do jeito que fica esfregando a bunda na cadeira. Ou tá querendo experimentar o console ou tá louco pra mijar.

– Merda, claro. Quer dizer, claro, obrigado, claro que eu quero...

– E por que não? Não tem jeito de saberem que é você no meu lugar, certo? Que tal se plugar com ele, Jackie? Só pra tomar conta. – Abriu uma gaveta da mesa e pegou dois conjuntos de trodos. – Mas não façam nada, certo? Quero dizer, só dar uma saída e um giro. Não tentem nenhuma proeza. Devo um favor pra Beauvoir e Lucas, e parece que vou pagar mantendo você inteiro. – Passou um conjunto de trodos para Jackie e o outro para Bobby. Levantou-se, pegou as alças nos dois lados do console preto, virando-o para deixá-lo de frente para Bobby. – Vai fundo. Vai melar a cueca. Esta coisa tem dez anos, e ainda deixa quase tudo pra trás. Um cara chamado Automatic Jack montou, do zero. Teve um tempo que ele foi o artista de hard do Bobby Quine. Os dois queimaram a Blue Light juntos, mas acho que isso foi antes de você nascer.

Bobby já estava com os trodos. Então olhou para Jackie, e ela:

– Já se plugou em tandem alguma vez?

Ele respondeu que não.

– Certo. Vamos plugar, mas vou grudar do seu lado esquerdo. Quando eu disser despluga, você despluga. Se vir algo estranho, é porque estou com você, certo?

Ele concordou.

Ela tirou um par de longos alfinetes de cabeça prateada da parte de trás do chapéu, colocando-os na mesa ao lado do console de Jammer. Colocou os trodos sobre o lenço de seda laranja e alisou os contatos na testa.

– Vamos lá – disse.

Como sempre fazia, com avanço rápido, o console de Jammer se conectou bem alto, acima dos núcleos quentes de neon, uma topografia de dados que Bobby desconhecia. Uma coisa grande, alta como uma montanha, afiada e corporativa no não lugar que era o ciberespaço.

– Mais devagar, Bobby. – A voz de Jackie, baixa e suave, ao lado dele, no vazio.

– Meu Deus, esta coisa voa!

– É, mas segure. Não é nada bom andarmos depressa. Você quer só dar uma olhada. Vamos ficar aqui em cima e diminuir.

Ele diminuiu a pressão no avanço, até que pareciam estar em ponto morto. Virou para a esquerda, esperando vê-la, mas não havia nada lá.

– Tô aqui – ela disse. – Não esquenta.

– Quem era Quine?

– Quine? Algum cowboy que Jammer conheceu. Ele conhecia todos, no seu tempo.

Ao acaso, fez uma curva à esquerda em ângulo reto, girando suavemente na intersecção da grade, testando a resposta do console. Era fantástico, totalmente diferente de qualquer coisa que sentira antes no ciberespaço.

– Puta merda! Esta coisa faz um Ono-Sendai parecer um brinquedinho.

– Ele deve ter circuitos da O-S dentro. Era o que costumavam usar, o Jammer me contou. Vamos um pouco mais pra cima...

Subiram sem esforço através da grade, os dados ficando para trás e por baixo.

– Não tem nada pra ver aqui em cima – ele reclamou.

– Engano seu. Você acha umas coisas bem legais, se esperar tempo o bastante nas partes vazias...

A trama da matrix pareceu estremecer, bem em frente a eles...

– Ah, Jackie...

– Pare aqui. Segure. Tá tudo bem. Confie em mim.

Em algum lugar, bem longe, as mãos dele se moviam sobre a configuração incomum de teclado. Mantinha-se parado agora, enquanto uma seção do ciberespaço ficava indistinta, leitosa.

– O que é...

– *Danbala ap monte l* – a voz disse, áspera em sua cabeça, e na boca um gosto como sangue. – Danbala está montando ela. – Sabia, de alguma forma, o que as palavras queriam dizer, mas a voz era como ferro em sua cabeça. A textura leitosa se abriu, pareceu borbulhar, tornou-se duas manchas de cinza movediço.

– Legba – ela disse. – Legba e Ougou Feray, o deus da guerra. Papa Ougou! St. Jacques Majeur! *Viv la Vyéj!*

Uma risada de ferro encheu a matrix, penetrando na cabeça de Bobby.

– *Map kite tout mizé ak tout giyon* – disse outra voz, fluida, ágil e fria. – Olha, Papa, ela veio aqui pra se livrar da má sorte! – Então aquela também riu, e Bobby lutou contra uma onda de pura histeria enquanto a risada de prata subia dentro dele, como bolhas.

– Tem má sorte, o cavalo de Danbala? – Ribombou a voz de ferro de Ougou Feray, e, por um instante, Bobby pensou ter visto um vulto bruxulear na névoa cinza. A voz emitiu sua terrível risada. – Tem mesmo! Tem mesmo! Mas ela sabe não! Ela não é *meu* cavalo, não, senão eu curava sua sorte! – Bobby queria chorar, morrer, qualquer coisa para fugir das vozes, do *vento* totalmente impossível que começara a soprar das dobras cinza, um vento quente e úmido com cheiro de coisas que ele não conseguia saber o que eram. – E ela entoa louvores à Virgem! Me ouça, irmãzinha! *La Vyéj* está chegando mesmo!

– Sim – disse a outra voz. – Ela anda pelas *minhas* terras agora. Eu, que controlo os caminhos, as estradas.

– Mas eu, Ougou Feray, digo a você que os seus inimigos também estão chegando! Para os portões, irmã, e cuidado!

E então as áreas cinzentas desvaneceram, minguaram, encolheram...

– Desplugue a gente – ela disse, a voz pequena e distante. E depois completou: – Lucas morreu.

Jammer pegou uma garrafa de scotch na gaveta da mesa e, habilmente, despejou seis centímetros da bebida em um copo plástico alto.

– Você parece um cocô – disse a Jackie, e Bobby foi pego de surpresa pela suavidade na voz do homem. Estavam desconectados há pelo menos dez minutos e ninguém dissera absolutamente nada. Jackie parecia desolada e ficava mordendo o lábio inferior. Jammer parecia ou triste ou zangado. Bobby não tinha certeza.

– Por que disse que Lucas morreu? – Bobby se arriscou, porque lhe parecia que o silêncio estava assoreando o escritório abarrotado de Jammer, como algo que podia te sufocar.

Jackie olhou para ele, mas não parecia capaz de pô-lo em foco.

– Eles não chegariam em mim daquele jeito com Lucas vivo – respondeu. – Há pactos, acordos. Legba é sempre invocado primeiro, mas devia ter vindo com Danbala. A personalidade dele depende do loa com quem se manifesta. Lucas tem que estar morto.

Jammer empurrou o copo de uísque por sobre a mesa, mas Jackie fez que não, o conjunto de trodos ainda em sua testa: cromo e nylon preto. Ele fechou a cara, puxou o copo de volta e tomou tudo num só gole.

– Que monte de merda. As coisas faziam muito mais sentido antes de vocês começarem a se meter com elas.

– Não levamos eles pra lá, Jammer – ela respondeu. – Já estavam *lá*, e nos acharam porque a gente entendia eles!

– Mesmo monte de merda – Jammer disse, cansado. – O que quer que sejam, de onde quer que tenham vindo, eles só assumiram a forma que um monte de pretos malucos queria ver. Entende? Nem fodendo que ia ter alguma coisa lá com quem só dá pra falar num dialeto haitiano do mato! Vocês e o seu culto do vodu, eles só viram isso e viram o esquema. E Beauvoir e Lucas e o resto são homens de negócio, antes de tudo. E aquelas coisas malditas sabem fazer *negócio* como ninguém! É a combinação perfeita! – Ele apertou a tampa da garrafa e a colocou de volta na gaveta. – Sabe, docinho, pode ser simplesmente que alguém bem grande, com muita força bruta na rede, esteja só te fazendo de besta. Projetando aquelas coisas, toda aquela merda... E você *sabe* que isso é possível, não é? Não é, Jackie?

– De jeito nenhum – Jackie disse, a voz fria e uniforme. – Mas como sei disso, não é algo que dá pra explicar...

Jammer pegou uma placa preta de plástico do bolso e começou a se barbear.

– Claro – ele disse. A lâmina zumbia enquanto ele trabalhava na linha do queixo. – *Morei* no ciberespaço por oito anos, certo? Bem, sei que não tinha nada lá, não naquela época... Mesmo assim, quer que ligue pro Lucas, para você ficar mais tranquila de um jeito ou de outro? Tem o telefone daquele Rolls dele?

– Não – Jackie disse –, não precisa. Melhor a gente ficar na encolha até o Beauvoir aparecer. – Ela se levantou, tirando os trodos e apanhando o chapéu. – Vou dar uma deitada, tentar dormir. Fica de olho no Bobby. – Ela se virou e caminhou em direção à porta do escritório. Parecia uma sonâmbula, sem energia nenhuma.

– Maravilha – Jammer disse, passando o barbeador por cima do lábio superior. – Quer uma bebida? – perguntou a Bobby.

– Bem – Bobby respondeu –, é um pouco cedo...

– Pra você, pode ser. – Colocou o barbeador de volta no bolso.

A porta se fechou às costas de Jackie. Jammer se inclinou um pouco adiante.

– Como eles eram, garoto? Viu a marca de algum?

– Só que eram meio cinzentos. Borrados...

Jammer pareceu decepcionado. Voltou a relaxar as costas na cadeira.

– Vai ver que não dá pra ter uma boa visão deles se não fizer parte da coisa. – Tamborilou os dedos no braço da cadeira. – Acha que são de verdade?

– Bem, eu não ia querer me meter com eles...

Jammer olhou para ele.

– Não? Bem, pelo jeito você é mais esperto do que parece. Eu mesmo não mexeria com eles. Saí do negócio antes de começarem a aparecer.

– Então, o que acha que são?

– Ah, cada vez mais esperto... Taí, não sei. Como disse, não dá pra engolir que são um bando de deuses vodus haitianos. Mas, quem sabe? – Estreitou os olhos. – Pode ser que sejam vírus que se soltaram na matrix e se multiplicaram, e ficaram inteligentes de verdade. Já seria pra se cagar de medo. Talvez o pessoal da Turing queira manter isso em segredo. Ou quem sabe as IAs acharam um jeito de se dividir na matrix, o que ia deixar o pessoal da Turing maluco. Conheci um cara tibetano que fazia modificações de hard pros jóqueis. Ele falava que eram tulpas...

Bobby piscou, sem entender.

– Uma tulpa é uma forma-pensamento, algo do tipo. Superstição. Dizem que umas pessoas, bem da pesada, conseguem se dividir e fazer um tipo de fantasma de energia negativa. – Encolheu os ombros. – Mais besteira. Como os caras do vodu da Jackie.

– Mas parece que Lucas, Beauvoir e os outros, eles *falam* como se fosse tudo de verdade, e não como se fosse embromação.

Jammer fez que sim.

– Isso aí. E também estão se dando muito bem nos negócios, então tem alguma coisa lá. – Deu de ombros e bocejou. – Também preciso dar uma dormida. Pode fazer o que quiser, só não toque no meu console. E não tente sair, ou dez tipos de alarmes vão começar a gritar. Tem suco, queijo e porcaria na geladeira atrás do bar...

Bobby concluiu que o lugar ainda era assustador, agora que estava sozinho, mas que era interessante o suficiente para o medo valer a pena. Caminhou de um lado para outro por trás do bar, tocando as alavancas das torneiras de cerveja e os bicos de cromo das bebidas. Tinha uma máquina que fazia gelo, e outra que soltava água fervendo. Preparou para si um copo de café instantâneo japonês e deu uma olhada no arquivo de cassetes de áudio de Jammer. Nunca ouvira falar de nenhuma das bandas ou artistas. Ficou imaginando se aquilo significava que Jammer, que era velho, gostava de coisas velhas, ou se era tudo tão novo que só chegaria a Barrytown, provavelmente por meio do Leon's, daí a umas duas semanas... Achou uma arma debaixo do console de crédito universal preto e prata na ponta do bar, um tipo de metralhadora pequena e gorda, com um pente que saía direto do cabo. Estava presa debaixo do bar com uma tira de velcro verde-lima, e ele não achou uma boa ideia mexer nela. Depois de um tempo, não se sentia mais assustado, só meio entediado e tenso. Pegou o café, que estava esfriando, e foi para o meio da área das mesas. Sentou-se em uma delas e fingiu ser o Count Zero, o maior artista de console no Sprawl, esperando uns caras aparecerem pra conversar sobre um negócio, uma incursão que eles precisavam que alguém fizesse e da qual ninguém, além do Count, estaria nem remotamente à altura.

– Claro – disse, para a casa noturna vazia, os olhos entrecerrados. Vou fazer isso pra vocês... Se tiverem a grana... – Empalideceram quando ele deu o preço.

O lugar era à prova de som; não dava para ouvir nadinha do alvoroço dos quatorze andares de barracas, apenas o zumbido de algum tipo de condicionador de ar e os gorgolejos ocasionais da máquina de água quente. Cansado dos jogos de poder do Count, Bobby deixou a xícara de café na mesa e foi para a entrada, passando a mão ao longo de uma velha corda de veludo acolchoada, pendurada entre postes de metal polido. Com cuidado para não tocar nas portas de vidro, posicionou-se em uma banqueta barata de ferro, com um assento de courino remendado com fita, ao lado do guichê da chapelaria. Uma lâmpada fraca estava acesa na chapelaria: dava pra ver umas duas dúzias de velhos cabides de madeira pendurados nas barras de ferro, cada um com uma etiqueta amarela, redonda, numerada à mão. Imaginou que o Jammer ficava sentado ali, de vez em quando, pra dar uma conferida na clientela. Não conseguia entender por que alguém que havia sido um cowboy fodão, por oito anos, iria querer dirigir uma casa noturna, mas talvez fosse um tipo de hobby. Imaginou que dava pra pegar um monte de garotas, dirigindo uma casa noturna, mas sempre pensara que, se você fosse rico, dava pra arrumar um monte de qualquer jeito. E se o Jammer tinha sido um grande jóquei por oito anos, Bobby achava que tinha que ser rico...

Pensou sobre a cena na matrix, as manchas cinza e as vozes. Estremeceu. Não conseguia entender por que aquilo significava que Lucas estava morto. Como Lucas podia ter morrido? Aí lembrou que sua mãe estava morta, e de alguma forma isso também não parecia real. “Meu Deus.” A coisa toda o deixava nervoso. Desejou estar lá fora, do outro lado das portas, olhando as barracas, os clientes e as pessoas que trabalhavam lá. Esticou o braço e abriu de lado a cortina de veludo, só o bastante para espiar pelo velho vidro grosso, contemplando o arco-íris misturado de barracas e o andar arrastado característico dos fregueses. E, emoldurado para ele, bem no meio daquilo tudo, ao lado de uma mesa abarrotada de sobras de multímetros analógicos, pontas de prova lógicas e estabilizadores de força, estava o rosto sem raça e ossudo de Leon. E os olhos fundos e horrendos pareceram olhar para Bobby com um estalido audível de reconhecimento. E, então, Leon fez algo que Bobby não conseguia se lembrar de tê-lo visto fazer antes: sorriu.

23

MAIS PERTO

O comissário de bordo da JAL ofereceu-lhe uma seleção de cassetes de simstim: um passeio pela retrospectiva Foxton na Tate em agosto passado, uma aventura de época gravada em Gana (*Ashanti!*), trechos selecionados da *Carmen* de Bizet do ponto de vista de um balcão particular na Ópera de Tóquio, ou trinta minutos do popular programa de entrevistas de Tally Isham, *Top People*.

– Primeiro voo de ônibus espacial, sra. Ovski?

Marly assentiu. Dera a Paleologos o nome de solteira da mãe, o que devia ter sido uma burrice.

O comissário de bordo sorriu, compreensivo.

– Garanto que um cassete ajuda na decolagem. Nesta semana, a *Carmen* tem sido muito procurada. Dizem que o figurino é magnífico.

Ela balançou a cabeça, sem humor para ópera. Odiava Foxton, e preferiria sentir toda a força da aceleração do que vivenciar *Ashanti!* Escolheu a fita de Isham por falta de outra coisa, como o menor de quatro males. O comissário verificou o cinto de segurança, deu-lhe o cassete e uma pequena tiara descartável de plástico cinza, prosseguindo para outro passageiro. Ela colocou o jogo de trodos de plástico, conectou-o no braço do assento, suspirou e enfiou o cassete na abertura ao lado do conector. O interior do ônibus espacial JAL desapareceu em uma explosão de azul do Egeu, e ela viu as palavras TOP PEOPLE COM TALLY ISHAM se expandirem através do céu claro em elegantes maiúsculas sem serifa.

Tally Isham estivera presente na indústria do stim até onde a memória de Marly alcançava, uma Garota Dourada de idade indefinida, surgida na primeira onda da nova mídia. Agora, Marly se encontrava presa dentro do sensorium bronzeado, ágil e tremendamente *confortável* de Tally. Tally Isham estava animada, respirava profundamente e com facilidade, ossos elegantes movendo-se no abraço de uma musculatura que parecia nunca ter conhecido nenhuma tensão. Acessar as gravações de stim dela era como cair em um banho de perfeita saúde, sentindo a energia em seus pés e a pressão dos seios de encontro ao algodão branco egípcio sedoso da blusa. Estava apoiada contra uma balaustrada branca erodida, sobre o pequeno atracadouro de uma cidade insular grega, acima de uma cascata de árvores floridas descendo por uma encosta de pedras caiadas e escadas estreitas e sinuosas. O apito de um barco soava no atracadouro.

– Os turistas estão voltando agora para o navio de cruzeiro – Tally disse, e sorriu. Quando sorriu, Marly pôde sentir a perfeição dos dentes brancos da estrela, o frescor de sua boca, e que a pedra da balaustrada era agradavelmente áspera sob seus braços nus. – Mas um dos visitantes da nossa ilha ficará conosco esta tarde, alguém que eu queria muito conhecer, e tenho certeza de que vocês ficarão encantados e surpresos, já que é alguém que normalmente evita a cobertura da grande mídia.

Ela se endireitou, virou e sorriu para o rosto bronzeado e sorridente de Josef Virek.

Marly arrancou o conjunto da testa, e o plástico branco do ônibus espacial da JAL ressurgiu à sua volta com o que pareceu ser um baque. Avisos de atenção piscavam no console acima de sua cabeça, e ela podia sentir uma vibração que parecia estar ficando cada vez mais rápida.

"Virek?" Ela olhou para o conjunto de trodos.

– Bem – ela disse –, acho que você *é* uma pessoa *top*.

– Como? – O estudante japonês a seu lado sacudiu-se no cinto de segurança, em uma imitação um pouco estranha de uma reverência. – Algum problema com o seu stim?

– Não, não – ela disse. – Desculpe. – Voltou a colocar o conjunto e o interior do ônibus espacial se dissolveu em um murmúrio de estática sensorial, uma mistura dissonante de sensações que abruptamente cederam lugar à graça tranquila de Tally Isham, que havia tomado a mão fria e firme de Virek e estava sorrindo para seus ternos olhos azuis. Ele sorriu de volta, os dentes muito brancos.

– Encantado em estar aqui, Tally – Virek disse, e Marly se deixou afundar na realidade da fita, aceitando os dados sensoriais gravados de Tally como se fossem os seus próprios. O stim era uma mídia que ela normalmente evitava. Algo em sua personalidade entrava em conflito com o grau de passividade exigido.

Virek usava uma camisa branca macia, calças de algodão grosso enroladas logo acima dos joelhos e sandálias de couro marrom, bastante simples.

Ainda segurando a mão dele, Tally voltou à balaustrada.

– Tenho certeza de que há muitas coisas que o nosso público... – ela começou a dizer.

O mar desaparecera. Uma planície irregular, coberta de vegetação verde-escura como líquen, se espalhou até o horizonte, interrompida pelas silhuetas dos pentáculos neogóticos da Igreja da Sagrada Família, de Gaudi. A borda do mundo se perdia em uma neblina baixa e luminosa, e um som como o badalar de sinos submersos batia pela planície.

– Hoje você tem um público de uma só pessoa – Virek disse, e olhou para Tally Isham através de seus óculos redondos e sem aro. – Olá, Marly.

Marly lutou para alcançar os trodos, mas seus braços eram feitos de pedra. A força-G, o ônibus espacial decolando da plataforma de concreto... Ele a aprisionara aqui.

– Entendo – disse Tally, sorrindo, reclinando-se contra a balaustrada, os cotovelos na pedra quente e áspera. – Que ideia maravilhosa. A sua Marly, Herr Virek, deve ser uma garota de muita sorte...

– Então Marly compreendeu que esta não era a Tally Isham da Sense/Net, mas uma parte do constructo de Virek, um ponto de vista programado a partir de anos de *Top People*, e que agora não havia escolha, não havia saída, exceto aceitar, escutar, dar atenção a Virek. O fato de que ele a apanhara aqui, a prendera aqui desta forma, mostrava que sua intuição estivera correta: a máquina, a estrutura, estava ali, era real. O dinheiro de Virek era um tipo de solvente universal, dissolvendo as barreiras à sua vontade...

– Lamento saber que está aborrecida – ele disse. – Paco acha que você está fugindo de nós, mas prefiro ver isso como o impulso de uma artista em direção à sua meta. Creio que percebeu um pouco da natureza da minha gestalt, e isso a assustou. E deveria mesmo. Este cassete foi preparado uma hora antes do seu ônibus espacial decolar de Orly. É claro que sabemos o seu destino, mas não tenho intenção de segui-la. Está fazendo o seu trabalho, Marly. Apenas lamento que não tenhamos sido capazes de evitar a morte do seu amigo Alain. Mas agora sabemos a identidade dos assassinos e de quem os mandou...

Os olhos de Tally Isham agora eram os de Marly, e estavam fixos nos de Virek, uma energia azul ardendo neles.

– Alain foi morto por agentes contratados da Maas Biolabs – ele prosseguiu. – E foi a Maas que forneceu para ele as coordenadas do seu atual destino, a Maas que deu a ele o holograma que você viu. Meu relacionamento com a Maas Biolabs tem sido ambivalente, para usar um eufemismo. Dois anos atrás, uma de minhas subsidiárias tentou comprá-los. A soma envolvida teria afetado toda a economia mundial. Eles recusaram. Paco apurou que Alain morreu porque descobriram que ele estava tentando vender as informações que haviam lhe dado, vendê-las para terceiros. – Ele franziu o rosto. – Uma grande bobagem, já que ele desconhecia completamente o tipo de produto que estava oferecendo.

"Típico de Alain", ela pensou, e sentiu uma onda de piedade. Vendo-o encurvado no carpete horroroso, a espinha delineada por baixo do tecido verde da jaqueta.

– Creio que você devia saber que a minha busca pelo nosso fabricante de caixas envolve mais do que arte, Marly. – Ele tirou os óculos e os limpou com uma dobra da camisa branca. Ela viu algo de obsceno na humanidade calculada do gesto. – Tenho razões para acreditar que o criador dos artefatos esteja em posição de me oferecer liberdade, Marly. Não sou um homem de saúde. – Voltou a pôr os óculos, ajustando com cuidado as finas hastes de ouro. – Da última vez que pedi uma imagem remota do tanque que habito em Estocolmo, me mostraram algo como três reboques de caminhão, interligados por uma rede gotejante de tubos de apoio... Se fosse capaz de sair dali, Marly, ou melhor, de deixar para trás a rebelião de células ali contida. Bem... – Voltou a dar seu famoso sorriso. – Quanto eu não pagaria?

E os olhos de Tally-Marly moveram-se para assimilar a vastidão de líquen escuro e as distantes torres da catedral extraviada...

– Perdeu a consciência – o comissário de bordo estava dizendo, os dedos se movendo pelo pescoço dela. – Não é incomum, e os nossos computadores médicos de bordo dizem que você está com ótima saúde. No entanto, aplicamos um dermadisco para combater a síndrome de adaptação que pode sentir antes do acoplamento. – A mão dele abandonou seu pescoço.

– *Europa depois das chuvas* – ela disse. – Max Ernst. O líquen...

O homem ficou com os olhos nela, o rosto agora alerta e expressando preocupação profissional.

– Como? Pode repetir?

– Desculpe – ela disse. – Um sonho... Já estamos lá, no terminal?

– Mais uma hora – ele disse.

O terminal orbital da Japan Air era um toroide branco crivado de cúpulas e rodeado pelas aberturas ovais de bordas escuras das baias de atracação. O visor acima da rede-G de Marly, mesmo que "acima" tivesse, temporariamente, perdido o significado usual, exibia uma animação refinada do toroide em rotação, enquanto uma série de vozes, em sete idiomas, anunciava que os passageiros a bordo do Ônibus Espacial 580 da JAL, Ponto Final de Orly I, seriam conduzidos ao terminal na primeira oportunidade.

A JAL pedia desculpas pelo atraso, que se devia a reparos de rotina em sete das doze baias.

Marly se encolheu na rede-G, vendo agora a mão invisível de Virek em tudo. "Não", ela pensou, "deve ter um jeito. Quero dar o fora", disse a si mesma, "quero algumas horas de liberdade e depois me livro dele... Tchau, tchau, Herr Virek, estou voltando à terra dos vivos, algo que o pobre Alain nunca fará, Alain que morreu porque aceitei o emprego." Ela piscou quando a primeira lágrima surgiu, e então observou, com olhos arregalados de criança, a minúscula esfera flutuante em que a lágrima havia se transformado.

"E a Maas", ela se perguntava, "quem eram eles?" Virek dizia que eles haviam matado Alain, que Alain estava trabalhando para eles. Ela tinha vagas lembranças de reportagens da mídia, algo a ver com a última geração de computadores, algum processo de aspecto agourento no qual cânceres híbridos imortais ejetavam moléculas projetadas para se tornarem unidades de circuitos. Lembrava-se agora de que Paco lhe dissera que a tela do telefone modular era um produto da Maas.

O interior do toroide da JAL era tão insípido, tão pouco interessante, tão igualzinho a qualquer aeroporto lotado, que ela teve vontade de rir. Havia o mesmo cheiro de perfume, a tensão humana e o ar intensamente condicionado, o mesmo zumbido de conversas ao fundo. A gravidade de oito décimos teria tornado mais fácil carregar uma mala, mas ela estava apenas com a bolsa preta. Então, ela pegou as passagens de um dos bolsos internos com zíper e verificou o número do ônibus espacial de conexão nas colunas de números que apareciam na tela da parede mais próxima.

Duas horas para a partida. O que quer que Virek dissesse, ela tinha certeza de que sua máquina já estava atribulada, infiltrando-se na tripulação ou na lista de passageiros do ônibus espacial, as substituições lubrificadas por uma película de dinheiro... Haveria doenças de última hora, mudanças de planos, acidentes...

Com a bolsa a tiracolo, marchou pelo piso côncavo de cerâmica branca como se realmente soubesse para onde ia, ou como se tivesse algum tipo de plano, mas sabendo, a cada passo que dava, o quanto isso era mentira.

Os ternos olhos azuis a perseguiam.

– Maldito – ela disse, e um executivo russo de bochechas caídas e usando um terno Ginza escuro torceu o nariz e levantou o fax de notícias, apartando-a de seu mundo.

– Aí eu disse pra vagabunda: olha, ou você arruma esses optoacopladores e as caixas de ligação pra *Sweet Jane*, ou vou grudar a sua bunda na antepara com cola de vedação... – Risadas roucas femininas, e Marly ergueu a vista de sua bandeja de sushi. As três mulheres estavam separadas dela por duas mesas vazias, a mesa delas cheia de latas de cerveja e pilhas de bandejas de isopor sujas de molho escuro de soja. Uma arrotou alto e sorveu um bom gole de cerveja.

– E o que ela fez, Rez? – Isso, por algum motivo, foi a deixa para outra explosão maior de risadas, e a mulher que primeiro atraíra a atenção de Marly afundou a cabeça nos braços e riu até os ombros sacudirem. Marly ficou olhando para o trio, imaginando o que seriam. Agora, as risadas haviam diminuído e a primeira mulher se endireitou na cadeira, enxugando lágrimas dos olhos. Marly concluiu que as três haviam bebido bastante. Eram jovens, barulhentas e tinham um jeito bronco. A primeira mulher era magra e tinha um rosto estreito, com grandes olhos cinza sobre um nariz fino e reto. O cabelo era de algum tom impossível de prata, cortado curto como o de um garotinho. Usava um colete de lona enorme, ou uma jaqueta sem mangas, coberto inteiramente de bolsos salientes, botões de pressão e tiras retangulares de velcro. A roupa estava aberta, revelando, do ângulo de Marly, um pequeno seio redondo coberto pelo que parecia ser um sutiã de malha fina, rosa e preto. As outras duas eram mais velhas e encorpadas, os músculos dos braços expostos bem definidos na luz aparentemente sem origem da cafeteria do terminal.

A primeira mulher encolheu os ombros, que foram parar dentro do grande colete.

– Não que ela vá arrumar – ela disse.

A segunda mulher riu de novo, mas não com tanto entusiasmo, e consultou um cronômetro rebitado em uma pulseira larga de couro.

– Minha hora – ela disse. – Tenho uma corrida pra Zion, e depois oito cápsulas de algas pros suecos. – Em seguida, afastou a cadeira da mesa, levantou-se, e Marly viu a insígnia bordada nas costas do colete de couro preto.

O'GRADY – WAJIMA

EDITH S.

CARGAS INTERORBITAIS

Logo a mulher ao lado dela ficou de pé, puxando para cima a cintura dos jeans folgados.

– Uma coisa eu te digo, Rez, se você deixar aquela vagabunda te passar pra trás nas caixas de ligação, vai ser ruim pra sua reputação.

– Me desculpe – Marly disse, lutando contra o vacilo de sua voz.

A mulher do colete preto girou e olhou para ela.

– Quê? – A mulher a olhou dos pés à cabeça, séria.

– Vi seu colete. O nome *Edith S.*, é uma nave espacial?

– Uma *nave espacial*? – A mulher ao lado dela ergueu as sobrancelhas grossas. – Ah, claro, meu bem, uma tremenda de uma *nave*!

– Um rebocador – a mulher de colete preto disse, e se virou para ir embora.

– Quero te contratar – Marly disse.

– Me contratar? – Agora todas elas a encaravam, os rostos inexpressivos e sérios. – O que quer dizer?

Marly enfiou a mão no fundo da bolsa preta de Bruxelas e tirou o meio maço de neoienes que Paleologos, o agente de viagens, lhe devolvera depois de tirar uma comissão.

– Posso pagar isto...

A garota com o cabelo curto prateado assobiou baixinho. As mulheres se entreolharam. A do colete preto encolheu os ombros.

– Meu Deus – ela disse. – Aonde quer ir? Marte?

Marly voltou a enfiar a mão na bolsa e mostrou o papel azul dobrado de um maço de Gauloise. Entregou-o à mulher do colete preto, que o desdobrou e leu as coordenadas orbitais que Alain escrevera com a caneta de ponta porosa verde.

– Bom – a mulher disse –, é uma viagem curta, pra tanto dinheiro, mas eu e a O'Grady temos que estar em Zion às 2300 GMT. Temos um contrato. E você, Rez?

Passou o papel para a garota sentada, que o leu, ergueu a vista para Marly e perguntou:

– Quando?

– Agora – Marly disse. – Neste momento.

A garota se afastou da mesa, as pernas da cadeira raspando a cerâmica, o colete balançando e se abrindo para revelar que aquilo que Marly julgara ser a malha de um sutiã rosa e preto era uma única rosa tatuada, que cobria inteiramente o seio esquerdo.

– Conseguiu um táxi, irmã. Grana em cima.

– Ela quer dizer que tem que dar o dinheiro agora – O'Grady explicou.

– Não quero que ninguém saiba pra onde vamos – Marly disse.

As três mulheres riram.

– Achou a garota certa – O'Grady respondeu, e Rez sorriu.

24

PASSANDO POR CIMA

Começou a chover quando ele voltou a virar para o leste, em direção aos subúrbios da periferia do Sprawl e o cinturão arruinado das zonas industriais. A chuva caía como uma parede sólida, impedindo-o de ver, até que encontrou o botão dos limpadores do para-brisa. Rudy não conservara as palhetas em bom estado; por isso, ele reduziu, o gemido da turbina ficando grave até soar como um rugido, e desviou para o acostamento, a saia do hovercraft atravessando cascos retalhados de pneus de caminhão.

– O que foi?

– Não consigo ver nada. As borrachas dos limpadores estão podres. – Ele apertou o botão das luzes. Quatro feixes estreitos surgiram dos dois lados da capota em forma de cunha do veículo e se perderam na parede cinza do aguaceiro. Ele fez que não com a cabeça.

– Por que não paramos?

– Perto demais do Sprawl. Patrulham tudo isso aqui. Helicópteros. Iam fazer a varredura da chapa no teto e ver que é de Ohio, e que temos um chassi estranho. Podem querer dar uma olhada melhor. Não queremos isso.

– Então, o que vai fazer?

– Ir pelo acostamento até poder sair da estrada, e depois entrar debaixo de alguma cobertura, se eu conseguir...

Manteve o veículo parado e girou no lugar, os faróis refletindo nas diagonais fluorescentes de uma estaca que marcava uma estrada vicinal. Foi em direção à estaca, o lábio inchado da saia do hovercraft sacolejando contra uma grossa proteção de impacto retangular de concreto.

– Acho que isso serve – ele disse, enquanto passavam pela estaca. A vicinal quase não era larga o bastante: os galhos e o mato arranhavam as estreitas janelas laterais, raspando ao longo dos flancos de chapa de aço do veículo.

– Luzes, lá na frente – Angie disse, inclinando-se no cinto de segurança para ver através da chuva.

Turner podia distinguir um brilho amarelo fraco, e dois postes escuros gêmeos. Ele riu.

– Posto de gasolina – disse. – Ficou aqui do sistema antigo, antes que a estrada grande passasse. Alguém deve morar aqui. Uma pena que a gente não usa gasolina.

Desceu o hovercraft pela rampa de cascalho. À medida que chegava mais perto, viu que o brilho amarelo vinha de um par de janelas retangulares. Pensou ter visto uma silhueta se mexendo em uma delas.

– Interiorzão – disse. – Esses caras podem não ficar muito contentes de ver a gente. – Colocou a mão dentro do casaco e puxou o Smith & Wesson do coldre de nylon, colocando-o no banco, entre as coxas. Quando estavam a cinco metros das bombas de gasolina enferrujadas, assentou o hovercraft sobre uma poça larga e apagou as turbinas. A chuva ainda caía em lençóis batidos pelo vento, e ele avistou um vulto em um poncho cáqui esvoaçante saindo pela porta da frente do posto. Abriu dez centímetros da janela lateral e levantou a voz sobre a chuva:

– Desculpa incomodar. Tivemos que sair da estrada. Os limpadores estão estragados. Nao sabíamos que tinha gente aqui. – As mãos do homem, à luz das janelas, estavam escondidas debaixo do poncho plástico, mas era evidente que segurava algo.

– Propriedade particular – o homem disse, o rosto magro raiado pela chuva.

– Não podia ficar na estrada – Turner gritou. – Desculpa incomodar...

O homem abriu a boca, começou a fazer um gesto com a coisa que mantinha debaixo do poncho, e sua cabeça explodiu. Quase pareceu a Turner que havia acontecido antes que a linha vermelha de luz baixasse sobre ele como uma foice e o tocasse, o feixe da grossura de um lápis oscilando casualmente, como se alguém estivesse brincando com uma lanterna. Uma flor vermelha desabrochou, batida pela chuva, enquanto ele caía de joelhos e depois para a frente, uma Savage 410 com coronha rebatível deslizando de sob o poncho.

Turner não percebeu estar se movendo, mas descobriu que havia acendido as turbinas, passado os controles para Angie e se libertado do cinto de segurança.

– Quando eu disser pra ir, vai com tudo pra dentro do posto...

Logo estava em pé, dando um puxão na alavanca que abria a escotilha do teto, o pesado revólver na mão. O rugido do Honda preto o alcançou logo que a escotilha deslizou para trás, uma sombra que descia acima, quase invisível na chuva forte.

– Agora! – Puxou o gatilho antes que ela pudesse jogá-los para diante e através da parede do velho posto, o recuo batendo seu cotovelo contra o teto do hovercraft e deixando-o dormente. A bala explodiu em algum lugar lá em cima com um estrondo gratificante. Angie colocou o hovercraft em máxima velocidade e eles mergulharam através da estrutura de madeira, mal dando tempo para Turner pôr a cabeça e os ombros de volta para dentro da escotilha. Algo na casa explodiu, talvez um botijão de gás, e o hovercraft se inclinou para a esquerda.

Angie conseguiu fazer a curva para voltar na mesma hora em que eles saíam pela parede de trás.

– Pra onde? – ela gritou, acima da turbina.

Como que em resposta, o Honda preto veio rodopiando para baixo, vinte metros à frente deles, arremessando um lençol prateado de chuva. Turner agarrou os controles e o hovercraft deslizou para a frente, sua traseira levantando leques de água de dez metros. Acertaram o pequeno helicóptero de combate diretamente na capota de policarbono, a fuselagem metálica amassando como papel sob o impacto. Turner deu ré e voltou a arremeter, mais rápido. Desta vez, o helicóptero destroçado bateu com força nos troncos de dois pinheiros cinza molhados, e ficou ali, como uma mosca de asas compridas.

– O que houve? – Angie perguntou, as mãos no rosto. – O que houve?

Turner arrancou documentos do veículo e óculos de sol empoeirados de um compartimento na porta a seu lado. Achou uma lanterna e testou a bateria.

– O que houve? – Angie voltou a perguntar, como uma gravação. – O que houve?

Ele se arrastou de novo pela escotilha, a arma em uma mão, a lanterna na outra. A chuva diminuíra. Pulou para a capota do hovercraft, depois para o para-choque e então nas poças, onde afundou até o tornozelo, fazendo voar água sobre os rotores pretos e torcidos do Honda.

Havia um cheiro forte de combustível vazando. A capota de policarbono rachara como um ovo. Apontou o Smith & Wesson e apertou duas vezes com o polegar o botão da luz de xenônio: duas explosões silenciosas de luz inclemente revelando o sangue e os braços e pernas retorcidos dentro do plástico estilhaçado. Aguardou, e depois usou a lanterna. Eram dois. Chegou mais perto, segurando a lanterna bem afastada do corpo, um velho hábito. Nada se mexia. O cheiro de combustível vazando ficou ainda mais forte. Logo ele estava puxando com força a escotilha deformada. Ela se abriu. Os dois usavam óculos de amplificação de imagens. O olho vazio e redondo do laser olhava direto para cima na noite. Turner se abaixou para tocar a gola de pele de cordeiro emaranhada da jaqueta de aviador do morto. O sangue que cobria a barba do homem parecia bem escuro, quase preto, sob a luz da lanterna. Era Oakey. Turner dirigiu o feixe para a esquerda e viu que o outro homem, o piloto, era japonês. Trouxe o feixe de volta e encontrou um cantil preto e delgado ao lado do pé de Oakey. Apanhou-o, enfiou em um dos bolsos do casaco, e correu de volta para o hovercraft. A despeito da chuva, chamas laranja começavam a se propagar pelos destroços do posto de gasolina. Subiu com dificuldade no para-choque do hovercraft, atravessou a capota, subiu de novo, e então desceu pela escotilha.

– O que houve? – Angie perguntou, como se ele nunca tivesse saído. – O que houve?

Turner deixou-se cair no banco, não se deu ao trabalho de colocar o cinto de segurança, e acelerou a turbina.

– Era um helicóptero da Hosaka – ele disse, enquanto fazia a curva. – Devem ter seguido a gente. Tinham um laser. Esperaram até a gente sair da estrada. Não queriam nos deixar lá, pros tiras acharem. Quando viemos pra cá, decidiram nos pegar, mas devem ter imaginado que aquele pobre coitado estava com a gente. Ou, quem sabe, queriam apenas remover uma testemunha...

– A cabeça dele – disse ela, a voz tremendo. – A cabeça...

– Aquilo foi o laser – Turner disse, dirigindo de volta pela estrada vicinal. A chuva estava afinando, quase parando. – Vapor. O cérebro vira vapor e a cabeça explode...

Angie se inclinou para a frente e vomitou. Turner dirigia com uma mão, o cantil de Oakey na outra. Ergueu a tampa de pressão com os dentes e engoliu um bocado do Wild Turkey de Oakey.

Quando estavam chegando ao acostamento da rodovia, o combustível do Honda encontrou as chamas do posto em ruínas. A bola de fogo retorcida voltou a mostrar a Turner o shopping, a luz dos foguetes descendo de paraquedas, o céu embranquecido enquanto o jato disparava para a fronteira de Sonora.

Angie se endireitou, enxugou a boca com o dorso da mão, e começou a tremer.

– Temos que dar o fora daqui – ele disse, voltando a dirigir para o leste. Ela ficou quieta, e ele olhou de soslaio para vê-la sentada rígida e direita, o branco dos olhos visível à luz fraca dos instrumentos, o rosto vazio. Vira-a desse jeito no quarto de Rudy, quando Sally os havia chamado, e agora aquela mesma torrente de línguas, um palavreado suave e rápido de alguma coisa que poderia ser um dialeto do francês. Não tinha um gravador, não tinha tempo, e precisava dirigir.

– Aguenta afirme – ele disse, enquanto acelerava. – Vai ficar tudo bem. – Com certeza ela não escutava nada daquilo. Os dentes batiam; podia ouvi-los acima da turbina. "Pare", ele pensou, "só o necessário pra botar algo entre os dentes dela, a carteira ou um pano dobrado." As mãos dela estavam dando puxões espasmódicos nas correias do cinto de segurança.

– Há uma criança doente em minha casa. – O veículo quase saiu do pavimento quando ele ouviu a voz que vinha da boca dela: gutural, lenta e estranhamente viscosa. – Ouço os dados sendo jogados pelo vestido ensanguentado dela. Muitas são as mãos que cavam a sepultura dela esta noite, e a sua também. Inimigos rezam pela sua morte, mercenário. Rezam até suar. As rezas deles são um rio de febre. – E, em seguida, uma espécie de grunhido que poderia ser uma risada.

Turner se arriscou a olhar, e viu um fio prateado de baba descendo dos lábios rígidos da garota. Os músculos profundos da face estavam contorcidos em uma máscara que ele desconhecia.

– Quem é você?

– O Senhor dos Caminhos.

– O que quer?

– Esta criança como meu cavalo, para que ela possa se mover entre as cidades dos homens. É bom que vá para o leste. Leve-a para sua cidade. Voltarei a montar nela. E Samedi cavalga com você, pistoleiro. Ele é o vento que você traz nas mãos, mas é caprichoso, o Senhor dos Cemitérios, não importa que você o tenha servido bem...

Ele se virou em tempo de vê-la cair de lado no cinto de segurança, a cabeça pendente, a boca aberta.

25

KASUAL/GOTHICK

– Aqui é o programa telefônico do Finlandês – disse o alto-falante embaixo da tela –, e o Fin, ele num tá. Se quiser baixar algo, já sabe o código de acesso. Se quiser deixar uma mensagem, deixa agora. – Bobby olhou fixamente para a imagem na tela e, devagar, balançou a cabeça. A maior parte dos programas telefônicos tinha subprogramas cosméticos, escritos para aproximar a imagem de vídeo do proprietário dos paradigmas mais aceitos de beleza pessoal, apagando manchas e moldando, sutilmente, os contornos faciais para corresponderem a normas estatísticas ideais. O efeito de um programa desses nas feições grotescas do Finlandês era, sem dúvida, a coisa mais esquisita que Bobby já vira, como se alguém tivesse trabalhado no rosto de uma ratazana morta com o jogo completo de injeções de parafina e lápis de cera de um agente funerário.

– Isso não é normal – disse Jammer, engolindo um golinho de scotch. Bobby concordou.

– O Fin – Jammer disse –, tem agorafobia. Fica meio maluco quando tem que sair daquele buraco de merda da loja. E ele é fissurado em telefone. Se estivesse lá, não ia conseguir ficar sem atender. Estou começando a achar que a vadia tem razão. Lucas morreu e alguma merda da grossa tá rolando.

– A vadia – Jackie disse, de detrás do bar –, já *sabe*.

– Ela sabe – Jammer disse, baixando o copo de plástico e arrumando a gravata –, ela *sabe*. Falou com um vodu na matrix, então ela sabe...

– Bem, Lucas não atende, e Beauvoir não atende, então vai ver que ela tá certa. – Bobby esticou o braço e desligou o telefone quando o tom de gravação começou a guinchar.

Jammer havia colocado uma camisa plissada, paletó branco e calças pretas com listras de cetim ao longo da perna. Bobby presumiu que essa era a sua roupa de trabalho para a casa noturna.

– Ninguém chegou – ele disse, olhando de Bobby para Jackie. Onde estão Bogue e Sharkey? Cadê as garçonetes?

– Quem são Bogue e Sharkey? – Bobby perguntou.

– Os barmen. Não estou gostando nada disso. – Levantou-se da cadeira, andou até a porta e empurrou uma das cortinas suavemente para o lado. – Que merda aqueles babacas tão fazendo lá fora? Ei, Count, parece a sua turma. Vem cá...

Bobby se levantou, cheio de apreensão. Tinha achado melhor não contar a Jackie e a Jammer sobre ter deixado Leon vê-lo, porque não queria parecer um wilson. Caminhou até onde o dono da boate estava.

– Vai. Dá uma olhadinha. Não deixa te verem. Tão fazendo tanta força pra fingir que não estão olhando pra cá que dá até pra sentir o cheiro.

Bobby moveu a cortina, com cuidado para manter a abertura em menos de um centímetro de largura, e olhou para fora. A multidão do shopping parecia ter sido substituída, quase que inteiramente, por rapazes gothicks de cristas pretas vestindo couro e cravos, e, o que era mais surpreendente, por uma proporção igual de kasuals loiros, enfeitados com os algodões Shinjuku da moda na semana e mocassins brancos de fivela dourada.

– Sei, não – Bobby disse, levantando os olhos para Jammer –, mas eles não deviam estar *juntos*, os kasuals e os gothicks, sabe? São como inimigos naturais, está no DNA ou algo assim... – Deu outra olhada. – Cacete, deve ter uns cem!

Jammer afundou as mãos nos bolsos das calças plissadas.

– Conhece algum desses caras pessoalmente?

– Gothicks, já falei com alguns. Só que é difícil saber quem é quem. Os kasuals, eles detonam qualquer um que não seja kasual. Essa é a onda deles. Mas, afinal de contas, eu acabei de ser cortado por lobes, e eles têm um tratado com os gothicks. Então, quem sabe?

Jammer suspirou.

– Acho que isso quer dizer que você não está a fim de dar uma volta lá fora e perguntar o que eles acham que estão fazendo?

– Não – Bobby disse, com sinceridade –, nem um pouquinho.

– Hmmm. – Jammer olhou para Bobby de um modo calculista, um modo de que Bobby não gostou nada.

Uma coisa pequena e rígida caiu do teto preto alto e fez um ruído forte em uma das mesas negras redondas. A coisa quicou e caiu no carpete, rolando, para pousar entre os bicos das botas novas de Bobby. Automaticamente, ele se curvou e a apanhou. Um parafuso antiquado de fenda, para metais, a rosca marrom de ferrugem e a cabeça coalhada com tinta látex preta fosca. Olhou para cima no mesmo momento em que um segundo parafuso atingia a mesa, e captou de relance um Jammer assustadoramente ágil saltando por cima do bar, ao lado da unidade de crédito universal. Jammer desapareceu, ouviu-se um som baixo de algo se rasgando... algo como velcro... e Bobby soube que Jammer estava com a automática atarracada que vira mais cedo. Olhou em volta, mas Jackie desaparecera.

Um terceiro parafuso bateu explosivamente na fórmica do tampo da mesa.

Bobby hesitou, confuso, mas logo seguiu o exemplo de Jackie e tratou de sumir, fazendo o mínimo de barulho possível. Agachou-se por trás de um dos biombos de madeira da boate e assistiu enquanto o quarto parafuso caía, seguido por uma débil cascata de pó fino e escuro. Houve um som de raspagem e então uma grade quadrada de aço do teto desapareceu repentinamente, puxada para dentro de algum tipo de duto. Olhou rapidamente para o bar, a tempo de ver o gordo compensador de recuo no cano da arma de Jammer, enquanto ele a apontava para cima.

Um par de pernas castanhas finas dependurava-se da abertura agora, além de uma bainha de pele de tubarão cinza, suja de pó.

– Não atire! – Bobby disse. – É Beauvoir!

– Pode apostar que é Beauvoir – veio a voz do alto, forte e oca com o eco do duto. – Tira essa droga de mesa do caminho.

Bobby se levantou de detrás do biombo e arrastou a mesa e as cadeiras para o lado.

– Pega – Beauvoir disse. Segurou uma mochila verde-oliva por uma das tiras de ombro, e logo a soltou. O peso da coisa quase jogou Bobby no chão. – Agora sai da frente... – Beauvoir se curvou para fora do duto, dependurou-se na borda da abertura com as duas mãos e, então, se soltou.

– O que houve com o alarme que eu tinha lá em cima? – Jammer perguntou, parado atrás do bar, a pequena metralhadora nas mãos.

– Bem aqui – Beauvoir disse, jogando uma barra cinza, fosca, de resina fenólica no carpete. Tinha um pedaço de fio preto e fino enrolado. – Do jeito que as coisas estão, não tinha outro jeito de chegar aqui sem aquele exército de imbecis saber. Está na cara que alguém deu a planta do lugar pra eles, mas deixaram passar aquela entrada.

– Como subiu até o teto? – Jackie perguntou, saindo de trás de um biombo.

– Não subi – Beauvoir disse, empurrando a grande armação plástica de volta para cima no nariz. – Disparei uma linha de filamento monomolecular da chaminé do prédio ao lado, e depois escorreguei com um fuso de cerâmica... – O cabelo pixaim curto estava cheio de cinzas. Olhou para ela, muito sério, e disse: – Já sabe.

– Sei. Legba e Papa Ougou, na matrix. Me pluguei com Bobby, no console do Jammer...

– Estouraram Ahmed na estrada de Jersey. Devem ter usado o mesmo lançador que usaram na velha de Bobby...

– Quem?

– Ainda não tenho certeza – Beauvoir disse, ajoelhando ao lado da mochila e abrindo os prendedores plásticos de liberação rápida –, mas as coisas estão começando a se definir... Até saber que tinham matado Lucas, eu estava atrás dos lobes que assaltaram Bobby pra pegar o console dele. Pode ser que tenha sido coincidência, só um trabalho de rotina, mas em algum lugar tem uns lobes com o nosso ICE-Breaker... Podia ser isso, podia mesmo, porque os lobes são hot-doggers, alguns deles, e fazem um negócio ou outro com o Two-a-Day. Então, eu e o Two-a-Day estávamos fazendo a ronda, vendo o que descobríamos. O que foi exatamente nada, depois de tudo, exceto que enquanto estávamos com aquele doente de pó chamado Alix, que é um assistente de senhor da guerra de segunda classe ou algo assim, ele atendeu uma ligação da contraparte dele nos gothicks, que o Two-a-Day disse que é um cara de Barrytown chamado Raymond. – Tirava coisas do fardo enquanto falava, dispondo no chão armas, ferramentas, munições, rolos de fio. – Raymond tinha pressa pra falar, mas Alix é bonzão demais pra fazer isso na nossa frente. "Desculpem, cavalheiros, mas são negócios oficiais de senhor da guerra", o imbecil disse. Aí, é claro, nos despedimos humildemente, arrastando os pés, fazendo reverências e tudo o mais. E demos uma corrida até a esquina. Usamos o telefone modular do Two-a-Day pra chamar os nossos cowboys lá no Sprawl e pôr os caras no rastro do telefone de Alix, bem ligeiro. Os cowboys entraram na conversa de Alix com Raymond que nem arame quente no queijo. – Tirou da mochila uma doze, pouco maior que o antebraço, escolheu um carregador gordo e redondo da mostra que havia preparado sobre o carpete. Encaixou os dois. – Já viu uma dessas filhas da mãe? Da África do Sul, antes da guerra... – Algo na voz, e a rigidez do queixo, deixaram Bobby subitamente consciente da fúria contida de Beauvoir. – Parece que teve um cara que procurou Raymond, e esse cara tem uma montanha de dinheiro e quer contratar todos os gothicks, toda a tribo, pra ir ao Sprawl dar um show, uma ação em massa. E esse cara quer que seja tão grande, que vai contratar os kasuals também. Bom, aí a merda acertou no ventilador, porque o Alix é meio conservador. O único kasual bom é um kasual morto, e mesmo assim só depois de um número X de horas de tortura etc. "Vá à merda", Raymond disse, muito diplomático. "Tamos falando de muito dinheiro, de *nível corporativo*". – Abriu uma caixa de cartuchos plásticos vermelhos e grossos e começou a carregar a arma, encaixando um por um no carregador. – Bom, eu posso estar muito enganado, mas tenho visto direto esses caras de relações públicas da Maas Biolabs no vídeo esses dias. Aconteceu algo de muito esquisito, lá numa propriedade deles no Arizona. Tem gente que diz que foi uma bomba nuclear. Outros, que foi outra coisa. E agora estão dizendo que o principal cientista de biosoft deles morreu, no que eles chamam de um acidente sem nenhuma relação. E esse cara é Mitchell, o cara que mais ou menos inventou a coisa. Até agora, ninguém mais está nem fazendo de conta que é capaz de fabricar um biochip, então eu e o Lucas imaginamos desde o começo que a Maas tinha feito aquele ICE-Breaker. Se é que *era* um ICE-Breaker... Mas não tínhamos ideia de quem arranjou ele pro Finlandês, ou de onde *eles* conseguiram. Mas se você coloca tudo junto, fica parecendo que a Maas Biolabs pode estar pronta pra dar um jeito na gente. E é aqui que estão pensando em fazer isso, porque nos deixaram sem saída.

– Não sei, não – disse Jammer. – Estamos cheios de amigos aqui no prédio.

– Estávamos – Beauvoir colocou a espingarda no chão e começou a carregar uma automática Nambu. – Hoje à tarde, a maior parte das pessoas deste andar e do de baixo levou uma grana pra ir embora. Dinheiro vivo. Bolsonas cheias de notas. Alguns ainda ficaram, mas muito poucos.

– Não faz sentido – Jackie disse, pegando o copo de scotch da mão de Jammer e bebendo de uma vez. – O que é que nós temos, que alguém iria querer tanto?

– Ei – Bobby disse –, não esqueça, eles não devem saber que aqueles lobes tiraram o ICE-Breaker de mim. Talvez seja só disso que estejam atrás.

– Não – Beauvoir disse, enfiando o carregador na Nambu –, porque não tinham como saber se você não havia escondido ele no apartamento da sua mãe, certo?

– Mas, quem sabe, eles entraram lá e procuraram...

– Então como sabiam que Lucas não estava com ele no Ahmed? – Jammer perguntou, caminhando de volta ao bar.

– O Finlandês também está achando que alguém mandou aqueles três ninjas pra matar ele – Bobby disse. – Mas disse que tinham coisas pra fazer ele falar primeiro...

– A Maas de novo – Beauvoir disse. – Quem quer que seja, fez negócio com os kasuals e os gothicks. Podíamos saber mais, mas Alix, o lobe, subiu nas tamancas e não quis mais papo com o Raymond. Nada de trabalhar junto com os odiados kasuals. Pelo que os nossos cowboys puderam descobrir, o exército lá fora é pra manter vocês aqui dentro. E pra manter gente como eu de fora. Gente com armas e outras coisinhas. – Passou a Nambu carregada para Jackie. – Sabe usar uma arma? – perguntou a Bobby.

– Claro – mentiu Bobby.

– Não! – Jammer exclamou. – Já temos problemas demais sem uma arma na mão *dele*. Meu Deus...

– Por tudo isso – Beauvoir disse –, estou desconfiado de que podemos esperar que alguém mais chegue pra nos pegar. Alguém um pouco mais profissional...

– A não ser que resolvam explodir de vez todo o Hypermart – Jammer disse –, e todos aqueles zumbis junto...

– Não – Bobby disse –, ou então já teriam *feito* isso.

Todos olharam para ele.

– O garoto merece crédito – Jackie disse. – Ele tem razão.

Trinta minutos depois e Jammer olhava taciturno para Beauvoir.

– Tenho que dizer uma coisa: faz muito tempo que não ouço um plano tão malfeito.

– É, Beauvoir – Bobby interveio –, por que não podemos simplesmente trepar de volta por aquele buraco, atravessar o teto, escondidos, e ir pro prédio do lado? Usar o cabo que você usou pra vir pra cá.

– Tem mais kasuals no teto do que moscas na merda – Beauvoir disse. – Alguns podem até ter miolos o bastante pra achar a tampa que abri pra chegar aqui. Mas deixei umas minas de fragmentação miniatura no caminho pra cá. – Ele sorriu, melancólico. – Fora isso, o prédio vizinho é mais alto do que este. Tive que subir naquele teto e disparar o monomol neste pra baixo. Não dá pra subir com as mãos num filamento monomolecular: os dedos caem.

– Então, como diabos esperava sair daqui? – exclamou Bobby.

– Deixa pra lá, Bobby – disse Jackie, tranquila. – Beauvoir fez o que tinha que fazer. Agora ele está aqui com a gente, e nós estamos armados.

– Bobby – Beauvoir disse –, que tal você repetir o plano pra gente, pra ter certeza de que entendemos tudo?

Bobby tinha a incômoda sensação de que Beauvoir queria ter certeza de que *ele* havia entendido tudo, mas se reclinou contra o bar e começou:

– Ficamos bem armados e esperamos, certo? Jammer e eu usamos o console e damos uma espiada pela matrix, pra ver se conseguimos ter alguma ideia do que tá rolando.

– Acho que posso fazer isso sozinho – Jammer disse.

– Merda! – Bobby tinha se levantado do bar. – Beauvoir *falou*! Eu quero ir, eu quero plugar! Como é que eu vou *aprender* algo assim?

– Não se preocupe, Bobby – Jackie disse. – Você vai.

– Tá bem – Bobby disse, emburrado. – Então, mais cedo ou mais tarde, os caras que contrataram os gothicks e os kasuals pra nos segurar aqui vão vir atrás da gente. Quando fizerem isso, encaramos eles. Pegamos pelo menos um vivo. Na mesma hora, vamos pra fora, e os gothicks e a turma toda não estão esperando todo esse poder de fogo, e então chegamos na rua e vamos pros Projetos.

– Acho que isso é tudo – Jammer disse, atravessando o carpete até a porta trancada e coberta pelas cortinas. – Acho que resume tudo. – Apertou com o polegar uma placa de trinco codificado e abriu a porta pela metade. – Ei, você! – berrou. – Não, você! Você com o chapéu! Vem cá! Quero falar...

O feixe vermelho da grossura de um lápis perfurou a porta e a cortina, cortou dois dos dedos de Jammer e piscou sobre o bar. Uma garrafa explodiu, o conteúdo borbulhando com o vapor e ésteres gaseificados. Jammer deixou a porta se fechar, olhou para a mão arruinada e, logo em seguida, caiu sentado no carpete. A boate lentamente se encheu com o cheiro de pinheiro do gim fervido. Beauvoir pegou uma garrafa pressurizada de cor prata do balcão do bar e apagou o fogo da cortina com a água gasosa, até que o cartucho de CO_2 se esgotou e o jorro enfraqueceu.

– Está com sorte, Bobby – Beauvoir disse, atirando a garrafa sobre o ombro. – Porque o irmão Jammer, ele não vai operar console nenhum...

Jackie fazia sons de preocupação sobre a mão de Jammer, enquanto se ajoelhava. Bobby viu de relance a carne cauterizada, e logo desviou a vista.

26

O WIG

– Sabe – Rez disse, pendurada de cabeça para baixo em frente a Marly –, não é da minha conta, mas sabe se vai ter alguém te esperando quando chegarmos lá? Quero dizer, te levo lá e, é claro, se não conseguir entrar, te levo de volta pro terminal da JAL. Mas se ninguém quiser te deixar entrar, não sei quanto tempo posso ficar esperando. Aquela coisa é uma sucata, e aparecem umas pessoas esquisitas nos cascos, por aqui. – Rez, ou Therèse, como Marly concluiu a partir do brevê plastificado preso no console da *Sweet Jane*, havia removido o colete de trabalho de lona durante a viagem.

Marly, entorpecida com o arco-íris de dermas que Rez havia colado ao longo de seu pulso, para combater a náusea convulsiva da síndrome de adaptação ao espaço, contemplava a tatuagem da rosa. Havia sido executada em um estilo japonês com séculos de idade, e Marly decidiu, meio grogue, que gostava. Que, de fato, gostava de Rez, que era ao mesmo tempo durona, moleca e que se preocupava com sua estranha passageira. Rez admirara a jaqueta e a bolsa de couro de Marly, antes de enfiá-las num tipo de rede de nylon estreita e já repleta de cassetes, livros impressos e roupas para lavar.

– Não sei – Marly conseguiu dizer –, simplesmente vou ter que tentar entrar...

– Sabe o que é aquela coisa, irmã? – Rez estava ajustando a rede-G em volta dos ombros e axilas de Marly.

– Que coisa? – Marly piscou.

– Onde estamos indo. É parte dos antigos núcleos da Tessier-Ashpool. Costumavam ser os grandes computadores da memória corporativa deles.

– Já ouvi falar – Marly disse, fechando os olhos. – Andrea me contou...

– Claro, todo mundo já ouviu falar deles. Eram os donos de todo o Freeside. Até construíram a coisa. Aí bateram as botas e venderam tudo. Mandaram cortar a casa da família do fuso e rebocaram pra outra órbita, mas mandaram apagar os núcleos antes, cortaram fora e venderam pra um ferro-velho. Mas o ferro-velho nunca fez nada com eles. Nunca soube de ninguém morando lá, mas por aqui você mora onde dá... Acho que é assim pra todo mundo. Dizem que Lady 3Jane, a filha do velho Ashpool, ainda está morando na velha casa, louca de pedra... – Ela deu à rede-G um último puxão profissional. – Certo. Agora é só relaxar. Vou queimar a *Jane* com força por uns vinte minutos, mas isso vai fazer a gente chegar logo, que é o que eu acho que você está pagando...

E Marly deslizou rumo a uma paisagem feita toda de caixas: grandes construções de madeira de Cornell, onde os resíduos sólidos do amor e das lembranças exibiam-se por trás de painéis de vidro cobertos de pó e raiados de chuva. O vulto do misterioso artesão de caixas fugia dela por avenidas pavimentadas com mosaicos de dentes humanos, as botas de Paris de Marly batendo cegamente sobre símbolos delineados com coroas de ouro sem brilho. O artesão das caixas era um homem, usava a jaqueta verde de Alain e tinha mais medo dela do que de qualquer coisa.

– Sinto muito – ela gritava, correndo atrás dele –, sinto muito...

– É. Therèse Lorenz, da *Sweet Jane*. Quer os números? O quê? É, claro que somos piratas. E eu sou o bosta do Capitão Gancho... Olha, Jack, deixa eu te dar os números, aí você pode checar... Já disse. Tenho uma passageira. Solicito permissão, et cetera de merda e tal... Marly Alguma Coisa, fala francês enquanto dorme...

As pálpebras de Marly tremeram, se abriram. Rez estava envolta na rede em frente a ela, cada pequeno músculo de suas costas definido com nitidez.

– Ei – Rez disse, girando dentro da rede. – Sinto muito. Chamei eles pra você, mas parecem bem pirados. Você é religiosa?

– Não – Marly disse, perplexa.

Rez fez uma careta.

– Bom, então espero que consiga achar algum sentido nesta merda. – Ela encolheu os ombros para se livrar da rede e executou uma apertada cambalhota para trás, o que a deixou a centímetros do rosto de Marly. Uma fita óptica ligava a mão de Rez ao console. Pela primeira vez, Marly notou o delicado soquete azul-celeste embutido na pele do pulso da garota. Rez encaixou um ponto eletrônico na orelha direita de Marly e ajustou o tubo transparente do microfone, que se curvava para baixo.

– Não tem o direito de nos incomodar aqui – uma voz de homem disse. – O nosso trabalho é o trabalho de Deus, e só nós vimos o Seu verdadeiro rosto!

– Alô? Alô, está me ouvindo? Meu nome é Marly Krushkhova e tenho um assunto urgente com você. Ou com alguém nestas coordenadas. Meu assunto tem a ver com uma série de caixas, colagens. O artesão das caixas pode estar em enorme perigo! Preciso falar com ele!

– Perigo? – O homem tossiu. – Só Deus decide o destino do homem! Não temos medo de nada. Mas também não somos loucos...

– Por favor, me escute. Fui contratada por Josef Virek para encontrar o artesão das caixas. Mas agora eu vim te avisar. Virek sabe que está aqui, e os agentes dele virão logo atrás de mim...

Rez não tirava os olhos dela.

– Precisa me deixar entrar! Posso contar mais...

– Virek? – Uma longa pausa cheia de estática. – Josef Virek?

– Sim – Marly disse. – Ele mesmo. Já viu o retrato dele um milhão de vezes, aquele com o rei da Inglaterra... Por favor, por favor...

– Deixa eu falar com a sua piloto – a voz disse, e os gritos e a histeria tinham desaparecido, substituídos por algo de que Marly gostava ainda menos.

– É de reserva – Rez disse, desencaixando o capacete espelhado do traje vermelho. – Posso me dar ao luxo, você me pagou bem.

– Não – Marly protestou. – De verdade, não precisa... Eu... – Ela negava com a cabeça, enquanto Rez abria os fechos da cintura do traje espacial.

– Você não entra numa coisa daquelas sem um traje – ela disse. – Não sabe o que tem na atmosfera deles. Não sabe nem se eles *têm* atmosfera! E que tipos de bactérias, esporos... Qual o problema? – Baixando o capacete prateado.

– Tenho claustrofobia!

– Ah... – Rez ficou olhando para ela. – Já ouvi falar disso... Quer dizer que tem medo de ficar dentro das coisas? – Parecia sinceramente curiosa.

– Sim, de coisas pequenas.

– Como a *Sweet Jane*?

– É, mas... – Olhou para a cabine abarrotada, lutando contra o pânico. – Posso aguentar aqui, mas não o capacete. – Estremeceu.

– Bem – Rez disse –, vamos fazer o seguinte: você entra no traje, mas deixamos sem o capacete. Vou te ensinar como pôr. Negócio fechado? Senão, você não sai da minha nave... – A boca estava reta e firme.

– Certo – Marly disse –, certo...

– Então, este é o procedimento – Rez disse. – Estamos acoplados com eles. Quando esta escotilha se abrir, você entra, e eu fecho. Então, abro o outro lado. Aí você vai estar no que quer que sirva de atmosfera lá dentro. Tem certeza de que não quer ir de capacete?

– Não – Marly disse, baixando a vista para o capacete que segurava nas manoplas do traje vermelho, vendo seu reflexo pálido na máscara espelhada.

Rez deu um estalido com a língua.

– É a sua vida. Se quiser voltar, diga que mandem uma mensagem para a *Sweet Jane* por meio do terminal da JAL.

Marly se impulsionou, desajeitada, e entrou girando na comporta, do tamanho de um caixão em pé. O peitoral do traje vermelho bateu com força na escotilha externa. Ouviu a interna assobiar enquanto se fechava às suas costas. Uma lâmpada se acendeu, ao lado de sua cabeça, e ela se lembrou das luzes de geladeira.

– Tchau, Therèse.

Nada aconteceu. Estava sozinha com o batimento de seu coração.

Então a escotilha externa da *Sweet Jane* se abriu. Uma ligeira diferença de pressão foi o bastante para atirá-la em uma escuridão com um cheiro velho e tristemente humano, como um vestiário há muito abandonado. Havia uma densidade, uma umidade impura no ar. Ainda dando voltas, viu a escotilha da *Sweet Jane* se fechar por trás. Um feixe de luz cortou o espaço ao seu lado, hesitou, oscilou e a encontrou girando.

– Luzes! – alguém berrou com voz rouca. – Luzes para a nossa convidada! Jones! – Era a voz que ela ouvira no ponto eletrônico. Ressoava de modo estranho, nas vastidões de aço do lugar, neste vazio no qual caíra. Depois houve um som áspero e um anel distante de um azul impiedoso se acendeu, mostrando a curva longínqua de uma parede ou casco de aço e rocha lunar chumbada. A superfície era revestida e esburacada com canais e depressões precisamente entalhados que, no passado, tinham embutido algum tipo de equipamento. Pedaços escabrosos de espuma marrom expandida ainda aderiam a parte dos cortes mais profundos, enquanto outros se perdiam em sombras absolutamente pretas... – Jones, melhor pôr um cabo nela, antes que rache a cabeça...

Alguma coisa acertou o ombro do traje com uma pancada úmida. Ela virou a cabeça para ver uma meleca rosa de plástico brilhante ligada a um fino cabo rosa que se esticou enquanto ela assistia, virando-a. O espaço da catedral abandonada foi preenchido pelo ruído do funcionamento de um motor e, bem lentamente, eles a puxaram.

– Vocês demoraram – a voz disse. – Eu ficava imaginando quem seria o primeiro, e acabou sendo Virek... Mamon, o deus da cobiça...

– Então a pegaram, fazendo-a girar. Quase perdeu o capacete: estava se afastando à deriva, mas um deles o rebateu de volta para suas mãos. A bolsa, com as botas e a jaqueta dobradas dentro, executava seu próprio arco, presa pela alça do ombro, até bater do lado de sua cabeça.

– Quem é você? – ela perguntou.

– Ludgate! – rugiu o velho. – Wigan Ludgate, como sabe muito bem. Quem mais ele te mandaria enganar? – O rosto cheio de rugas e manchas estava bem barbeado, mas o cabelo grisalho e comprido flutuava livre, como algas marinhas em uma maré de ar viciado.

– Desculpe – ela disse –, mas não vim aqui te enganar. Não trabalho mais para Virek... Vim aqui porque... Quero dizer, para começar, não tenho muita certeza de por que vim aqui, mas no caminho descobri que o artista que faz as caixas está em perigo. Porque tem alguma outra coisa, algo que Virek acha que ele tem, algo que Virek acha que vai livrá-lo dos cânceres... – As palavras dela foram baixando até se calarem, em face da loucura quase palpável que irradiava de Wigan Ludgate. Ela viu que ele usava a carapaça de plástico rachado de um velho traje de trabalho, com crucifixos baratos de metal colados com epóxi, como se fossem um colar em torno do anel de aço manchado do capacete. O rosto dele estava muito perto. Ela podia sentir o cheiro dos dentes podres.

– As caixas! – Pequenas bolas de cuspe saíam em curva de seus lábios, obedecendo às elegantes leis da física newtoniana. – Vadia! Elas vêm da mão de Deus!

– Calma aí, Lud – disse uma segunda voz. – Está assustando a moça. Fique calma, moça, porque o velho Lud não tem tido muitas visitas. Fica bem agitado, sabe, mas no fundo é um velhote inofensivo... – Ela virou a cabeça e encontrou o olhar relaxado de um par de grandes olhos azuis em um rosto muito jovem. – Meu nome é Jones – ele disse. – Moro aqui também...

Wigan jogou a cabeça para trás e uivou, e o som selvagem reverberou contra as paredes de aço e rocha.

– Na maior parte do tempo, sabe, ele não fala muito – Jones estava dizendo, enquanto Marly o seguia, puxando-se ao longo de um cabo cheio de nós, esticado por um corredor que parecia não ter fim. – Fica ouvindo as vozes dele, sabe? Fala sozinho, ou quem sabe com as vozes, não sei, e aí tem um ataque e fica desse jeito... – Quando ele parou de falar, ela ainda conseguia ouvir ecos tênues dos uivos de Ludgate. – Você deve estar pensando que é cruel eu deixar ele sozinho nesse estado, mas a verdade é que é o melhor. Logo ele se cansa. Fica com fome. Aí vem me procurar. Quer o rango dele, sabe?

– Você é australiano? – ela perguntou.

– De Nova Melbourne – ele disse. – Ou era, antes de ter subido o poço.

– Se importa de dizer por que está aqui? Quero dizer, aqui neste, neste... O que é isto?

O rapaz riu.

– Em geral eu o chamo de O Lugar. O Lud, ele chama de um monte de coisas, mas a maior parte do tempo de O Reino. Ele acha que encontrou Deus, acha mesmo. E deve ter encontrado de verdade, se quiser encarar assim. Pelo que sei, ele era um tipo de vigarista de console antes de ter subido o poço. Não sei exatamente como veio parar aqui, apenas que é o lugar perfeito pro coitado. Eu, eu vim fugido, entende? Entrei numa fria em algum lugar, pra não entrar em detalhes, e tive que me mandar. Acabei aqui, depois de uma longa história, e achei o maldito Ludgate quase morrendo de fome. Ele tinha um tipo de negócio, vendendo coisas que achava, e aquelas caixas que você veio atrás, mas tava pirado além da conta. Os compradores vinham, tipo, três vezes por ano, mas ele mandava todo mundo embora. Bem, eu pensei, o esconderijo aqui é tão bom quanto qualquer outro lugar. Então comecei a ajudar ele. Acho que é só isso...

– Pode me levar até o artista? Ele está aqui? É muito urgente, mesmo...

– Vou te levar, não esquenta. Mas este lugar, ele não foi feito pra pessoas. Quer dizer, não foi feito pra andar, então é uma bela duma viagem... Mas acho que ele não vai sair de lá. Só não posso garantir que vá te fazer uma caixa. Você trabalha mesmo pro Virek? O velhote cheio de grana da TV? Chucrute, né?

– Trabalhei – ela disse –, por alguns dias. Quanto à nacionalidade, acho que Herr Virek é o único cidadão de uma nação formada por Herr Virek...

– Entendo o que quer dizer – Jones disse, sorridente. – Acho que é a mesma coisa com todos esses velhotes ricaços, mas é mais divertido do que ficar assistindo uma maldita zaibatsu... Você não vê uma zaibatsu acabar mal, vê? Pegue o velho Ashpool. Do meu país, ele era. Construiu tudo isto. Dizem que a própria filha cortou a garganta dele, e agora ela está tão mal quanto o velho Lud, enfiada no castelo da família em algum lugar. O Lugar antes era parte de tudo aquilo, sabe?

– Rez... Quero dizer, minha piloto, disse algo a respeito. E uma amiga minha, em Paris, disse que os Tessier-Ashpools, nos últimos tempos... O clã está em crise?

– Em crise? Meu Deus! "Entrou pelo ralo" seria um jeito melhor de dizer. Pense nisto: estamos nos arrastando, você e eu, pelo que costumavam ser os núcleos de dados da corporação deles. Algum empreiteiro do Paquistão comprou a coisa. O casco está em bom estado, e tem uma boa quantidade de ouro nos circuitos, mas não é tão barato de recuperar como pode parecer... Ficou pendurado aqui desde aquela época, só com o velho Lud fazendo companhia pra ele e vice-versa. Isto é, até eu aparecer. Acho que um dia o pessoal do Paquistão vai chegar e começar a cortar... Mas é engraçado o quanto disto ainda parece funcionar, pelo menos parte do tempo. A história que ouvi, do cara que me trouxe aqui em primeiro lugar, dizia que a T-A tinha apagado todos os núcleos, antes de se livrar deles.

– Mas acha que continuam funcionando?

– Ah, com certeza. Do mesmo jeito que o Lud, se é que você chama aquilo de funcionar. O que acha que é o seu fazedor de caixas?

– O que sabe da Maas Biolabs?

– Mas o quê?

– Maas. Fazem biochips...

– Ah. Eles. Bom, isso é tudo que sei deles...

– Ludgate fala deles?

– Quem sabe? Não posso dizer que presto atenção em tudo que ele fala. O Lud, ele fala pra caramba...

27

ESTAÇÕES DA RESPIRAÇÃO

Ele os conduziu por avenidas cercadas de encostas enferrujadas de veículos mortos, com os guindastes dos demolidores e as torres escuras das fundições. Manteve-se nas ruas secundárias à medida que penetravam no lado oeste do Sprawl. Finalmente, apontou o hovercraft para dentro de um desfiladeiro de tijolos, as laterais blindadas raspando e soltando fagulhas, e o arremessou de encontro a uma parede de lixo compactado, coberta de fuligem. Uma avalanche de refugos deslizou, quase cobrindo o veículo, e ele soltou os controles, enquanto assistia aos dados de espuma balançando para a frente e para trás, de um lado para o outro. O medidor de querosene vinha rondando o vazio pelos últimos vinte quarteirões.

– O que houve lá atrás? – ela disse, o rosto verde à luz dos instrumentos

– Derrubei um helicóptero. Mais por acidente. Foi sorte.

– Não, quero dizer, depois disso. Eu estava... Tive um sonho.

– O que sonhou?

As coisas grandes, se mexendo...

– Você teve um tipo de ataque.

– Estou doente? Acha que estou doente? Por que a companhia quis me matar?

– Não acho que esteja doente.

Ela soltou o cinto de segurança e passou por cima do banco, para se agachar onde haviam dormido.

– Foi um sonho ruim... – Ela começou a tremer. Ele saiu do cinto de segurança e foi até ela, apoiou a cabeça de Angie de encontro a seu corpo, acariciando o cabelo, alisando-o para trás contra o crânio delicado, arrumando-o atrás das orelhas. O rosto dela, à luz verde, brilhava como algo arrancado dos sonhos e abandonado, a pele lisa e fina sobre os ossos. O blusão preto aberto pela metade, ele acompanhou a linha frágil da clavícula com a ponta de um dedo. A pele estava fria e úmida, com uma película de suor. Ela se agarrou a ele.

Ele fechou os olhos e viu seu corpo em uma cama listrada pelo sol, debaixo de um ventilador lento e com pás de madeira-de-lei castanha. O corpo dele bombeava, em espasmos como os de um membro amputado. A cabeça de Allison jogada para trás, a boca aberta, lábios tesos sobre os dentes.

Angie apertou o rosto na concha do pescoço dele.

Ela gemeu, se enrijeceu, se inclinou para trás.

– Mercenário – a voz disse. E ele estava de volta ao banco do motorista, o cano do Smith & Wesson refletindo uma única linha de brilho verde dos instrumentos, a cabeça luminosa em sua mira frontal, eclipsando a pupila esquerda da garota.

– Não – a voz disse.

Ele abaixou a arma.

– Você voltou.

– Não. Legba falou com você. Sou Samedi.

– Sábado?

– Barão Sábado, mercenário. Encontrou-se comigo uma vez em uma colina. O sangue te cobrindo como orvalho. Bebi do seu coração pesado naquele dia. – O corpo de Angie sofria espasmos violentos. – Você conhece bem esta cidade...

– Conheço. – Ele assistia enquanto os músculos se contraíam e relaxavam no rosto dela, moldando as feições em uma nova máscara.

– Muito bem. Deixe o veículo aqui, como pretendia. Mas siga as estações para o norte. Para Nova York. Esta noite. Então o guiarei com o cavalo de Legba, e você matará para mim.

– Matar quem?

– Quem você mais quer matar, mercenário.

Angie gemeu, estremeceu e começou a chorar.

– Está tudo bem – ele disse. – Já estamos na metade do caminho, quase em casa. – Era uma coisa descabida para se dizer, ele pensou, enquanto a ajudava a sair do banco. Nenhum deles tinha casa. Achou o estojo de cartuchos no casaco e substituiu o que usara contra o Honda. Encontrou um estilete salpicado de tinta no kit de ferramentas do painel e cortou o tecido à prova de rasgos do forro do casaco, um milhão de microtubos de poli-isolamento subindo e girando no ar à medida que cortava. Quando acabou de arrancá-lo, colocou o Smith & Wesson no coldre e vestiu o casaco. Caía em volta dele cheio de dobras, como uma capa de chuva grande demais, e não revelava em nada o volume da grande arma.

– Pra que fez isso? – ela perguntou, passando o dorso da mão pela boca.

– Está quente lá fora, e preciso cobrir a arma.

Enfiou o ziploc recheado de neoienes em um bolso.

– Vamos, temos que pegar o metrô...

Condensação gotejava continuamente da cúpula de Georgetown, construída quarenta anos depois de os debilitados Federais terem se retirado para os confins mais baixos de McLean. Washington era uma cidade do Sul, sempre fora, e você sentia o tom do Sprawl mudar aqui, se viesse descendo de metrô, estação por estação, desde Boston. As árvores no Distrito de Columbia eram exuberantes e verdes, e suas folhas atenuavam as luzes de arco enquanto Turner e Angela Mitchell caminhavam ao longo das calçadas quebradas até Dupont Circle e a estação. Havia tambores na praça e alguém acendera uma fogueira de lixo no cálice de mármore para gigantes no centro. Figuras silenciosas sentavam-se junto a cobertores estendidos enquanto eles passavam, os cobertores expondo uma diversidade surreal de mercadorias:

capas de papelão, inchadas pela umidade, de discos de áudio de plástico preto, ao lado de membros protéticos surrados, com conectores neurais primitivos pendurados, um aquário de vidro empoeirado cheio de chapas de identificação de aço alongadas, pilhas de cartões-postais desbotados, presos com elástico, trodos indonésios baratos, ainda lacrados no plástico do atacadista, jogos descasados de galheteiros de cerâmica, um taco de golfe com a empunhadura de couro se soltando, canivetes suíços com lâminas faltando, um cesto de lixo de lata amassada, litografado com o rosto de um presidente cujo nome Turner quase conseguia lembrar (Carter? Grosvenor?), hologramas borrados do Monumento...

Nas sombras próximas à entrada da estação, Turner regateou em voz baixa com um menino chinês que usava jeans brancos, trocando a menor das notas de Rudy por nove fichas metálicas estampadas com o logotipo rebuscado da BAMA Transit.

Duas das fichas permitiram que entrassem na estação. Três delas foram trocadas, em máquinas automáticas de venda, por café ruim e doces amanhecidos. As quatro restantes os levaram para o norte, o trem correndo, silencioso, ao longo do colchão magnético. Ele se reclinou no banco, envolvendo-a em seus braços, e fingiu fechar os olhos. Observava os reflexos que faziam na janela do outro lado: um homem alto, agora com olhos fundos e precisando fazer a barba, as costas curvadas em derrota, com uma garota de olhos vazios enrodilhada a seu lado. Ela ficara calada desde que saíram do beco onde haviam abandonado o hovercraft.

Pela segunda vez em uma hora, pensou em ligar para seu agente. Se você tinha que confiar em alguém, a regra dizia, confie no seu agente. Mas Conroy dissera que havia contratado Oakey e os outros por meio do agente de Turner, e a conexão o deixava com a pulga atrás da orelha. Onde estaria Conroy esta noite? Turner tinha uma boa certeza de que tinha sido Conroy quem mandara Oakey atrás deles com o laser. Será que a Hosaka havia preparado aquele canhão eletromagnético, no Arizona, para apagar os indícios de uma tentativa de deserção fracassada? Mas se tinham sido eles, por que mandar Webber acabar com os médicos, a unidade de neurocirurgia e o console da Maas-Neotek? E também havia a Maas... Será que a Maas tinha matado Mitchell? Havia algum motivo para acreditar que Mitchell estivesse mesmo morto? Sim, ele pensou, enquanto a garota se agitava a seu lado em um sono intranquilo, havia: Angie. Mitchell temia que a matassem, então havia preparado a deserção de modo a tirá-la de lá, mandá-la para a Hosaka, sem se preocupar com a própria fuga. Ou, pelo menos, essa era a versão de Angie.

Ele fechou os olhos, tapando os reflexos na janela. Algo se agitava, profundamente, no lodo das memórias gravadas de Mitchell. Vergonha. Mas ele não conseguia alcançá-las direito... Abriu os olhos de repente. O que ela tinha dito, na casa de Rudy? Que o pai havia posto a coisa na cabeça dela porque não era esperta o bastante? Com cuidado para não perturbá-la, tirou o braço de trás do pescoço dela e enfiou dois dedos no bolso da cintura das calças, tirando o envelopinho de nylon preto de Conroy, preso a seu cordão. Abriu o velcro e chacoalhou o envelope para fazer cair em sua palma aberta o biosoft cinza, inchado e assimétrico. Sonhos de máquina. Montanha-russa. Rápido demais, estranho demais para se assimilar. Mas, se você quisesse algo, algo específico, devia ser capaz de obter essa informação...

Enfiou a unha do polegar debaixo da tampa de proteção do soquete, levantou-a, e a colocou sobre o banco plástico ao lado. O trem estava quase vazio, e nenhum dos outros passageiros parecia estar prestando nenhuma atenção nele. Respirou fundo, apertou os dentes, e inseriu o biosoft...

Vinte segundos depois, havia conseguido a informação que fora procurar. Desta vez a estranheza não o tocara, e concluiu que tinha sido porque havia ido atrás de uma informação específica, este fato, exatamente o tipo de dado que se esperaria encontrar no dossiê de um grande cientista: o QI da filha, medido por uma bateria anual de testes.

Angela Mitchell estava bem acima do padrão. Sempre estivera, todo o tempo.

Ele tirou o biosoft do soquete e o girou distraidamente entre o polegar e o indicador. A vergonha. Mitchell e a vergonha e a faculdade... "As notas", ele pensou. "Quero as notas do filho da mãe. Quero o histórico dele."

Voltou a conectar o dossiê.

Nada. Conseguiu acessar, mas não havia nada.

Não. De novo.

Mais uma vez...

– Que droga! – ele exclamou, ao ver.

Um adolescente de cabeça raspada olhou de esguelha para ele de um banco do outro lado do corredor, e logo voltou a prestar atenção à torrente do monólogo do amigo:

– Vão fazer os jogos de novo, lá no morro, à meia-noite. A gente vai aparecer, mas vamos só ficar de butuca, não vamos jogar, só relaxar e deixar eles baterem uns nos outros, e vamos ficar rindo, vendo quem apanha, porque na semana passada a Susan arrebentou o braço, tava lá na hora? E foi uma piada, porque o Cal estava tentando levar ela pro hospital, mas tinha tanto pó na cabeça que passou com aquela merda de Yamaha por cima de uma lombada...

Turner colocou o biosoft de volta no soquete.

Desta vez, quando terminou, não disse absolutamente nada. Voltou a colocar o braço em volta de Angie e sorriu, contemplando o sorriso na janela. Era um sorriso selvagem. Um sorriso do limite.

Os registros acadêmicos de Mitchell eram bons, muito bons. Excelentes. Mas o arco não estava lá. O arco era algo que Turner havia aprendido a ver nos dossiês de pessoal de pesquisa, aquela curva que sinalizava a certeza de brilhantismo. Conseguia detectar o arco da mesma maneira que um metalúrgico experiente podia identificar os metais apenas observando as fagulhas que saíam de um esmeril. E Mitchell não tinha o arco.

A vergonha. Os dormitórios dos estudantes. Mitchell soubera. Soubera que não ia conseguir. E aí, de alguma forma, conseguiu. Como? Não estaria no dossiê. Mitchell, de alguma forma, tinha descoberto como editar o que fornecera à máquina da segurança da Maas. Do contrário, eles teriam percebido. Alguém, alguma coisa, havia encontrado Mitchell durante seu fracasso na pós-graduação e começara a lhe dar informações. Pistas, rumos. E Mitchell havia chegado ao topo, agora com seu arco sólido, brilhante e perfeito, e isso o havia levado ao topo...

Quem? O quê?

Observou o rosto adormecido de Angie iluminado pela luz tremida do metrô.

Fausto.

Mitchell havia feito um pacto. Podia ser que Turner nunca descobrisse os detalhes do acordo, ou o preço de Mitchell, mas acreditava saber o outro lado. O que Mitchell tivera de fazer em troca.

Legba, Samedi, cuspe voando dos lábios contorcidos da garota.

E o trem penetrou rapidamente na velha estação Union, numa rajada de ar da meia-noite.

– Táxi, senhor? – Os olhos do homem se mexiam por trás de óculos dotados de um matiz policromático que girava como manchas de óleo na água. Havia chagas rasas e prateadas sobre o dorso de suas mãos. Turner se aproximou e o agarrou pelo braço, sem diminuir o ritmo da caminhada, forçando-o para trás, de encontro a uma parede de ladrilhos brancos rabiscados, entre fileiras cinza de armários de bagagem.

– Dinheiro vivo – Turner disse. – Pago em neoienes. Quero o meu táxi. *Sem* problemas com o motorista. Entendido? Não sou um pato. – Apertou com mais força. – Se foder comigo, volto aqui e te mato, ou faço você pedir pra morrer.

– Entendido. Sim, senhor. Entendido. Podemos fazer isso, senhor, sim, senhor. Para onde quer ir, senhor? – As feições arruinadas do homem se contorciam de dor.

– Mercenário – a voz vinha de Angie, um sussurro rouco. E depois um endereço.

Turner viu os olhos do aliciador de passageiros se agitarem nervosamente, por trás dos remoinhos de cores.

– Isso é na Madison? – ele grasnou. – Sim, senhor. Arranjo um bom táxi, um táxi muito bom...

* * *

– Que lugar é esse? – Turner perguntou ao taxista, inclinando-se para a frente de modo a apertar o botão SPEAK ao lado da grelha de aço do alto-falante. – Esse endereço que te dei?

Houve um crepitar de estática.

– O Hypermart. Não tem muita coisa aberta a esta hora da noite. Procurando alguma coisa em especial?

– Não – Turner disse. Não conhecia o lugar. Tentou se lembrar daquela parte da Madison. Quase toda residencial. Incontáveis moradias escavadas nas carcaças de edifícios comerciais que datavam de um tempo em que o comércio precisava que os vendedores estivessem fisicamente presentes em uma central. Alguns dos prédios eram altos o bastante para furar as cúpulas...

– Pra onde vamos? – Angie perguntou, a mão no braço dele.

– Está tudo bem – ele disse. – Não se preocupe.

– Deus – ela disse, se apoiando no ombro de Turner, olhando para o letreiro de neon rosa HYPERMART que cortava a fachada de granito do velho prédio. – Eu sempre sonhava com Nova York, lá na chapada. Tinha um programa gráfico que me levava por todas as ruas, entrava nos museus e outras coisas. Queria vir pra cá mais do que tudo no mundo...

– Bem, conseguiu. Está aqui.

Ela começou a chorar, o abraçou, seu rosto contra o peito nu dele, tremendo.

– Estou assustada. Estou tão assustada...

– Vai ficar tudo bem – ele disse, acariciando-lhe os cabelos, os olhos fixos na entrada principal. Não tinha motivo nenhum para acreditar que alguma coisa fosse ficar bem para qualquer um dos dois, algum dia. Ela parecia não ter ideia de que as palavras que os haviam trazido aqui tinham vindo de sua própria boca. “Mas a verdade”, ele pensou, “é que não tinham sido ditas por ela...” Havia sem-teto amontoados nos dois lados da entrada do Hypermart, montinhos horizontais de trapos que haviam assimilado a cor da calçada. Pareciam a Turner como se estivessem sendo lentamente espremidos de dentro do concreto escuro, para se tornarem extensões móveis da cidade.

– O Jammer's, uma boate – a voz disse, abafada pelo peito de Turner, e ele sentiu uma repugnância fria. – Ache o cavalo de Danbala. – E então ela voltou a chorar. Ele a pegou pela mão e passou ao lado dos sem-teto adormecidos, por baixo dos arabescos dourados e sujos e pelas portas de vidro. Viu uma máquina de expresso no fundo de um corredor de barracas e cabines fechadas, uma garota com uma crista preta de cabelo esfregando um balcão.

– Café – ele disse. – Comida. Vamos lá. Você precisa comer.

Sorriu para a garota, enquanto Angie se acomodava em um dos bancos.

– Dinheiro vivo? – ele disse. – Aceita dinheiro vivo?

Ela olhou para ele e deu de ombros. Ele pegou uma nota de vinte do ziploc de Rudy e a mostrou.

– O que vai ser?

– Café. Algo pra comer.

– Só tem isso? Nada menor?

Ele fez que não com a cabeça.

– Sinto muito. Não tenho troco.

– Não precisa.

– Tá maluco?

– Não, mas quero café.

– Isso que é gorjeta, chefe. Não ganho isso em uma semana.

– É seu.

Por um momento, o rosto dela mostrou raiva.

– Você veio com aqueles babacas lá de cima? Fique com o seu dinheiro. Estou fechando.

Não viemos com ninguém – ele disse, inclinando-se ligeiramente por cima do balcão, de modo que o casaco se abrisse e ela pudesse ver o Smith & Wesson. – Estamos procurando uma boate. Um lugar chamado Jammer's.

A garota olhou para Angie e de volta para Turner.

– Ela tá doente? Com pó na cabeça? O que é que tá rolando?

– Tome o dinheiro – Turner disse. – Nos dê o café. Se quiser merecer o troco, me diga como achar o Jammer's. Vale a pena pra mim. Entende?

Ela tirou de vista a nota gasta e foi para a máquina de expresso.

– Acho que não entendo mais nada. – Fazendo um pouco de barulho, ela tirou do caminho xícaras e copos com uma película de leite grudada. – O que é que tá rolando com o Jammer's? É amigo dele? Conhece a Jackie?

– Claro – Turner mentiu.

– Ela passou por aqui hoje de manhã com um wilsinho da periferia. Acho que subiram pra lá.

– Onde?

– Pro Jammer's. Aí começou a maluquice.

– É?

– Todos aqueles sacanas de Barrytown, os cabeças engomadas e os sapatos brancos, entrando aqui como se fossem os donos do lugar. E agora são mesmo, dos dois últimos andares. Começaram a pagar pras pessoas saírem das cabines. Um monte de gente dos outros andares fechou as portas e saiu. Esquisito demais...

– Quantos vieram?

O vapor saía rugindo da máquina.

– Acho que uns cem. Fiquei morta de medo o dia todo, mas não tenho como falar com meu chefe. De qualquer modo, vou fechar em meia hora. A garota do dia não apareceu, ou então veio, sentiu cheiro de problemas, e caiu fora... – Ela pegou a xicrinha fervendo e colocou-a em frente a Angie. – Tudo certo com você, meu anjo?

Angie fez que sim.

– Faz alguma ideia do que essa gente está querendo? – Turner perguntou.

A garota havia voltado para a máquina, que rugiu de novo. Ela rugiu de novo.

– Acho que estão esperando alguém – ela disse, em voz baixa, e trouxe um expresso para Turner. – Ou que alguém tente sair do Jammer's ou que alguém tente entrar...

Turner baixou os olhos para os redemoinhos de espuma marrom no café.

– E ninguém chamou a polícia?

– A polícia? Chefe, aqui é o Hypermart. As pessoas daqui não chamam a polícia.

A xícara de Angie se despedaçou no balcão de mármore.

– Curto e grosso, mercenário – a voz sussurrou. – Você conhece o caminho. Entre.

A boca da balconista estava aberta.

– Meu Deus! Ela deve estar com muito pó na cabeça... – Olhou friamente para Turner. – Você que dá pra ela?

– Não – Turner disse –, mas ela está doente. Vai ficar boa. – Bebeu o café preto e amargo. Apenas por um segundo, lhe pareceu que podia sentir todo o Sprawl respirando, e essa respiração era velha, doente e cansada, por todas as estações de Boston até Atlanta...

28

JAYLENE SLIDE

– Meu Deus – Bobby disse a Jackie –, não dá pra você enrolar isso ou algo assim? – A queimadura de Jammer enchia o escritório de um cheiro como de carne de porco esturricada, o que fazia o estômago de Bobby se revirar.

– Não se enfaixa uma queimadura – ela disse, ajudando Jammer a se sentar na cadeira dele. Ela começou a abrir as gavetas da mesa, uma após a outra. – Tem remédio pra dor? Dermas? Qualquer coisa?

Jammer fez que não com a cabeça, seu longo rosto, frouxo e pálido.

– Talvez. Atrás do bar, tem um kit...

– Traz! – Jackie gritou. – Vai!

– Por que se importa tanto com esse cara? – Bobby começou, magoado com o tom dela. – Ele quis deixar os gothicks entrar.

– Pega a caixa, idiota! Ele só teve um momento de fraqueza, só isso. Ficou com medo. Traz logo essa caixa ou é você que vai precisar dela.

Ele correu para dentro da boate e encontrou Beauvoir enfiando fios em salsichas rosadas de explosivos plásticos, fios que iam até uma caixa plástica amarela, parecida com o controle remoto de um caminhão de brinquedo. As salsichas estavam amassadas em torno das dobradiças das portas e nos dois lados da fechadura.

– Pra que isso? – Bobby perguntou, enquanto trepava por cima do bar.

– Alguém pode querer entrar – Beauvoir respondeu. – Se quiserem, abrimos a porta pra eles.

Bobby se deteve por um momento, para admirar o sistema.

– Por que não amassa logo no vidro, pra explodir direto pra fora?

– Visível demais – Beauvoir disse, endireitando-se, o detonador amarelo nas mãos. – Mas ainda bem que você pensa nessas coisas. Se formos explodir direto pra fora, parte da explosao volta pra dentro. Deste jeito é... mais limpo.

– É? – Bobby deu de ombros e se abaixou por trás do bar. Havia prateleiras de arame cheias de sacos plásticos de bolinhos de krill, uma diversidade de guarda-chuvas abandonados, um dicionário grande, um sapato azul de mulher, um estojo de plástico branco com uma cruz vermelha pintada com esmalte de unhas meio escorrido... Agarrou o estojo e voltou, pulando por cima do bar.

– Ei, Jackie... – disse, colocando o kit de primeiros socorros ao lado do console de Jammer.

– Esquece. – Ela abriu o estojo e revolveu o conteúdo. – Jammer, tem mais poppers do que tudo aqui...

Jammer sorriu debilmente.

– Isto. Estes vão servir pra você. – Ela desenrolou uma folha de dermas vermelhos e começou a destacá-los, alisando três atrás da mão queimada. – Mas o que você precisa mesmo é de uma anestesia local.

– Estava pensando – Jammer disse, levantando os olhos para Bobby. – Quem sabe agora você possa ganhar um pouco de tempo de incursão sozinho...

– Que quer dizer? – Bobby perguntou, de olho no console.

– É razoável – Jammer disse – que quem quer que tenha trazido esses malucos aí de fora, também já grampeou os telefones.

Bobby concordou. Beauvoir dissera a mesma coisa quando haviam repassado o plano.

– Bom, quando eu e Beauvoir resolvemos que a gente podia entrar na matrix pra dar uma olhadinha, eu, na verdade, tinha outra coisa em mente. – Jammer mostrou a Bobby a sua vastidão de dentinhos brancos. – O caso é que estou metido nisto porque devia um favor pra Beauvoir e Lucas. Mas também tem gente que deve favores pra mim. Favores muito antigos. Favores que nunca precisei cobrar.

– Jammer – Jackie disse –, você tem que dar um tempo. Fique sentado aí. Você pode entrar em choque.

– Tem boa memória, Bobby? Vou te passar uma sequência. Você treina no console. Desligado, sem plugar. Certo?

Bobby concordou.

– Então, faça esse exercício algumas vezes. Um código de entrada. Deixa você entrar pela porta dos fundos.

– Porta dos fundos de quem? – Bobby girou o console preto para o seu lado e posicionou os dedos sobre o teclado.

– Da Yakuza – Jammer disse.

Jackie estava encarando Jammer.

– Ei, o que você...

– Como eu disse. É um favor muito antigo. Mas você sabe o que dizem: a Yakuza nunca esquece. E funciona pros dois lados...

Uma onda de fedor de carne queimada chegou até Bobby e ele se retraiu.

– Como é que não contou nada disso pra Beauvoir? – Jackie estava arrumando as coisas de volta no estojo branco.

– Meu bem – Jammer respondeu –, você vai aprender. Tem coisas que você treina para se lembrar de esquecer.

– Agora, olha – Bobby disse, fixando em Jackie o que supunha ser o seu olhar mais forte –, sou eu que vou fazer isto. Então, não preciso dos seus loas, certo? Eles me deixam nervoso.

– Ela não os chama – Beauvoir disse, agachado ao lado da porta do escritório, o detonador em uma mão e a arma sul-africana antimotim na outra. – Eles só *aparecem*. Se quiserem aparecer, já *estão lá*. De qualquer forma, eles gostam de você.

Jackie colocou os trodos na testa.

– Bobby – ela disse –, você vai ficar bem. Não se preocupe, é só plugar. – Ela tirou o lenço da cabeça. O cabelo estava arranjado como fileiras de milho entre sulcos alinhados de pele castanha brilhante, com antigos resistores trançados em intervalos aleatórios, pequenos cilindros de resina fenólica marrom com anéis de faixas pintadas de código de cor.

– Quando passar pela Bola de Basquete – Jammer explicou a Bobby –, você mergulha três cliques e vai para o piso, e eu quero dizer, mergulha mesmo...

– Passar pela quê?

– Bola de Basquete. Aquela é a Esfera de Coprosperidade do Cinturão do Sol Dallas–Fort Worth. Você precisa descer rápido, até o fim, e então corre como te falei, por uns vinte cliques. Tem só vendedores de carros usados e contadores fiscais lá embaixo, mas você nem liga, certo?

Bobby concordou, sorrindo.

– Se alguém te vir passando, bem, problema dele. O pessoal que se pluga lá embaixo está acostumado a ver umas coisas esquisitas, mesmo.

– Meu – Beauvoir disse a Bobby –, *vai lá*. Tenho que voltar pra porta...

Bobby se conectou.

Seguiu as instruções de Jammer, com uma gratidão secreta por poder sentir Jackie a seu lado enquanto mergulhavam nas profundezas cotidianas do ciberespaço, a bola de basquete brilhante diminuindo na distância acima deles. O console era rápido, supermacio, e fazia Bobby se sentir forte e veloz. Ficou se perguntando como Jammer tinha conseguido fazer a Yakuza lhe dever um favor, um que nunca havia se dado ao trabalho de cobrar, e uma parte de sua mente estava ocupada imaginando hipóteses quando bateram no ICE.

– Meu Deus... – E Jackie tinha sumido. Algo havia se colocado entre eles, uma coisa que parecia fria e silenciosa e que cortava a respiração. – Mas não tinha nada *ali*, que merda! – De alguma forma, estava congelado, totalmente travado. Ainda conseguia ver a matrix, mas não podia sentir as mãos.

– Por que diabos iam plugar alguém como você em um console desses? Essa coisa devia estar em um museu e *você* devia estar no primário.

– Jackie! – O grito foi um reflexo.

– Cara – disse a voz –, sei lá. Faz dias que não durmo, mas você com certeza não parece o que eu queria pegar quando você saiu dali... Quantos anos tem?

– Vá se foder! – Bobby disse. Foi tudo que conseguiu pensar em dizer.

A voz começou a rir.

– Ramirez ia se rachar de rir disto, sabia? Ele tinha um bom senso de ridículo. Essa é uma das coisas de que sinto falta.

– Quem é Ramirez?

– Meu parceiro. Ex. Morto. Bem morto. Estava achando que você podia me dizer como ele ficou assim.

– Nunca ouvi falar dele – Bobby disse. – Cadê a Jackie?

– Sentada durinha no ciberespaço, enquanto você responde minhas perguntas, wilson. Qual o seu nome?

– B... Count Zero.

– Claro. Seu nome!

– Bobby. Bobby Newmark.

Silêncio. E então:

– Bem. Ei. Isso até que faz sentido. Foi no apartamento da sua mãe que eu vi aqueles caras da Maas usarem um foguete, não foi? Mas, pelo jeito, você não estava lá, ou não estaria aqui. Espere um segundo...

Um quadrado de ciberespaço, diretamente em frente, se alterou de um modo que dava enjoo e Bobby se viu dentro de um gráfico azul pálido, que parecia representar um apartamento muito espaçoso, as formas baixas dos móveis desenhadas em linhas finíssimas de neon azul. Uma mulher estava diante dele, uma espécie de desenho animado luminoso em forma de mulher, o rosto uma mancha castanha.

– Sou Slide – a figura disse, as mãos nos quadris, – Jaylene. Não se meta comigo. Ninguém em Los Angeles – ela fez um gesto, uma janela instantaneamente surgindo por trás dela – se mete comigo. Entendido?

– Certo – Bobby respondeu. – O que é isto? Quero dizer, se você puder explicar... – Ainda não podia se mexer. A "janela" mostrava uma vista de vídeo azul-cinzenta de palmeiras e prédios antigos.

– O que quer dizer?

– Este tipo de desenho. E você. E aquela pintura antigaça...

– Ei, eu paguei os olhos da cara pra um designer fazer isto pra mim. Este é o meu espaço, o meu constructo. Aqui é Los Angeles, menino. As pessoas daqui não fazem *nada* sem se plugar. E é aqui que eu as *recebo*!

– Oh – Bobby disse, ainda desconcertado.

– Sua vez. Quem é que está lá, naquela danceteria vagabunda?

– O Jammer's? Eu, Jackie, Beauvoir e o Jammer.

– E pra onde ia quando te peguei?

Bobby hesitou.

– Pra Yakuza. O Jammer tem um código...

– Pra quê? – A figura se mexeu para a frente, um esboço animado e sensual.

– Ajuda.

– Merda. Acho que está dizendo a verdade...

– Estou, estou, juro por Deus.

– Bem, você não é o que preciso, Bobby Zero. Tenho patrulhado o ciberespaço pra todo lado, tentando achar quem matou o meu homem. Achei que tinha sido a Maas, porque a gente tava tirando um dos deles pra Hosaka. Por isso, fui atrás de um grupo de gente deles. A primeira coisa que vi foi o que fizeram com o apartamento da sua mamãe. Aí vi três deles fazerem uma visitinha a um homem que chamam de Finlandês, mas nunca mais saíram...

– O Finlandês matou os três – Bobby disse. – Eu vi. Mortos.

– Viu? Bom, então, pode ser que tenhamos o que conversar. Depois disso, vi enquanto os outros três usavam aquele mesmo lançador em um carro de cafetão...

– Era Lucas – ele disse.

– Mas mal acabaram de fazer isso e apareceu um helicóptero e fritou os três com um laser. Sabe algo disso?

– Não.

– Acha que pode me contar sua história, Bobby Zero? Rápido!

– Bom, eu ia fazer essa incursão, sabe? E consegui esse ICE-Breaker com o Two-a-Day, dos Projetos, aí eu...

Quando ele terminou, ela ficou em silêncio. A figura magricela de desenho animado se manteve parada ao lado da janela, como se estivesse estudando as árvores de televisão.

– Tive uma ideia – ele se arriscou. – Quem sabe você pode ajudar a gente...

– Não – ela disse.

– Mas quem sabe isso ajude você a encontrar o que quer...

– Não. Só quero matar o filho da puta que matou Ramirez.

– Mas estamos presos lá, vão matar a gente. É a Maas, aqueles que você esteve seguindo na matrix! Contrataram um monte de kasuals e gothicks...

– Isso não foi a Maas – ela disse. – Isso foi um bando de euros lá da Park Avenue. Têm um ICE de um quilômetro de grossura.

Bobby assimilou isso.

– Eram eles no helicóptero, os que mataram os outros caras da Maas?

– Não. Não consegui identificar aquele helicóptero, e foram pro sul. Perdi eles. Mas tenho uma suspeita... De qualquer forma, vou te mandar de volta. Se quiser tentar o código da Yakuza, vá em frente.

– Mas, moça, precisamos de *ajuda*.

– Ninguém ganha comissão pra ajudar, Bobby Zero – ela disse, e logo em seguida ele estava sentado na frente do console do Jammer, os músculos no pescoço e nas costas doendo. Levou um tempo antes que conseguisse focar a vista, por isso foi quase um minuto depois que notou que havia estranhos na sala.

O homem era alto, talvez mais alto do que Lucas, mas mais atlético, com os quadris mais estreitos. Vestia um tipo de jaqueta de combate folgada que caía pelo corpo em dobras, com bolsos gigantes, e o peito estava nu, exceto por uma tira preta horizontal. Os olhos pareciam machucados e febris, e segurava a maior arma que Bobby jamais tinha visto, um tipo de revólver comprido, com um acessório esquisito debaixo do cano, uma coisa que nem a cabeça de uma cobra. Ao lado dele, balançando, estava uma garota que podia bem ser da idade de Bobby, com os mesmos olhos machucados, embora os dela fossem escuros, e cabelos castanhos escorridos que precisavam de uma lavada. Ela usava um blusão preto, vários números grande demais, e jeans. O homem estendeu o braço esquerdo para apoiá-la.

Bobby olhou fixamente e, então, ficou embasbacado com o golpe de memória que sofreu.

Voz-de-garota, cabelo-castanho, olhos escuros, o gelo o devorando, seus dentes batendo, a voz dela, a coisa grande se aproximando...

– *Viv la Vyèj* – Jackie disse, ao lado dele, arrebatada, sua mão agarrando o ombro dele com força –, a Virgem dos Milagres. Ela veio, Bobby. Danbala a mandou!

– Ficou desacordado um tempo, garoto – o homem alto disse a Bobby. – O que houve?

Bobby piscou, olhou desesperado em volta, encontrou os olhos de Jammer, vidrados com as drogas e a dor.

– Pode falar – Jammer disse.

– Não consegui chegar nos Yaks. Alguém me pegou, não sei como.

– Quem? – O homem alto agora estava com o braço em volta da garota.

– Disse que o nome dela era Slide, de Los Angeles.

– Jaylene – o homem disse.

O telefone na mesa de Jammer começou a tocar.

– Atenda – o homem disse.

Bobby se virou ao mesmo tempo em que Jackie esticava o braço e tocava a barra de chamada abaixo da tela quadrada. A tela se iluminou, piscou, e mostrou-lhes um rosto de homem, largo e muito pálido, com pálpebras pesadas e aspecto sonolento. O cabelo era descolorido até ficar quase branco, e penteado para trás. Tinha a boca mais maldosa que Bobby já vira.

– Turner – o homem disse –, é melhor termos uma conversa. Já. Você não tem muito tempo. Acho que devia tirar essa gente da sala, pra começar.

29

FAZEDOR DE CAIXAS

O cabo cheio de nós se estendia indefinidamente. Às vezes, chegavam a esquinas, bifurcações do túnel. Nesses pontos, o cabo estava enrolado em um suporte, ou fixado com uma massa transparente, gorda, de epóxi. O ar era tão viciado quanto antes, porém mais frio. Quando pararam para descansar em uma câmara cilíndrica, onde o poço se alargava antes de se dividir em três, Marly pediu a Jones a pequena lanterna plana que ele usava presa à testa com uma tira elástica cinza. Segurando-a em uma das manoplas do traje vermelho, ela passeou com a luz pela parede da câmara. A superfície estava gravada com padrões, linhas microscopicamente finas...

– Bote o capacete – Jones aconselhou. – Você tem uma lanterna melhor do que a minha...

Marly estremeceu.

– Não. – Ela lhe devolveu a lanterna – Pode me ajudar a tirar isto? – Ela bateu com uma das manoplas no peito duro do traje. O capacete com a cúpula espelhada estava preso à cintura, por um gancho de engate cromado.

– É melhor ficar com ele – Jones disse. – É o único n'O Lugar. Eu tenho um, onde durmo, mas não tenho ar pra ele. Os tanques do Wig não servem no meu transpirador, e o traje dele está cheio de buracos. – Ele deu de ombros.

– Não, sério – ela disse, se debatendo com a lingueta na cintura do traje, onde vira Rez torcer alguma coisa. – Não consigo aguentar mais...

Jones passou uma perna por cima do cabo e fez alguma coisa que ela não conseguiu ver. Ouviu-se um estalido.

– Estique os braços, por cima da cabeça – ele disse. Era difícil de tirar, mas ela finalmente flutuou livre, ainda com os jeans pretos e a blusa de seda branca que vestira para aquele encontro final com Alain. Jones prendeu o traje vermelho vazio ao cabo com outro dos anéis de engate fixados em torno da cintura, e então liberou a bolsa estufada de Marly. – Quer isto? Quero dizer, quer levar com você? Podemos deixar aqui, pegar na volta.

– Não – ela disse. – Vou levar. Me dê. – Ela passou um cotovelo em torno do cabo e abriu a bolsa com dificuldade. A jaqueta saiu, e também uma de suas botas. Conseguiu enfiar a bota de volta na bolsa. Em seguida, se torceu para entrar na jaqueta.

– Belo couro – Jones disse.

– Por favor – disse ela –, vamos depressa...

– Não falta muito – ele disse, movendo a lanterna de um lado para outro de modo a lhe mostrar onde o cabo desaparecia em uma das três aberturas dispostas em triângulo equilátero.

– Fim do cabo – ele disse. – E fim da linha. – Deu um tapinha no olhal cromado onde o cabo estava amarrado com um nó de marinheiro. Sua voz bateu e ecoou em algum lugar à frente, até Marly imaginar que tinha ouvido outras vozes, sussurrando por trás da repetição do eco. – Vamos precisar de um pouco de luz aqui – ele disse, lançando-se pelo poço e agarrando uma protuberância da parede que parecia um caixão de metal cinza. Abriu-o. Ela observou suas mãos se mexendo no círculo luminoso da lanterna; os dedos eram finos e delicados, mas as unhas eram pequenas e rombudas, delineadas por sujeira preta e compacta. As letras “CJ” estavam tatuadas com um azul grosseiro no dorso da mão direita. O tipo de tatuagem que alguém fazia sozinho, na cadeia... Agora ele havia apanhado um pedaço de fio grosso, com isolamento elétrico. Forçou os olhos para enxergar dentro da caixa. Em seguida, encaixou o fio por trás de um conector D de cobre.

A escuridão à frente deles desapareceu em uma inundação branca de luz.

– Na verdade, temos mais energia do que precisamos – ele disse, com algo próximo ao orgulho do dono de uma casa. – Os bancos de células solares ainda estão funcionando, e foram feitos para alimentar os mainframes... Então, vamos lá, moça, vamos encontrar o artista que você veio tão longe pra ver... – Ele se impulsionou com os pés, planando suavemente pela abertura, como um nadador, rumo à luz. Rumo a mil coisas flutuando à deriva. Ela viu que as solas de plástico vermelho dos sapatos puídos haviam sido remendadas com manchas de silicone branco para vedação.

Então ela o seguiu, esquecendo os medos, esquecendo a náusea e a vertigem constante. E então chegou lá. E entendeu.

– Meu Deus! – ela disse.

– Duvido – Jones falou alto. – Mas quem sabe o do velho Wig. Mas é uma pena que não esteja fazendo nada agora. É uma coisa que vale a pena ver.

Algo passou ao lado dela, a dez centímetros do rosto. Uma colher de prata, rica em detalhes, cortada precisamente ao meio, de ponta a ponta.

Ela não tinha ideia de quanto tempo ficara ali, quando a tela se acendeu e começou a piscar. Horas, minutos... Já havia aprendido, mais ou menos, a se deslocar pela câmara, dando impulso com os pés, como Jones, na concavidade da cúpula. E, como Jones, ela se agarrava nos braços dobrados e articulados da coisa, girava e se segurava ali, apreciando o redemoinho de detritos. Havia dúzias dos braços, manipuladores, dotados de pontas com alicates, chaves Allen, facas, uma microscópica serra circular, uma broca de dentista. Eles saíam como pelos do tórax metálico do que devia ter sido, um dia, uma unidade de construção remota, o tipo de dispositivo não-tripulado e semiautônomo que ela conhecera, criança, por meio dos vídeos sobre a fronteira alta. Mas este estava soldado no ápice da cúpula, suas laterais fundidas ao material d'O Lugar e centenas de cabos de cobre e de fibra óptica serpenteavam pela estrutura geodésica para penetrá-lo. Dois dos braços, dotados de delicados dispositivos de feedback de força, estavam esticados: as almofadas macias aninhando uma caixa inacabada.

De olhos arregalados, Marly assistiu à passagem de inúmeras coisas.

Uma luva de criança amarelada, a tampa de cristal lapidado de um frasco de perfume desaparecido, uma boneca sem braços e com rosto de porcelana francesa, uma caneta-tinteiro gorda e preta com detalhes dourados, segmentos retangulares de chapas de madeirite perfurada, a cobra espiralada, em vermelho e verde, de uma gravata de seda... Incessante, o lento enxame, as coisas girando...

Jones se lançou para cima em meio à tempestade silenciosa, rindo, agarrando um braço equipado com uma pistola de cola.

– Sempre que vejo, me dá vontade de rir. Mas as caixas sempre me deixam triste...

– É – ela disse. – Me deixam triste também. Mas há tristezas e tristezas...

– Falou bem. – Ele deu um largo sorriso. – Mas não tem jeito de fazer funcionar. Parece que é o espírito que tem que fazer ele se mexer, ou pelo menos é isso que o velho Wig acha. Ele vinha muito aqui, antigamente. Parece que as vozes ficam mais fortes aqui. Só que, nos últimos tempos, parece que elas tão falando com ele em qualquer lugar...

Ela o encarou através do arbusto de manipuladores. Ele era muito sujo, muito jovem, com os grandes olhos azuis debaixo de um emaranhado de caracóis de cabelo castanho. Usava uma roupa inteiriça fechada com zíper, cinza e manchada, o colarinho brilhoso de tão encardido.

– Vocês devem estar loucos – ela disse, com algo na voz que soava como admiração. – Devem estar completamente loucos, pra ficar aqui...

Ele riu.

– Wigan é louco varrido. Mas eu não.

Ela sorriu.

– Não, você está louco. Eu também estou...

– Então oi – ele disse, olhando para além dela. – O que é isto? Parece um dos sermões do Wig, e não tem jeito de parar sem cortar a força...

Ela virou a cabeça e viu diagonais de cor piscarem na superfície retangular de uma grande tela colada, torta, à curva da cúpula. Por um segundo a tela foi obstruída pela passagem de um manequim de costureira, e então o rosto de Josef Virek a preencheu, seus ternos olhos azuis brilhando por trás das lentes redondas.

– Olá, Marly – ele disse. – Não posso ver você, mas tenho certeza de que sei onde está...

– É uma das telas de sermão do Wig – Jones disse, esfregando o rosto. – Botou elas por todo O Lugar, porque achava que um dia teria gente aqui em cima pra ele pregar. Esse velhote deve ter se conectado através dos comunicadores do Wig. Quem é?

– Virek – respondeu ela.

– Achei que fosse mais velho...

– É uma imagem gerada – ela disse. – Renderização, mapeamento de texturas... – Ela observou, enquanto o rosto sorria da curva da cúpula, por trás do furacão em câmera lenta dos objetos perdidos, artefatos sem importância de inúmeras vidas, ferramentas e brinquedos e botões enfeitados.

– Quero que saiba que cumpriu o seu contrato – a imagem disse. – O meu perfil psicológico de Marly Krushkhova previu a sua reação à minha gestalt. Perfis mais amplos indicaram que a sua presença em Paris forçaria a Maas a tomar uma iniciativa. Em breve, Marly, saberei exatamente o que é que você encontrou. Faz quatro anos que sei de algo que a Maas não sabia. Sei que Mitchell, o homem que a Maas e o mundo pensam ser o inventor dos novos processos do biochip, estava recebendo, de fora, os conceitos que resultaram em suas descobertas revolucionárias. Acrescentei você a um conjunto intrincado de fatores, Marly, e as coisas chegaram a um clímax bastante satisfatório.

A Maas, sem entender o que estava fazendo, forneceu a localização da fonte dos conceitos. E você chegou a ela. Paco logo chegará aí...

– Disse que não ia me seguir – ela disse. – Sabia que estava mentindo...

– E agora, Marly, finalmente ficarei livre. Livre de quatrocentos quilos de células amotinadas que eles isolam atrás de aço cirúrgico em um parque industrial de Estocolmo. Livre, no final de tudo, para habitar quantos corpos reais eu quiser, Marly. Para sempre.

– Que merda – disse Jones. – Esse aí está tão mal quanto o Wig. Do que é que ele acha que está falando?

– Do salto dele – ela disse, lembrando-se da conversa com Andrea, do cheiro dos camarões na pequena cozinha abarrotada. – O próximo estágio da evolução dele...

– Você entende isso?

– Não – ela disse. – Mas sei que vai ser ruim, muito ruim... – balançou a cabeça.

– Convença os moradores dos núcleos a deixar que Paco e sua tripulação entrem, Marly – Virek disse. – Adquiri os núcleos uma hora antes de você sair de Orly, de uma empreiteira no Paquistão. Uma pechincha, Marly, uma verdadeira pechincha. Paco cuidará dos meus interesses, como sempre.

E então a tela ficou escura.

– Agora veja – Jones disse, girando em volta de um manipulador dobrado e pegando na mão dela –, o que há de tão ruim nisso tudo? Ele é o dono agora, e ele disse que você fez a sua parte... Não sei pra que o velho Wig serve, além de escutar as vozes, mas não vai ficar muito tempo deste lado, mesmo. Eu, pra mim tanto faz ir ou ficar...

– Você não entende – ela disse. – Não tem como entender. Ele descobriu como chegar a algo, algo que procurou durante anos. Mas nada que ele queira pode ser bom. Pra ninguém... Eu já vi, eu senti...

E então o braço de aço que ela segurava vibrou e começou a se mexer, toda a torreta girando com os zumbidos abafados dos servomecanismos.

30

MERCENÁRIO

Turner encarou Conroy na tela do telefone do escritório.

– Vai – disse a Angie. – Você, vá com ela. – A garota negra alta, com os resistores trançados no cabelo, deu um passo à frente e colocou, suavemente, o braço em torno da filha de Mitchell, murmurando alguma coisa naquele dialeto infestado de estalidos. O garoto da camiseta ainda olhava boquiaberto para ela, o queixo frouxo.

– Vamos, Bobby – a garota negra disse. Turner olhou para o outro lado da mesa, para o homem com a mão ferida, que usava um paletó de noite branco, amassado, e uma gravata com tiras de couro preto trançado. Jammer, Turner concluiu, o dono da boate. Jammer aninhava a mão no colo, sobre uma toalha listrada de azul do bar. Tinha um rosto comprido, o tipo de barba que precisava ser constantemente raspada, e os olhos duros e estreitos de um profissional durão. Quando seus olhos se encontraram, Turner percebeu que o homem estava sentado bem fora da linha de visão da câmera do telefone, a cadeira giratória afastada para um canto.

O garoto com a camiseta, Bobby, arrastou os pés atrás de Angie e da garota negra, a boca ainda aberta.

– Podia ter poupado nós dois de muita confusão, Turner – Conroy disse. – Podia ter me ligado. Podia ter ligado pro seu agente em Genebra.

– E a Hosaka? – Turner disse. – Podia ter ligado pra eles?

Conroy lentamente fez que não com a cabeça.

– Pra quem você está trabalhando, Conroy? Fez jogo duplo desta vez, né?

– Mas não com você, Turner. Se as coisas tivessem saído como planejei, você estaria em Bogotá, com Mitchell. O canhão não podia disparar até que o jato estivesse fora de alcance. E, se tivéssemos feito as coisas direito, a Hosaka teria pensado que a Maas tinha eliminado o setor inteiro pra deter Mitchell. Mas Mitchell não saiu. Saiu, Turner?

– Nunca pretendeu sair – Turner disse.

Conroy concordou com a cabeça.

– É. E a segurança na chapada detectou a garota na hora em que saiu. Era ela, não era? A filha de Mitchell...

Turner ficou em silêncio.

– Claro – Conroy disse. – Faz sentido...

– Eu matei Lynch – Turner disse, para desviar o assunto de Angie. – Mas, logo antes da hora do vamos ver, Webber me contou que estava trabalhando pra você.

– Os dois estavam – Conroy disse –, mas não sabiam um do outro. – Ele encolheu os ombros.

– Pra quê?

Conroy sorriu.

– Porque você teria sentido falta deles se não estivessem lá. Não teria? Porque você conhece meu estilo, e se eu não jogasse como sempre, você teria começado a imaginar coisas. E sabia que você nunca se venderia. O sr. Lealdade Instantânea, não é? O sr. Bushido. Você era confiável, Turner. A Hosaka sabia disso. Foi por isso que queriam te trazer de qualquer jeito.

– Não respondeu à minha primeira pergunta, Conroy. Pra quem você fez jogo duplo?

– Um homem chamado Virek – Conroy disse. – O homem da grana. Isso, aquele mesmo. Tentou comprar Mitchell, durante anos. Aliás, tentou comprar a Maas. Não conseguiu. Estavam ficando tão ricos que não podia tocá-los. Havia uma oferta pendente por Mitchell circulando. Uma oferta no escuro. Quando a Hosaka ficou sabendo de Mitchell e me chamou, resolvi dar uma olhada na oferta. Só de curioso. Mas antes que conseguisse, a equipe de Virek chegou em mim. Não foi um negócio difícil de fechar, Turner, pode me acreditar.

– Acredito.

– Mas Mitchell nos ferrou bonitinho, não foi, Turner? De cabo a rabo.

– Então o mataram.

– Ele se matou – Conroy disse –, ao menos, de acordo com os agentes duplos de Virek na chapada. Logo que viu que a garota tinha saído no ultraleve. Cortou a garganta com um bisturi.

– Um monte de gente morta por aí, Conroy – Turner disse. – Oakey está morto, e aquele japa que estava pilotando o helicóptero pra você, também.

– Foi o que pensei quando não voltaram – Conroy deu de ombros.

– Estavam tentando nos matar – Turner disse.

– Não, cara, só queriam *falar*... De qualquer forma, na hora ainda não sabíamos da garota. Só sabíamos que você tinha sumido e que a droga do jato não tinha chegado na pista em Bogotá. Não começamos a pensar na garota até que demos uma olhada na fazenda do seu irmão e achamos o jato. Ele não quis falar nada pro Oakey. Ficou puto, porque o Oakey tinha queimado os cachorros dele. Oakey disse que parecia que uma mulher estava morando ali também, mas ela não apareceu...

– O que houve com Rudy?

O rosto de Conroy estava perfeitamente inexpressivo. Em seguida, disse:

– O Oakey conseguiu o que precisava dos monitores. Então ficamos sabendo da garota.

As costas de Turner estavam doendo. A tira do coldre estava cortando seu peito. "Não sinto nada", pensou, "não sinto absolutamente nada..."

– Tenho uma pergunta pra você, Turner. Tenho algumas. Mas a principal é: que merda que você tá fazendo aí?

– Ouvi falar que era uma boate na onda, Conroy.

– É. Bem exclusiva. Tão exclusiva que você teve que arrebentar dois dos meus porteiros pra entrar. Sabiam que você estava indo, Turner, os pretos e aquele punk. Senão, por que teriam deixado você entrar?

– Vai ter que descobrir sozinho, Connie. Parece que você tem bastante acesso, hoje em dia...

Conroy se inclinou para mais perto da câmera do telefone.

– Pode apostar o seu rabo. Virek espalhou o pessoal dele por todo o Sprawl durante meses, investigando um boato, uma conversa dos cowboys de que tinha um biosoft experimental circulando por aí. Até que o pessoal dele se concentrou no Finlandês, mas outra equipe, uma da Maas, apareceu, obviamente atrás da mesma coisa. Então, a equipe do Virek ficou de longe, só de butuca nos garotos da Maas. E os garotos da Maas saíram por aí explodindo gente. Então, o pessoal do Virek achou os pretos e o pequeno Bobby e a coisa toda. Me puseram a par de tudo quando disse que achava que você estava a caminho, depois de sair da casa de Rudy. Quando vi pra onde iam, contratei um pouco de força bruta pra congelar os caras aí, até que arranjasse alguém em quem eu confiasse pra entrar atrás deles...

– Esses cabeças de pó lá fora? – Turner sorriu. – Você trocou os pés pelas mãos, Connie. Não sabe mais onde procurar um profissional, né? Alguém lá fora sacou que você fez jogo duplo e um monte de prós morreu. Por isso é que está contratando esses babacas de cabelo engraçado. Os prós todos já sabem que a Hosaka está atrás de você, não é, Connie? E todos sabem o que você fez. – Agora Turner estava sorrindo; com o canto do olho, via o homem com o paletó de gala sorrindo também, um sorriso fino com um monte de dentinhos todos certinhos, como se fossem grãos brancos de milho...

– É aquela cadela da Slide – Conroy disse. – Eu podia ter acabado com ela na plataforma... Ela conseguiu entrar em algum lugar e começou a fazer perguntas. Acho que não conseguiu descobrir nada ainda, mas tem feito barulho em alguns círculos. De qualquer forma, é, você pegou a coisa. Mas isso não vai te ajudar em nada, não agora. Virek quer a garota. Ele tirou o pessoal dele do outro negócio e agora estou cuidando das coisas pra ele. Dinheiro, Turner. Dinheiro como uma zaibatsu...

Turner olhou fixamente para o rosto, lembrando-se de Conroy no bar de um hotel na selva. Lembrando-se dele depois, em Los Angeles, fazendo a proposta, explicando a economia oculta da deserção corporativa...

– Oi, Connie – Turner disse. – Já te conheço, né?

Conroy sorriu.

– É claro, meu bem.

– E já sei a oferta. Você quer a garota.

– Isso mesmo.

– E a divisão, Connie? Sabe que trabalho só com partes iguais, certo?

– Ei – Conroy disse –, este é o grande lance. Eu não ia querer de outro jeito.

Turner encarou a imagem do homem.

– Bem – Conroy disse, ainda sorrindo –, o que me diz?

E Jammer esticou a mão e puxou o fio do telefone da tomada na parede.

– A hora certa – ele disse. – O timing é sempre importante. – Largou o fio. – Se tivesse respondido, ele teria agido na hora. Deste jeito, ganhamos tempo. Ele vai tentar ligar de volta, tentar descobrir o que aconteceu.

– Como sabe o que ia responder?

– Porque já vi gente. Vi muita gente. Gente demais. E, acima de tudo, vi um monte que nem você. Estava escrito na sua cara, chefe, que você ia dizer pra ele ir pros quintos dos infernos. – Jammer subiu de volta para a cadeira, fazendo uma careta, enquanto a mão se mexia dentro da toalha do bar. – Quem é essa Slide que ele falou? Uma jóquei?

– Jaylene Slide. Los Angeles. De primeira.

– Foi ela que sequestrou Bobby – Jammer disse. – Então, ela deve estar bem perto do seu camarada no telefone...

– Mas não deve saber disso.

– Vamos ver o que dá pra fazer a respeito. Chama o garoto aqui de volta.

31

VOZES

– É melhor eu achar o velho Wig – ele disse.

Ela estava admirando os manipuladores, hipnotizada pela maneira como se moviam: enquanto avançavam pelo redemoinho de coisas, também o causavam, agarrando e rejeitando, os rejeitos rodopiando para longe, batendo em outros, flutuando à deriva em novos alinhamentos. O processo os agitava de modo suave, lento, perpétuo.

– É melhor – ele disse.

– O quê?

– Achar o Wig. Ele pode aprontar alguma, se o pessoal do seu chefe aparecer. Não quero que se machuque, sabe como é. – Ele parecia tímido, vagamente encabulado.

– Tudo bem – ela disse. – Eu estou bem, vou ficar assistindo. – Lembrou-se dos olhos dementes de Wig, da loucura que sentiu emanando dele em ondas; lembrou-se da astúcia hedionda que sentira na voz, pelo rádio da *Sweet Jane*. Por que Jones se preocuparia desse jeito? Mas então pensou em como seria viver n'O Lugar, nos núcleos mortos da Tessier-Ashpool. Qualquer coisa humana, qualquer coisa viva, poderia ser vista como muito preciosa aqui... – Tem razão – ela disse. – Vá buscar ele.

O rapaz sorriu nervosamente e deu impulso com os pés, jogando-se na abertura onde o cabo estava ancorado.

– Eu volto pra te buscar – ele disse. – Não se esqueça de onde deixou o traje...

A torreta girava para a frente e para trás, zunindo, os manipuladores voando, terminando o novo poema.

Depois de tudo, ela jamais teve certeza se as vozes eram reais, mas finalmente se convenceu de que tinham sido parte de uma daquelas situações em que o *real* é apenas um conceito a mais.

Ela havia removido a jaqueta, porque o ar na cúpula parecia ter ficado mais quente, como se o movimento incessante dos braços gerasse calor. Prendera a jaqueta e a bolsa em uma longarina, ao lado da tela de sermão. A caixa estava quase terminada, pensou, embora se movesse tão rapidamente nas garras almofadadas que era difícil de ver... De repente, flutuou livre, girando no ar. Marly saltou instintivamente para pegá-la. Apanhou-a e prosseguiu rodopiando além dos braços lampejantes, com o tesouro em suas mãos. Incapaz de reduzir a velocidade, bateu no lado oposto da cúpula, machucando o ombro e rasgando a blusa. Flutuando à deriva, atordoada, abraçou a caixa, vendo através do retângulo de vidro uma configuração de velhos mapas marrons e espelhos sem brilho. Os mares dos cartógrafos haviam sido cortados fora, expondo os espelhos descascados, as massas terrestres à deriva sobre a prata turva... Olhou para cima a tempo de ver um braço cintilante agarrar a manga de sua jaqueta de Bruxelas que flutuava no ar. A bolsa, meio metro atrás e girando com elegância, foi a próxima, agarrada por um manipulador com um sensor óptico e uma garra simples na ponta.

Ela observou enquanto suas coisas eram arrastadas para a dança incessante dos braços. Minutos depois, a jaqueta voltou a sair rodopiando. Quadrados e retângulos pareciam ter sido cortados com precisão, e ela se apanhou rindo. Soltou a caixa que segurava.

– Vá em frente – ela disse. – É uma honra. – Os braços giraram e lampejaram, e ouviu o gemido de uma diminuta serra.

É uma honra é uma honra é uma honra... O eco de sua voz na cúpula criando uma floresta móvel de sons menores e parciais. E, por trás deles, muito fracas... as Vozes...

– Você está aqui, não está? – ela falou alto, acrescentando à ressonância do som as ondulações e reflexos de sua voz fragmentada.

Sim, estou.

– Wigan acha que você sempre esteve aqui, não é?

Sim, mas não é verdade. Eu vim a existir, aqui. Antes eu não existia. Houve um tempo, um tempo brilhante, um tempo sem duração, em que também estava em todo lugar... Mas o tempo brilhante se partiu. O espelho era imperfeito. Agora eu sou apenas um... Mas tenho minha canção, e você a ouviu. Canto com essas coisas que flutuam em volta de mim, fragmentos da família que fomentou o meu nascimento. Há outros, mas eles não querem falar comigo. Vaidosos, os fragmentos espalhados de mim mesmo, como crianças. Como homens. Eles me mandam coisas novas, mas prefiro as coisas velhas. Talvez eu faça a vontade deles. Eles conspiram com homens, os meus outros eus, e os homens imaginam que eles sejam deuses...

– É você o que Virek procura, não é?

Não. Ele imagina que pode se traduzir, que pode codificar sua personalidade na minha estrutura. Ele almeja ser o que fui um dia. Mas o que ele poderia se tornar lembra mais o mais fraco dos meus eus partidos...

– Você está... você está triste?

Não.

– Mas as suas... as suas canções são tristes.

Minhas canções falam de tempo e distância. A tristeza está em você. Veja os meus braços. Existe apenas a dança. Essas coisas que você estima são apenas cascas.

– Eu... eu sabia disso. Antes.

Mas agora os sons eram apenas sons, não havia uma floresta de vozes por trás para falar como uma única voz. Ela observou as esferas perfeitas de suas lágrimas saírem girando para se unir às memórias humanas esquecidas na cúpula do fazedor de caixas.

* * *

– Eu entendo – ela disse, algum tempo depois, sabendo que agora falava apenas pelo conforto de ouvir a própria voz. Falou em voz baixa, não querendo despertar o ribombar e a ondulação dos sons. – Você é uma colagem de alguma outra pessoa. O seu criador é o verdadeiro artista. Foi a filha louca? Não importa. Alguém trouxe a máquina para cá, soldou-a à cúpula, ligou os fios aos vestígios de memória. E, de alguma forma, derramou todos os indícios tristes e gastos da humanidade de uma família, deixando-os para serem remexidos, para serem arranjados por um poeta. Para serem lacrados em caixas. Não conheço uma obra mais extraordinária do que esta. Nenhum gesto mais complexo... – Um pente de tartaruga com detalhes em prata e dentes quebrados passou flutuando por ela. Ela o apanhou como um peixe e passou os dentes pelo cabelo.

Do outro lado da cúpula, a tela se iluminou, pulsou e se preencheu com o rosto de Paco.

– O velho não quer deixar que a gente entre, Marly – o espanhol disse. – O outro, o vadio, o escondeu. O Señor está muito ansioso para que entremos nos núcleos e tomemos posse da propriedade. Caso não possa convencer Ludgate e o outro a abrir a escotilha, seremos forçados a abri-la nós mesmos, despressurizando toda a estrutura. – Ele olhou para longe da câmera por um momento, como se consultasse um instrumento ou um membro da tripulação. – Você tem uma hora.

32

COUNT ZERO

Bobby seguiu Jackie e a garota de cabelos castanhos para fora do escritório. Parecia que já estava há um mês no Jammer's e que nunca conseguiria tirar o gosto do lugar da boca. As estúpidas luzinhas embutidas no teto preto, contemplando as mesas pretas e redondas, os bancos gordos de ultracamurça, os biombos de madeira entalhada... Beauvoir estava sentado no bar com o detonador ao lado e a arma sul-africana sobre o colo de pele de tubarão cinza.

– Como é que deixou eles entrarem? – Bobby perguntou, depois de Jackie levar a garota para uma mesa.

– Jackie – Beauvoir disse. – Ela entrou em transe enquanto você estava congelado. Legba. Disse que a Virgem estava a caminho, com esse cara.

– Quem é ele?

Beauvoir encolheu os ombros.

– Um mercenário, parece. Um soldado das zaibatsus. Um samurai de elite das ruas. O que houve quando você ficou congelado?

Bobby contou sobre Jaylene Slide.

– Los Angeles – Beauvoir disse. – Ela fura até diamante pra pegar quem fritou o homem dela, mas se um irmão precisa de ajuda, esquece.

– Não sou um irmão.

– É, acho que você tem um bom ponto aí.

– Então, não tenho que tentar chegar na Yakuza?

– O que o Jammer acha?

– O escroto. Está lá dentro agora, assistindo enquanto o mercenário atende uma chamada.

– Chamada? De quem?

– Um branquelo com o cabelo descolorido. Cara de mau.

Beauvoir olhou para Bobby, olhou para a porta, olhou de volta.

– Legba disse pra ficarmos quietos e olharmos. Isso já está ficando bagunçado o bastante, sem contar os Filhos do Crisântemo de Neon.

– Beauvoir – Bobby disse, mantendo a voz baixa –, a garota, foi ela, a da matrix, quando tentei invadir o...

Beauvoir fez que sim, suas molduras plásticas descendo pelo nariz.

– A Virgem.

– Mas o que é isso tudo? Quero dizer...

– Bobby, meu conselho é aceitar as coisas como elas surgem. Ela é uma coisa pra mim, talvez outra pra Jackie. Pra você, ela é só uma garota assustada. Vá com calma. Não chateie a menina. Ela está bem longe de casa, e nós ainda estamos bem longe de conseguir sair daqui.

– Certo...

Bobby olhou para o chão e disse:

– Sinto muito sobre Lucas. Ele era... um cara e tanto.

– Vá falar com Jackie e a garota. – Beauvoir disse. – Vou ficar de guarda na porta.

– Certo.

Bobby cruzou o carpete da casa noturna até onde Jackie estava sentada com a garota. A menina não parecia grande coisa, e havia apenas uma pequena parte dele que dizia que ela era a mesma. Angela não levantou o olhar, e ele pôde reparar que a garota havia chorado.

– Me agarraram – ele disse a Jackie. – Você tinha sumido.

– Você também – a dançarina respondeu. – Então Legba veio até mim...

– Newmark – o homem chamado Turner disse, da porta do escritório de Jammer –, queremos falar com você.

– Preciso ir – ele disse, querendo que a garota olhasse para cima, que visse o grandalhão chamando por ele. – Precisam de mim.

Jackie apertou-lhe o pulso.

– Deixa a Yakuza pra lá – Jammer disse. – Isto é mais complicado. Você vai entrar na grade de Los Angeles e travar no console de uma jóquei de primeira. Quando Slide pegou você, ela não sabia que o meu console ia descobrir o número dela.

– Ela falou que o seu console devia estar no museu.

– Que merda ela sabe? – Jammer disse. – Eu sei onde ela mora, não sei? – Aspirou uma dose do inalador e o colocou de volta sobre o console. – O problema é que ela te descartou. Não quer saber de você. Tem que chegar nela e dizer o que ela quer saber.

– E o que é?

– Que foi um homem chamado Conroy que liquidou o namorado dela – o homem alto disse, estirado em uma das cadeiras de escritório de Jammer, com a enorme pistola no colo. – Conroy. Diga a ela que foi Conroy. Conroy está pagando os cabeludos lá fora.

– Eu preferia tentar a Yak – Bobby disse.

– Não – Jammer respondeu. – Essa Slide, ela vai chegar nele antes. A Yak ia pesar o meu favor, confirmar tudo primeiro. Além disso, achei que você estava fissurado pra aprender a usar um console.

– Eu vou com ele – Jackie disse, da porta.

Eles se conectaram.

Ela morreu quase imediatamente, nos primeiros oito segundos.

Ele sentiu, foi até o limite e quase o reconheceu pelo que era. Bobby estava gritando, rodopiando, sugado pelo funil branco glacial que estivera esperando por eles...

A escala da coisa era inconcebível, vasta demais, como se o tipo de megaestrutura cibernética que representava o todo de uma multinacional tivesse colocado seu peso total sobre Bobby Newmark e uma dançarina chamada Jackie. Impossível...

Mas, em algum lugar, no limite da consciência, bem quando ele a perdia, havia algo... Algo puxando sua manga...

Estava deitado com o rosto sobre alguma coisa áspera. Abriu os olhos. Um passeio feito de pedras redondas, molhadas de chuva. Levantou-se com dificuldade, cambaleante, e viu a paisagem enevoada de uma cidade estranha, com o mar logo além. Havia torres, um tipo de igreja, nervuras malucas e espirais de pedra talhada... Virou-se e deu de cara com um enorme lagarto serpenteando por um declive, na sua direção, a boca aberta. Pestanejou. Os dentes do lagarto eram de cerâmica manchada de verde, uma lenta baba de água ondeava por sobre o lábio de mosaico de porcelana azul. Aquilo era uma fonte, flancos recobertos por milhares de fragmentos de porcelana quebrada. Bobby deu meia-volta, enlouquecido com a proximidade da morte dela. ICE, gelo, e uma parte dele soube então, exatamente, como tinha chegado perto demais, na sala de estar de sua mãe.

Havia estranhos bancos curvos, revestidos pelo mesmo mosaico aleatório de porcelana quebrada. E árvores, grama... Um parque.

– Extraordinário – alguém disse. Um homem, erguendo-se de um dos bancos sinuosos. Tinha bastos cabelos grisalhos bem penteados, rosto bronzeado e óculos redondos, sem aro, que ampliavam os olhos azuis. – Você entrou direto, não foi?

– O que é isto? Onde estou?

– No Parque Guell. De certo modo. Barcelona, se preferir.

– Você matou a Jackie.

O homem franziu o rosto.

– Entendo. Acho que entendo. Mesmo assim, você não devia estar aqui. Um acidente.

– Acidente? *Você matou a Jackie!*

– Meus sistemas estão sobrecarregados hoje – o homem disse, as mãos nos bolsos de um sobretudo marrom-claro, folgado. – Isso é mesmo bastante extraordinário...

– Não pode fazer uma merda dessas – Bobby disse, seus olhos nadando em lágrimas. – Não pode. Não pode matar alguém que só estava lá...

– Lá, onde? – O homem tirou os óculos e começou a limpá-los com um lenço imaculadamente branco, saído do bolso do casaco.

– Só lá, vivendo – Bobby disse, dando um passo para a frente. O homem colocou os óculos de volta.

– Isso nunca aconteceu antes.

– Não pode. – Mais perto agora.

– Isto está ficando cansativo. Paco!

– Señor.

Bobby se virou ao ouvir o som da voz da criança, e viu um menininho com uma estranha roupa engomada, botas de couro preto que se fechavam com botões.

– Livre-se dele.

– Señor – o menino disse, e fez uma reverência formal, tirando uma minúscula automática Browning azul do casaco escuro que usava. Bobby olhou nos olhos escuros, por baixo das mechas lustrosas, e viu um olhar que nenhuma criança jamais tivera. O menino esticou a arma, mirando em Bobby.

– Quem é você? – Bobby ignorou a arma, mas não tentou chegar mais perto do homem de sobretudo.

O homem o observava atentamente.

– Virek. Josef Virek. A maior parte das pessoas, eu entendo, reconhece o meu rosto.

– Você está em *People of Importance* ou algo assim?

O homem piscou, franzindo a testa.

– Não sei do que está falando. Paco, o que esta pessoa está fazendo aqui?

– Uma infiltração acidental – a criança disse, sua voz suave e harmoniosa. – Colocamos o grosso do nosso sistema em Nova York, tentando impedir a fuga de Angela Mitchell. Este aqui tentou entrar na matrix, junto com outro operador, e encontrou nosso sistema. Ainda estamos tentando descobrir como ele atravessou nossas defesas. O senhor não está em perigo. – O cano da pequena Browning estava absolutamente firme.

E, de novo, a sensação de algo puxando sua manga. Não exatamente a manga, mas parte de sua mente, alguma coisa...

– Señor – a criança disse –, estamos passando por fenômenos anômalos na matrix, talvez como resultado de nossa própria sobrecarga atual. Recomendamos enfaticamente que nos deixe cortar os seus links com o constructo até que sejamos capazes de determinar a natureza da anomalia.

A sensação estava mais forte agora. Algo que arranhava, no fundo da sua mente...

– O quê? – Virek disse. – E voltar aos tanques? Não creio que se justifique uma coisa dessas...

– Há possibilidade de perigo real – o menino disse, e agora havia certa aspereza em sua voz. Moveu ligeiramente o cano da Browning. – Você – disse a Bobby. – Deite-se no chão de braços e pernas abertos...

Mas Bobby estava olhando para além dele, para um canteiro de flores, assistindo enquanto elas murchavam e morriam, a grama ficando sem cor e esfarelada enquanto ele assistia, o ar sobre o canteiro distorcendo-se e girando. A sensação de algo arranhando dentro da cabeça estava ainda mais forte, mais urgente.

Virek havia se voltado para fitar as flores moribundas.

– O que está...

Bobby fechou os olhos e pensou em Jackie. Ouviu-se um som, e ele sabia que o som vinha de si mesmo. Estendeu-se para dentro de si, o som ainda vindo, e tocou o console de Jammer.

"Vem!", ele gritou, dentro de si mesmo, sem saber nem se importar com a quem se dirigia. "Vem agora!" Sentiu algo ceder, uma barreira de alguma espécie, e a sensação dos arranhões se foi.

Quando abriu os olhos, havia algo no canteiro de flores mortas. Bobby piscou de surpresa. Parecia ser uma cruz de madeira comum, pintada de branco. Alguém havia colocado as mangas de uma antiga túnica naval sobre os braços horizontais, um tipo de fraque manchado de mofo com pesadas dragonas franjadas feitas de galões de ouro desbotado, botões enferrujados, e mais galões nos punhos... Um alfanje enferrujado estava apoiado, com o punho para cima, na coluna branca, e ao lado havia uma garrafa pela metade de um líquido transparente.

A criança girou, a pequena pistola se tornando um borrão... E começou a se enrugar, dobrando-se para dentro como um balão murchando, um balão sugado na direção do nada absoluto, a Browning caindo com estrépito no passeio de pedra, como se fosse um brinquedo esquecido.

– Meu nome – uma voz disse, e Bobby queria gritar quando percebeu que ela vinha da sua própria boca –, é Samedi, e você matou o cavalo de meu primo...

E Virek começou a correr, o grande casaco tremulando em seu rastro, correndo pelo caminho curvo com seus bancos sinuosos, e Bobby viu que outra das cruzes brancas o esperava ali, bem onde o caminho desaparecia em uma curva. Nesse momento, Virek deve tê-la visto também. Gritou, e o Barão Samedi, o Senhor dos Cemitérios, o loa cujo reino era a morte, inclinou-se sobre Barcelona como se fosse uma chuva fria e escura.

– Que diabos você quer? Quem é você? – A voz era conhecida, uma voz de mulher. Não a de Jackie.

– Bobby – disse ele, ondas de escuridão pulsando por seu corpo. – Bobby...

– Como chegou aqui?

– Jammer. Ele sabia. O console dele te marcou na hora que você me congelou. – Tinha acabado de ver uma coisa, algo enorme... Mas não conseguia se lembrar... – Turner me mandou. Conroy. Ele disse pra te dizer que foi o Conroy. Você quer o Conroy... – Ouvia sua própria voz como se fosse a de outra pessoa. Estivera em outro lugar, e regressara, e agora estava aqui, no rascunho de neon esquemático de Jaylene Slide. No caminho de volta, vira a coisa grande, a coisa que os sugara, começar a se alterar e se mover, blocos gigantescos daquilo girando, fundindo-se, assumindo novos alinhamentos, todo o contorno mudando...

– Conroy – ela disse. O rabisco sexy inclinou-se ao lado da janela de vídeo, algo em suas linhas expressando um tipo de exaustão, até mesmo desinteresse. – Achava mesmo. – A imagem do vídeo ficou branca, e voltou a se formar como uma foto de um velho prédio de tijolos.

– Park Avenue. Está lá em cima com todos aqueles euros, maquinando algum novo golpe. – Ela suspirou. – Acha que está seguro, tá vendo? Esmagou Ramirez como uma mosca, mentiu na minha cara, foi pra Nova York pro novo emprego, e agora acha que está seguro...

A figura se moveu e a imagem mudou de novo. Agora, o rosto do homem de cabelos brancos, o homem que Bobby vira falando com o cara grandão, no telefone de Jammer, preenchia a tela.

"Ela entrou na linha dele", Bobby pensou...

– Ou não – Conroy estava dizendo, quando o áudio conectou. – De qualquer forma, pegamos ela. Sem problemas. – O homem parecia cansado, Bobby pensou, mas com controle absoluto. Durão. Como Turner.

– Tenho estado de olho em você, Conroy – Slide disse, calmamente. – Meu bom amigo Bunny tem ficado de olho em você pra mim. Você não é o único acordado na Park Avenue esta noite...

– Não – Conroy dizia. – Podemos entregar a garota amanhã em Estocolmo. Com certeza. – Sorriu para a câmera.

– Mata, Bunny – ela disse. – Mata todos eles. Detona todo o maldito andar e o de baixo também. Agora.

– Isso mesmo – Conroy disse, e então houve algo, uma coisa que fez a câmera tremer, deixando a imagem menos nítida. – Que foi isso? – ele perguntou, com uma voz muito diferente, e então a tela ficou em branco.

– Queima, filho da puta – ela disse.

E Bobby foi puxado de volta para a escuridão...

33

RUÍNAS E RODOPIOS

Marly passou aquela hora à deriva no lento furacão, atenta à dança do fazedor de caixas. A ameaça de Paco não a assustava, embora não tivesse dúvida de que ele estaria disposto a executá-la. E executaria, ela tinha certeza. Marly não fazia ideia do que aconteceria se a escotilha fosse rompida. Eles morreriam. Ela morreria, e Jones, e Wigan Ludgate. Talvez o conteúdo da cúpula se derramasse no espaço, uma nuvem florescente de rendas e prata manchada, bolas de gude e pedaços de barbante, folhas amarronzadas de livros velhos, orbitando para sempre os núcleos. De alguma forma, soava bem: o artista que pusera o fazedor de caixas em movimento ficaria satisfeito...

Uma série de garras com ponta almofadada fazia a nova caixa girar. Fragmentos retangulares descartados de madeira e vidro rodopiavam a partir do foco de criação, para se unir às mil coisas, e ela estava perdida no meio, embevecida, quando Jones, parecendo fora de si, o rosto coberto de suor e poeira, entrou ofegante na cúpula, arrastando o traje vermelho em um cabo.

– Não consigo enfiar o Wig em um lugar que dê pra lacrar – ele disse –, então isto é pra você... – O traje veio girando por baixo dele e ele o agarrou, desesperado.

– Não quero – ela disse, enquanto assistia à dança.

– Entra nele! Agora! Não dá tempo! – A boca dele se mexia, mas nenhum som saía. Tentou pegá-la pelo braço.

– Não – ela disse, esquivando-se da mão dele. – E você?

– Bota o maldito traje! – ele rugiu, despertando a faixa mais profunda do eco.

– Não.

Por trás da cabeça dele, Marly viu a tela se acender, piscando, e se preencher com as feições de Paco.

– O Señor está morto – Paco disse, seu rosto suave inexpressivo –, e seus vários interesses estão em processo de reorganização. Nesse meio-tempo, sou necessário em Estocolmo. Estou autorizado a informar Marly Krushkhova que ela não está mais a serviço do falecido Josef Virek, nem é funcionária de seu espólio. O salário integral está disponível em qualquer agência do Banco da França, mediante apresentação de uma identificação válida. As devidas declarações de impostos foram protocoladas com as autoridades tributárias da França e da Bélgica. As linhas de crédito funcionais foram canceladas. Os antigos núcleos corporativos da Tessier-Ashpool SA são de propriedade de uma das empresas subsidiárias do falecido Herr Virek, e pessoas que eventualmente estiverem nas dependências serão acusadas de invasão de propriedade.

Jones ficou ali paralisado, o braço levantado, a mão aberta enrijecida para reforçar a borda de ataque da palma.

Paco desapareceu.

– Vai me bater? – ela perguntou.

Ele baixou o braço.

– Ia fazer isso mesmo. Apagar você e te enfiar no maldito traje... – ele começou a rir. – Mas ainda bem que não preciso mais. Olha, ele terminou uma nova.

A nova caixa saiu rodopiando do alvoroço inconstante dos braços. Ela a apanhou facilmente.

O interior, por trás do retângulo de vidro, estava uniformemente revestido de pedaços de couro cortados da jaqueta. Sete etiquetas numeradas de holoficha saíam em pé do chão de couro preto da caixa, como se fossem lápides em miniatura. O papel amassado de um maço de Gauloise estava fixado ao couro preto no fundo. Ao lado dele, uma caixa de fósforos cinza, com listras pretas, de um restaurante na Napoleon Court.

E isso era tudo.

Mais tarde, enquanto ela o ajudava a procurar Wigan Ludgate no labirinto de corredores na outra extremidade dos núcleos, ele se deteve, agarrando um corrimão soldado, e disse:

– Sabe o que é estranho nessas caixas?

– O quê?

– É que o Wig conseguiu um preço bom pra caramba por elas, em algum lugar em Nova York. Dinheiro, quero dizer. Mas, às vezes, outras coisas também, coisas que subiam de volta pra cá...

– Que tipo de coisa?

– Software, acho. O desgraçado é muito fechado quando é algo que acha que as vozes tão mandando fazer... Uma vez, era uma coisa que ele jurava que era biosoft, aquela coisa nova...

– E o que ele fez com ela?

– Fez download de tudo nos núcleos. – Jones encolheu os ombros.

– Então ficou com ela?

– Não – Jones disse. – Apenas botou junto na pilha de coisas que tinha conseguido arrancar pra próxima remessa da gente. Só plugou nos núcleos e depois revendeu por um preço qualquer.

– Sabe por quê? Do que se tratava?

– Não – Jones disse, perdendo o interesse na história. – Ele apenas disse que o Senhor escrevia por linhas tortas... – deu de ombros. – Disse que Deus gosta de falar Consigo mesmo...

34

UMA CORRENTE DE UMAS NOVE MILHAS

Ajudou Beauvoir a carregar Jackie até o palco, onde a deitaram em frente a um conjunto de bateria acústica vermelho-cereja e a cobriram com um velho sobretudo preto encontrado na chapelaria, com um colarinho de veludo e anos de pó sobre os ombros, de tanto tempo que ficara lá pendurado.

– *Map fè jubile mnan* – Beauvoir disse, tocando com o polegar a testa da garota morta. Levantou os olhos para Turner. – É uma autoimolação – traduziu, e então puxou suavemente o casaco preto por sobre o rosto da jovem.

– Foi rápido – Turner disse. Foi tudo que conseguiu pensar para dizer.

Beauvoir pegou um maço de cigarros mentolados de um bolso da túnica cinza e acendeu um deles com um Dunhill de ouro. Ofereceu a Turner o maço, mas Turner não aceitou.

– Há um ditado em crioulo – Beauvoir disse.

– Qual é?

– "O mal existe."

– Ei – disse Bobby Newmark, desanimado, de onde estava agachado ao lado das portas de vidro, de olho grudado na borda da cortina. – Deve ter funcionado, de um jeito ou de outro... Os gothicks tão começando a se mandar, e parece que quase todos os kasuals já foram...

– Isso é bom – Beauvoir disse, com voz tranquila. – Graças a você, Count. Você se saiu bem. Mereceu o nick.

Turner olhou para o rapaz. Ainda navegava pela neblina da morte de Jackie, concluiu. Havia saído dos trodos gritando, e Beauvoir precisou dar-lhe três bofetadas fortes no rosto para que parasse. Mas tudo que lhes dissera sobre a incursão, aquela incursão que havia custado a vida de Jackie, era que tinha dado a mensagem de Turner a Jaylene Slide. Turner observava enquanto Bobby se levantou, rígido, e caminhou até o bar; viu o cuidado com que o rapaz evitava olhar para o palco. Será que os dois eram amantes? Parceiros? Nada disso parecia provável.

Levantou-se de onde estava sentado, na borda do palco, e voltou para o escritório de Jammer, parando para dar uma olhada em Angie, que dormia aninhada no casaco estripado, estendido no carpete, debaixo de uma mesa. Jammer também dormia, em sua cadeira, a mão queimada ainda no colo, frouxamente embrulhada na toalha listrada. Velhote durão, Turner pensou, um jóquei dos antigos. O homem havia conectado o telefone de volta na tomada logo que Bobby voltara da incursão, mas Conroy não tinha ligado. Não ligaria mais, e Turner sabia que isso queria dizer que Jammer estivera certo sobre a rapidez com que Jaylene atacaria para vingar Ramirez, e que Conroy estava, quase com certeza, morto. E agora o exército de aluguel dele, de cabeludos da periferia, estava se retirando, pelo que Bobby dizia.

Turner foi até o telefone e pediu a recapitulação do noticiário, acomodando-se em uma cadeira para assistir. Uma balsa de hidrofólio havia colidido com um submarino miniatura em Macau; os coletes salva-vidas do hidrofólio tinham se mostrado fora dos padrões, e acreditava-se que pelo menos quinze pessoas haviam se afogado, enquanto o submarino, uma embarcação de lazer registrada em Dublin, ainda não fora localizado... Alguém aparentemente havia usado um fuzil sem recuo para disparar uma barragem de bombas incendiárias em dois andares de um edifício da Park Avenue, e as equipes dos Bombeiros e Tática ainda estavam no local; os nomes dos ocupantes ainda não tinham sido liberados, e até o momento ninguém havia assumido a autoria do ataque... (Turner pediu para ver esse item uma segunda vez...) As equipes de investigação do Departamento de Fissão, no local da alegada explosão nuclear no Arizona, voltaram a afirmar que os pequenos níveis de radioatividade detectados eram baixos demais para ser resultado de qualquer forma conhecida de ogiva tática... Em Estocolmo, fora anunciada a morte de Josef Virek, o incrivelmente rico patrono das artes, o anúncio surgindo em meio a uma confusão de rumores estapafúrdios de que Virek estivera enfermo por décadas e que sua morte fora resultado de uma falha cataclísmica nos sistemas de suporte de vida em uma clínica privada, fortemente guardada, em um subúrbio de Estocolmo... (Turner pediu para ver de novo esse item, e depois uma terceira vez, franziu o rosto e então encolheu os ombros.) Como nota de interesse humano da manhã, a polícia de um bairro de Nova Jersey afirmou que...

– Turner...

Ele desligou a recapitulação e se voltou para encarar Angie no vão da porta.

– Como está, Angie?

– Tudo bem. Não sonhei. – Ela abraçou o blusão preto em torno do corpo, olhando-o por debaixo da franja castanha caída. – Bobby me mostrou onde tem um chuveiro. É um tipo de vestiário. Vou pra lá daqui a pouco. Meu cabelo tá uma zona.

Ele foi até ela e pôs as mãos em seus ombros.

– Você aguentou tudo isso muito bem. Logo vai cair fora daqui.

Ela encolheu os ombros, afastando-se do toque dele.

– Fora daqui? Pra onde? Japão?

– Bem, talvez não pro Japão. Talvez não pra Hosaka...

– Ela vai com a gente – Beauvoir disse, por trás dela.

– Por que eu faria isso?

Porque – Beauvoir disse – nós sabemos quem você é. Esses seus sonhos são reais. Conheceu Bobby em um, e salvou a vida dele, livrou o cara do Black ICE. Você disse: "Por que estão fazendo isso com você?"

Os olhos de Angie ficaram arregalados, o olhar saltando para Turner e de volta para Beauvoir.

– É uma longa história – Beauvoir disse –, e está aberta a interpretação. Mas, se vier com a gente, se vier para os Projetos, nosso povo pode te ensinar coisas. Podemos te ensinar coisas que não entendemos, mas talvez você entenda...

– Por quê?

– Por causa do que tem na sua cabeça – Beauvoir inclinou-se solenemente, e então empurrou as molduras plásticas de volta para cima no nariz. – Não precisa ficar conosco, se não quiser. Na verdade, estamos aqui apenas para servi-la...

– Me servir?

– Como eu disse, é uma longa história... O que acha, sr. Turner?

Turner deu de ombros. Não conseguia pensar em outro lugar para ela ir, e a Maas certamente pagaria para tê-la de volta viva ou morta, e a Hosaka também.

– Talvez seja a melhor saída – ele disse.

– Quero ficar com você – ela disse a Turner. – Gostei da Jackie, mas aí ela...

– Deixa pra lá – Turner disse. – Eu sei. – "Não sei de nada", ele gritou em silêncio. – Vou ficar em contato. – "Nunca mais vou te ver." – Mas tem uma coisa que é melhor te contar agora. O seu pai está morto. – "Ele se matou." – A segurança da Maas o matou. Ele ficou atrasando eles enquanto você saía com o ultraleve da chapada.

– Verdade? Que ele ficou atrasando eles? Quero dizer, eu pude sentir, que estava morto, mas...

– É – Turner disse. Pegou a carteira preta de Conroy do bolso e colocou o cordão em torno do pescoço dela. – Tem um dossiê de biosoft aí. Pra quando você for mais velha. Ele não conta toda a história. Lembre-se disso. Nada, nunca, conta toda a história...

Bobby estava parado ao lado do bar quando o grandalhão saiu do escritório de Jammer. O grandalhão foi até onde a garota estivera dormindo, apanhou o casaco militar em farrapos e o vestiu. Em seguida, andou até a borda do palco, onde Jackie repousava, parecendo tão pequena, debaixo do casaco preto. O homem enfiou a mão dentro do seu próprio casaco e tirou a arma, o enorme Smith & Wesson Tático. Abriu o tambor e extraiu os cartuchos, colocando-os no bolso. Em seguida, deixou a arma ao lado do corpo de Jackie, com cuidado para não fazer absolutamente nenhum ruído.

– Você se saiu bem, Count – disse, virando-se para encarar Bobby, as mãos afundadas nos bolsos do casaco.

– Valeu, cara. – Bobby sentiu uma onda de orgulho atravessando o seu torpor.

– Até mais, Bobby. – O homem foi até a porta e começou a experimentar as várias trancas.

– Quer sair? – Bobby correu para a porta. – Aqui. Jammer me mostrou. Já vai, cara? Pra onde? – E então a porta se abriu e Turner estava se afastando pelas cabines desertas.

– Não sei – gritou de volta para Bobby. – Primeiro tenho que comprar oitenta litros de querosene, depois vou pensar nisso...

Bobby ficou olhando até ele sumir, descendo pela escada rolante desativada, ao que parecia. Depois, fechou a porta e a trancou de volta. Afastando o olhar do palco, foi até a porta do escritório de Jammer e olhou para dentro. Angie chorava, o rosto apoiado no ombro de Beauvoir, e Bobby sentiu uma ponta de ciúmes que o pegou de surpresa. O telefone funcionava, por trás de Beauvoir, e Bobby viu que era uma recapitulação do noticiário.

– Bobby – Beauvoir disse –, Angela vai morar com a gente por uns tempos, lá nos Projetos. Quer vir também?

Por trás de Beauvoir, na tela do telefone, surgiu o rosto de Marsha Newmark, mamãe Marsha, sua mãe... – ...mo nota de interesse humano da manhã, a polícia em um bairro de Nova Jersey afirmou que uma mulher da localidade cujo apartamento fora alvo de um recente ataque a bomba ficou chocada ao voltar na noite passada e desco...

– É – Bobby disse, rapidamente –, claro que quero, cara.

35

TALLY ISHAM

– Ela é boa – o diretor de unidade disse, dois anos depois, molhando a casca tostada de pão grego na lagoa de óleo no fundo de sua tigela de salada. – É muito boa mesmo. Pega rápido o papel. Isso você tem que admitir, não tem?

A estrela riu e apanhou seu copo de retsina gelado.

– Você odeia a garota, não é, Roberts? É sortuda demais pra você, não é? Ainda não deu um passo em falso... – Estavam inclinados sobre a sacada de pedra rústica, assistindo ao barco da noite partir para Atenas. Duas lajes abaixo, na direção do porto, a garota esparramava-se sobre um colchão de água aquecido pela luz solar, nua, os braços abertos, como se estivesse abraçando o que restava do sol.

Ele enfiou a casca embebida em óleo na boca e lambeu os lábios finos.

– De jeito nenhum – disse. – Não odeio. Isso nem me passou pela cabeça.

– O namorado – Tally disse, enquanto um segundo vulto, masculino, aparecia na laje abaixo. O rapaz tinha cabelos escuros e usava roupas esporte francesas, folgadas e displicentemente caras. Enquanto observavam, caminhou até o colchão de água e se agachou ao lado da garota, estendendo o braço para tocá-la.

– Ela é linda, Roberts, não acha?

– Bem – o diretor de unidade disse –, já vi os "antes" dela. É plástica. – Ele deu de ombros, mantendo os olhos no rapaz.

– Se você já viu os meus "antes" – ela disse –, a cabeça de alguém vai rolar. Mas ela tem algo, sim. Bons ossos... – Tomou um gole do vinho. – Será que é ela? "A nova Tally Isham?"

Ele voltou a dar de ombros.

– Olha pro merdinha – ele disse. – Sabia que agora ele tá tirando um salário quase igual ao meu? E o que é que faz pra ganhar isso? Um guarda-costas. – Seus lábios estavam travados, estreitos e amargos.

– Ele a deixa feliz. – Tally sorriu. – Contratamos os dois como um pacote fechado. É uma cláusula no contrato dela. Você sabe.

– Detesto o desgraçado. É refugo das ruas, sabe disso e nem liga. É lixo. Sabe o que leva pra toda parte na bagagem? Um console de ciberespaço! Ficamos presos três horas ontem, na alfândega turca, quando descobriram aquela coisa maldita... – Balançou a cabeça.

O rapaz se levantou, virou-se e caminhou para a beira da laje. A garota sentou-se, observando-o, afastando os cabelos dos olhos. Ele ficou ali por um bom tempo, olhando fixamente as esteiras dos barcos de Atenas. Nem Tally Isham, nem o diretor de unidade, nem Angie sabiam que ele via uma amplidão cinza de apartamentos de Barrytown, encapelando-se rumo às torres escuras dos Projetos.

A garota se pôs de pé e caminhou pela laje para se unir a ele, tomando sua mão.

– O que temos para amanhã? – Tally perguntou, finalmente.

– Paris – ele respondeu, pegando sua prancheta Hermes da balaustrada de pedra e virando, com um gesto automático, as folhas amarelas de impresso de computador. – A mulher, a Krushkhova.

– Conheço?

– Não – ele disse. – É um destaque de arte. Ela dirige uma das duas galerias mais na moda por lá. Não tem um passado lá muito empolgante, ainda que haja uma sugestão interessante de escândalo no começo da carreira.

Tally Isham concordou, ignorando-o, e observou como sua aprendiz colocava o braço em volta do rapaz de cabelo escuro.

36

O BOSQUE DOS ESQUILOS

Quando o menino fez sete anos, Turner pegou a velha Winchester de coronha de nylon de Rudy e caminharam juntos ao longo da velha estrada, subindo na direção da clareira.

A clareira já era um lugar especial, pois sua mãe o levara lá no ano passado e lhe mostrara um avião, um avião de verdade, no meio das árvores. Estava afundando lentamente na argila, mas você podia sentar na cabine e fingir que pilotava. Era segredo, a mãe disse, ele podia contar só para o pai e pra mais ninguém. Se você pusesse a mão na pele de plástico do avião, depois de um tempo ela mudava de cor, deixando a marca da mão ali, exatamente da cor da palma. Mas aí sua mãe tinha ficado toda estranha, e chorado, e quis falar sobre o tio Rudy, que ele não lembrava. O tio Rudy era uma das coisas que ele não entendia, como algumas das piadas do pai. Uma vez perguntara por que tinha cabelo ruivo, onde tinha conseguido, e o pai só deu risada e disse que tinha conseguido com o Holandês. Aí a mãe jogou um travesseiro no pai, e ele acabou nunca descobrindo quem era o Holandês.

Na clareira, o pai o ensinou a atirar, colocando pedaços de pinho apoiados no tronco de uma árvore. Quando o menino se cansou daquilo, deitaram de costas no chão, observando os esquilos.

– Prometi pra Sally que não íamos matar nada – ele disse, e então explicou os princípios básicos da caça ao esquilo. O menino escutou, mas parte dele sonhava com o avião. Fazia calor, e você podia ouvir as abelhas zumbindo em algum lugar próximo, além de água caindo nas rochas. Enquanto chorava, a mãe havia dito que Rudy tinha sido um bom homem, que ele a salvara, uma vez, de ser jovem e burra, e uma vez de um homem muito, muito mau...

– É verdade? – perguntou ao pai, que havia acabado de explicar sobre os esquilos. – Eles são tão burros que continuam voltando e levando tiro?

– É – Turner disse. – É assim mesmo. – E então sorriu. – Bem, quase sempre...

GLOSSÁRIO

Alfanje: sabre de lâmina curta e larga, com o fio no lado convexo da curva.

Arcologia: edifício que contém em seu interior um complexo equivalente a uma cidade.

Biochip: mecanismo composto de moléculas orgânicas que desempenham o mesmo papel de componentes eletrônicos.

Biosoft: microprograma biológico.

Black ICE: o "gelo preto" é uma defesa eletrônica que pode, ao contrário dos ICES normais, matar aquele que tenta invadir o sistema que protege.

Bushido: código de honra dos samurais e da alta casta militar, maior que o valor da própria vida.

Casamata: abrigo subterrâneo blindado.

Cornell: referência a Joseph Cornell (1903-1972), mestre da manufatura da composição artística realizada com objetos descartados, especificamente dentro de caixas envidraçadas.

Cowboy: hacker.

Crioulo: cada uma das línguas mistas nascidas do contato de um idioma europeu com línguas nativas, ou importadas, e que se tornaram línguas maternas de certas comunidades socioculturais.

Cúpula geodésica: domo, usualmente em forma de semicircunferência, que tem a função de proteger o que está em seu interior do contato com o que está fora da cúpula.

Danbala: associada às cobras, e a mais importante dos loa.

Deck: aparelho para acessar a representação virtual da matrix.

Dermatrodo: condutor plugado ao cérebro, sobre a pele, para conexão com a matrix.

EEG: abreviação de eletroencefalograma.

Gaudí: referência a Antoni Gaudí (1852–1926), modernista que revolucionou a arquitetura na Espanha.

Gestalt: posicionamento que afirma serem a carga emocional e os conceitos estéticos atributos de uma obra de arte e não do seu espectador.

Holograma: representação tridimensional de imagens geralmente obtida por feixes de luz emitidos por lasers.

Hovercraft: veículo que desliza sobre um colchão de ar, que pode ser utilizado em terra ou no mar.

Hubbard: referência ao escritor de ficção científica Lafayette Ronald Hubbard (1911–1986), também criador da doutrina conhecida como Cientologia.

Hudu: forma de magia tradicional folclórica comum a povos afro-americanos.

ICE: no original, Intrusion Countermeasures Electronics (Contramedidas Eletrônicas de Intrusão) – são softwares corporativos contra invasões eletrônicas. Em inglês, a palavra também significa "gelo". Poderia ser comparado aos atuais *firewalls.*

ICE-Breaker: o "quebra-gelo" é um programa criado para invadir sistemas protegidos por ICEs ou Black ICEs.

***Katatonenkunst*:** arte catatônica.

Kino: equivalente aos programas de tevê atuais, porém transmitido via simstim.

Krill: crustáceos semelhantes a pequenos camarões e especialmente abundantes em águas frias.

Legba: no vodu, Papa Legba é o intermediário entre a humanidade e os loa.

Lexikon: microprograma que permite a apreensão imediata de uma linguagem.

Loa: os espíritos ou deuses da religião vodu.

Matrix: o ciberespaço.

Max Ernst (1891–1976): Pintor, escultor, designer e poeta alemão que foi um dos maiores representantes do Surrealismo e do Dadaísmo.

Microsoft: microprograma que, colocado num dispositivo ligado ao cérebro, permite que o usuário aprenda uma nova habilidade. Não há relação direta com a empresa Microsoft, de Bill Gates.

Mimético: capaz de se adaptar.

Monômero: composto constituído de moléculas capazes de se combinarem entre si ou com outras para formar polímeros.

Ougan: espécie de pai-de-santo do vodu.

Ougou Feray: senhor vodu do barro e da água.

***Quanta*:** num sistema físico quantizado, menor quantidade possível pela qual pode mudar de valor uma grandeza física observável na passagem de um valor discreto para outro.

ROM: no original, Read Only Memory – memória eletrônica que, após gravada, nunca mais pode ser adulterada.

Sense/Net: rede de informação capaz de transmitir estímulos que serão recebidos e sentidos por cada usuário de um deck simstim.

Sensorium: soma do conjunto de percepções de um organismo.

Simstim: no original, "simulated stimuli", ou seja, estímulos simulados. Pode ser abreviado simplesmente para stim.

Sprawl: nome dado à megacidade composta pela junção entre todo o terreno urbano existente entre Boston e Atlanta (incluindo Nova York e Washington), nos Estados Unidos. Por isso, também é conhecido pelo nome de BAMA (Boston-Atlanta Metropolitan Axis, ou seja, Eixo Metropolitano Boston-Atlanta).

Teatro de operações: área com unidade geográfica ou estratégica na qual se desenvolvem ou se podem desenvolver operações bélicas.

Toroide, Fuso, Aglomerado: no original, respectivamente, "torus, spindle, cluster"; denominações das estações componentes de Freeside, cujos nomes são baseados em seus formatos.

Turing: a organização criada por Gibson é inspirada no nome do matemático Alan Turing, criador do famoso teste que arbitra que, se uma máquina for capaz de dialogar com um homem sem que este perceba que conversa com um mecanismo, tal máquina pode ser considerada senciente – uma inteligência artificial.

Vodu: religião de origem africana, de raiz semelhante ao candomblé praticado no Brasil.

Yakuza: a máfia japonesa.

Zaibatsu: conglomerado multinacional japonês de base familiar.

Zion: referência ao Sião bíblico, hoje Etiópia, sempre apontado como a terra primordial para os rastafáris.

TIPOGRAFIA:
Replica [entretítulos]
Minion [texto]
PAPEL:
Pólen soft 80 g/m² [miolo]
Cartão Supremo 250 g/m² [capa]
IMPRESSÃO:
Rettec Artes Gráficas e Editora [novembro de 2021]

1ª EDIÇÃO: maio de 2008 [6 reimpressões]
2ª EDIÇÃO: maio de 2017 [6 reimpressões]